Tobias Wolff
Jäger im Schnee

SERIE PIPER
Band 1108

Zu diesem Buch

Tobias Wolff gehört neben Richard Ford und Raymond Carver zu den bedeutendsten Erzählern des amerikanischen sogenannten *dirty realism*, der sich auszeichnet durch eine geradezu physisch zu nennende Härte in Stil und Betrachtungsweise dessen, was erzählt wird.

Wolffs Geschichten spielen meist im Nordwesten der Vereinigten Staaten, wo schwerblütige und hinterwäldlerische Menschen inmitten einer großartigen und unbezwingbaren Natur leben. Tobias Wolff erzählt von ihrer tiefen Stummheit, ihrer Ohnmacht, ihren Kämpfen, aber auch von der Nähe, der Ferne, der Liebe zwischen ihnen.

»Wolffs Blick ist so bestechend, seine Begabung so ausgeprägt... Diese Erzählungen verdienen unsere verblüffte Hochschätzung!« The New York Times Book Review

Tobias Wolff, geboren 1945 in Alabama, aufgewachsen im Nordwesten der USA. Studierte Literatur in New York und Stanford/Cal. Lehrt an der Syracuse University. Sein erzählerisches Werk wurde mehrfach prämiert; »The Barracks Thief« wurde mit dem PEN/Faulkner-Preis ausgezeichnet. Die Übersetzung ist im Piper Verlag in Vorbereitung; sein jüngstes Werk »Das Herz ist ein dunkler Wald« ist soeben erschienen.

Tobias Wolff

Jäger im Schnee

Erzählungen

Aus dem Amerikanischen von
Wolfgang Astelbauer

Piper
München Zürich

Die Originalausgabe erschien 1981 unter dem Titel
»In the Garden of the North American Martyrs«
bei The Ecco Press, New York.
Die Übersetzung wurde für diese Ausgabe
von Jochen Stremmel überarbeitet.

ISBN 3-492-11108-4
Oktober 1990
R. Piper GmbH & Co. KG, München
Lizenzausgabe mit Genehmigung des Verlags Droschl
Graz – Wien

Umschlag: Federico Luci,
unter Verwendung des Gemäldes »January Full Moon« (1941)
von George C. Ault
(Sammlung Mr. und Mrs. Raymond Learsy)
Photo Umschlagrückseite: © Jerry Bauer
Gesamtherstellung: Clausen & Bosse, Leck
Printed in Germany

Inhalt

Nebenan

Ich wache erschrocken auf. Meine Frau sitzt an meinem Bett und schüttelt mich. »Sie sind schon wieder dran«, sagt sie.

Ich gehe zum Fenster. Sie haben überall Licht an, auch oben, als ob sie Geld wie Heu hätten. Er brüllt, sie schreit zurück, der Hund bellt. Es ist kurz ruhig, dann fängt das Baby zu weinen an, armes Ding.

»Geh doch vom Fenster weg«, sagt meine Frau. »Die sehen dich ja.«

Ich sage: »Ich rufe jetzt die Polizei«, und weiß, sie wird mich nicht lassen.

»Nicht«, sagt sie.

Sie hat Angst, daß sie unsere Katze vergiften, wenn wir uns beschweren.

Nebenan brüllt der Mann noch immer. Ich kann aber nicht verstehen, was er sagt, weil der Hund und das Kind so laut sind. Die Frau lacht, aber nicht wirklich, *»Ha! Ha! Ha!«*, und schreit plötzlich schrill auf. Es wird ganz still.

»Er hat sie geschlagen«, sagt meine Frau. »Ich hab's gespürt, als ob er mich geschlagen hätte.«

Nebenan heult das Baby auf, lang, und der Hund fängt wieder zu bellen an. Der Mann geht in die Einfahrt hinaus und schlägt die Tür zu.

»Sei vorsichtig«, sagte meine Frau. Dann geht sie wieder ins Bett und deckt sich bis zum Hals zu.

Der Mann murmelt vor sich hin und reißt an seinem Hosenschlitz. Er kriegt ihn schließlich auf und kommt zu unserem Zaun herüber. Wir haben einen weißen Holzzaun, mehr zur Zierde als sonstwas. Jeder könnte drübersteigen. Ich habe ihn selbst aufgestellt und über die ganze Länge Geißblattranken und Bougainvilleas gepflanzt.

»Was macht er?« sagt meine Frau.

»Psst«, sag' ich.

Er lehnt sich mit einer Hand an den Zaun, und mit der andern pinkelt er auf die Blumen. So geht er den ganzen Zaun entlang, ohne eine auszulassen. Als er fertig ist, schüttelt er seinen Lümmel, macht den Reißverschluß zu und geht quer über die Einfahrt zum Haus zurück. Auf dem Kies rutscht er fast aus, fängt sich aber und flucht und verschwindet im Haus, nachdem er die Tür wieder zugeschlagen hat.

Als ich mich umdrehe, setzt sich meine Frau auf und schaut mich an. Sie zieht die Augenbrauen hoch und sagt: »Nicht schon wieder.«

Ich nicke.

»Groß oder klein?«

»Klein.«

»Da meint es ja das Schicksal heute gut mit uns«, sagt sie und legt sich wieder hin. »Einmal er, einmal der Hund, ein Wunder, daß man da draußen überhaupt noch etwas zum Wachsen bringen kann.«

Irgendwo hab' ich gelesen, daß menschlicher Urin einen höheren Säuregehalt hat als tierischer, aber davon rede ich nicht. Ich möchte lieber über etwas anderes reden. Ich werde traurig, wenn ich an die Blumen denke. Auch wenn sie schon ganz aufgeblüht sind. Nebenan schreit die Frau.

»Hör dir das an«, sag' ich.

»Früher hat sie mir immer leid getan«, sagt meine Frau. »Jetzt nicht mehr. Nicht seit letztem Monat.«

»Genau«, sage ich und versuche mich zu erinnern, was letzten Monat passiert ist, daß meiner Frau die Frau nebenan nicht mehr leid tut. Mir tut sie auch nicht leid, aber das war schon immer so. Sie schreit das Baby an, und entschuldigen Sie, aber ich habe keine Lust, mich verrückt zu machen für jemand, der so mit seinem Kind umgeht. Sie schreit so Sachen wie »*Habe ich dir nicht schon gesagt, daß du in deinem Zimmer bleiben sollst!*« Und dabei kann das Kind noch nicht mal reden.

Sonst muß man wohl sagen, daß sie hübsch ist. Aber nicht für lange. Sie ist nicht gut gebaut. Sie wirkt irgendwie weich, als ob sie nie etwas anderes als Kuchen und Milchshakes zu sich genommen hätte. Ihre Haut ist weiß. Das Baby kommt auf sie; man käme auch nie auf den Gedanken, daß es auf *ihn* kommt, dunkel und behaart, wie er ist. Sogar wenn er ein Hemd anhat, spürt man, daß er am Rücken und auf den Schultern überall Haare hat, dicht und struppig wie bei einem Airedaleterrier.

Gegenüber legen jetzt alle auf einmal los, und die Stereoanlage läuft auf vollen Touren. Eine von diesen Bands. »Mir tut das Baby leid«, sage ich.

Meine Frau hält sich die Ohren zu. »Ich halte das keine Minute länger aus«, sagt sie. Sie nimmt die Hände herunter. »Vielleicht gibt's was im Fernsehen.« Sie setzt sich auf. »Schau mal, wer heute bei Johnny dabei ist.«

Ich mache den Fernseher an. Früher hat er unten im Wohnzimmer gestanden. Ich habe ihn aber vor ein paar Jahren hier hochgebracht, als meine Frau krank war. Ich hab' mich selber um sie gekümmert – Essen, alles. Schließlich konnte ich sogar die Laken wechseln, ohne daß sie aus dem Bett mußte. Nachdem sie sich wieder erholt hatte, wollte ich immer den Fernseher wieder unten aufstellen, bin aber nie dazu gekommen. Der Apparat steht zwischen unseren Betten auf einem kleinen Tisch, den ich selber gemacht habe. Johnny Carson spricht gerade mit Sammy Davis, Jr. Ed McMahon krümmt sich vor Lachen. Er ist immer so gutgelaunt. Ed McMahon auf einer wirklich langen Reise mit dabeizuhaben wäre sicher nicht übel.

»Sammy«, sagt meine Frau. »Wer ist denn außer Sammy noch dabei?«

Ich sehe im Programm nach. »Ein Haufen Leute, von denen ich noch nie etwas gehört habe.« Ich lese ihr die Namen herunter. Meine Frau hat auch noch nicht von ihnen gehört. Sie will wissen, was sonst noch läuft. »*El Dorado*«, lese ich. »›Frische Abenteuergeschichte über eine Gruppe von Bürgern auf der Suche nach der legendären Goldenen Stadt.‹ Hat zweieinhalb Sterne.«

»Bürger von was?« fragt meine Frau.

»Steht nicht da.«

Schließlich sehen wir uns den Film an. Ein Blinder kommt in eine kleine Stadt. Er erzählt, daß er in El Dorado war, und bietet sich für einen Anteil am Gewinn als Führer an. Er kann zwar nicht sehen, aber er will die Wegemarken eine nach der anderen auf ihrem Ritt bezeichnen. Zuerst machen sich die Leute über ihn lustig, dann versammeln sich aber alle wichtigen Bürger und beschließen, es zu versuchen. Sofort werden sie von den Apachen angegriffen. Ein paar wollen umkehren. Aber immer wenn es soweit ist, nennt ihnen der Blinde wieder eine Wegemarkierung, und sie reiten weiter.

Nebenan dreht die Frau durch. Sie sagt Sachen zu ihm, die kein Mensch je zu einem andern sagen sollte. Es macht meine Frau nervös. Sie schaut mich an. »Kann ich zu dir rüberkommen?« sagt sie. »Nur auf Besuch?«

Ich ziehe die Decke zurück, und sie kommt zu mir.

Für einen ist das Bett groß genug, für uns zwei aber ziemlich eng. Wir liegen beide auf der Seite, ich hinten. Ich kann nichts dafür, aber nach kurzer Zeit beginnt Florida steif zu werden. Ich lege meine Arme um meine Frau. Ich fahre mit den Händen über die Rockies, dann nach unten, über die Ebene, nach Süden.

»He«, sagt sie. »Keine Erdkunde. Nicht heute abend.«

»Tut mir leid«, sag' ich.

»Kann ich nicht einfach nur zu Besuch kommen?«

»Schon erledigt. Ich hab' gesagt, es tut mir leid.«

Die Bürger durchqueren gerade eine Wüste. Es ist fast kein Wasser mehr da, und sie haben aufgesprungene Lippen. Obwohl der Blinde sie gewarnt hat, trinkt jemand aus einem vergifteten Brunnen und geht schrecklich zugrunde. In dieser Nacht fangen die anderen beim Lagerfeuer zu streiten an. Die meisten wollen nach Hause. »Das ist kein Land für Weiße«, sagt einer, »und wenn ihr mich fragt, ist vor uns noch kein Mensch hier gewesen.« Der Blinde beschreibt ihnen aber ein Stück Gold, das so groß und rein ist, daß man sich die Augen verbrennt, wenn man es direkt ansieht. »Und ich muß es ja schließlich wissen«, sagt er. Als er aufhört, sind die Bürger still. Einer nach dem anderen verziehen sie sich und legen sich auf ihre Decken. Sie verschränken die Hände im Nacken und schauen zu den Sternen hinauf. Ein Kojote heult.

Als ich den Kojoten höre, fällt mir ein, warum meiner Frau die Frau nebenan nicht mehr leid tut. Es war an einem Montagabend vor ungefähr einem Monat. Ich war gerade von der Arbeit zurück. Der Mann nebenan begann eben den Hund zu verprügeln, richtig, nicht nur ein paar Hiebe. Er schlug so lange auf ihn ein, bis der Hund nicht einmal mehr winseln konnte. Man hörte, wie der armen Kreatur die Stimme brach. Das hat uns sehr aufgeregt, besonders meine Frau, die schon immer Tiere geliebt hat. Endlich war Schluß. Nach einigen Minuten hörte ich meine Frau »Oh!« sagen und ging in die Küche, um nachzusehen, was los war. Sie stand am Fenster. Von dort kann man in die Küche nebenan sehen. Der Mann hatte seine Frau gegen den Kühlschrank gedrängt. Er hatte sein Knie zwischen ihren Beinen, und sie hatte ihr Knie zwischen seinen Beinen, und sie küßten sich, wirklich wild, nicht nur mit den Lippen, sondern mit dem ganzen Gesicht, hin und her. Meine Frau brachte daraufhin ein paar Stunden kaum ein Wort heraus. Später hat sie dann gesagt, daß sie ihr Mitleid nie mehr an diese Frau verschwenden würde.

Es ist jetzt ruhig nebenan. Meine Frau ist eingeschlafen. Mein Arm auch, unter ihrem Kopf. Ich ziehe den Arm weg und bewege meine Finger und überlege mir, ob ich sie aufwecken soll. Ich schlafe gern in meinem eigenen Bett, und für uns zwei ist nicht genug Platz. Schließlich denk' ich mir, daß es nichts ausmacht, für eine Nacht die Betten zu tauschen.

Ich stehe auf und gebe mich eine Zeitlang mit den Pflanzen ab, gieße sie, stell' ein paar zum Fenster und ein paar vom Fenster weg. Ich stutze den Coleus, der auszuwachsen beginnt, und stecke die Triebe in ein Glas mit Wasser auf dem Fensterbrett. Nebenan sind alle Lichter aus bis auf das in ihrem Schlafzimmer. Ich denke über das Leben nach, das sie führen, und wie es immer weitergeht, bis es so aussieht wie das Leben, das sie zu führen bestimmt sind. Alle finden es immer toll, daß die Menschen so anpassungsfähig sind. Ich weiß nicht. Ein Freund von mir, der bei der Marine war, hat mir einmal erzählt, daß es in Amsterdam in Holland ein Viertel gibt, wo man durchgehen und von der Straße aus Frauen hinter Schaufenstern sehen kann, wie sie da sitzen und warten. Wenn man eine will, geht man einfach hinein und zahlt, und sie ziehen dann die Vorhänge zu. Für die Leute in Holland ist das nichts Besonderes. In Istanbul in der Türkei hat mein Freund einmal einen Mann gesehen, der einen Konzertflügel auf dem Rücken getragen hat. Die Leute sind ihm einfach ausgewichen und weitergegangen. Schrecklich, woran wir uns gewöhnen.

Ich drehe den Fernseher ab und lege mich ins Bett meiner Frau. Die Laken strömen einen süßen, schweren Geruch aus, der mich am Anfang schwindlig macht, mir dann aber gefällt. Ich muß an Gardenien denken.

Ich schau' den Film nicht zu Ende, weil ich mir schon denken kann, wie er ausgeht. Die Bürger werden einander der Reihe nach umbringen, wahrscheinlich ungefähr drei Meter vor den Toren der legendären Goldenen Stadt, und der Blinde wird allein in die Stadt hineintaumeln und nicht wissen, daß er es geschafft hat, doch wieder nach El Dorado zu kommen.

Ich könnte einen besseren Film schreiben. Bei mir würde es um eine Gruppe von Forschern gehen, Männer und Frauen, die Heim, Beruf und Familie aufgeben – alles, was sie kennen. Sie fahren übers Meer und stranden an der Küste eines Landes, das auf ihren Karten nicht eingezeichnet ist. Einer ertrinkt. Ein anderer wird von einem wilden Tier angegriffen und aufgefressen. Die anderen wollen aber weiter. Sie waten durch Flüsse und überqueren mit einem Hundeschlitten einen riesigen Gletscher. Das dauert Monate. Auf dem Gletscher geht ihnen die Verpflegung aus, und eine Zeitlang sieht es so aus, als ob sie übereinander herfallen könnten, sie tun es aber nicht. Das Problem lösen sie schließlich, indem sie die Schlittenhunde aufessen. Das ist der traurige Teil des Films.

Am Ende sieht man die Forscher in einer Wiese voll weißer Blumen schlafen. Die Blüten sind naß vom Tau und kleben an ihren Körpern, Blätter von Margeriten, Buschwindröschen, Graslilien, Schleierkraut, Wolfsmilch, Augentrost, Iris bedekken sie vollständig und machen sie weiß, so daß man sie nicht mehr auseinanderhalten kann, weder die Frauen von den Männern noch die Männer von den Frauen. Die Sonne geht auf. Sie stehen auf und heben die Arme hoch, wie weiße Bäume in einem Land, in dem noch nie jemand gewesen ist.

Jäger im Schnee

Tub wartete bereits eine Stunde. Es schneite. Er ging auf dem Bürgersteig auf und ab, um sich warm zu halten, und beugte sich über den Bordstein vor, wenn ein Licht näher kam. Einmal blieb ein Auto stehen, um ihn mitzunehmen, aber bevor Tub den Mann weiterwinken konnte, sah der Fahrer das umgehängte Gewehr und stieg voll aufs Gas. Die Reifen drehten auf der vereisten Straße durch.

Der Schnee wurde dichter. Tub stand unter dem Vorsprung eines Hauses. Gegenüber wurden die Wolken knapp über den Dächern heller, und die Straßenbeleuchtung ging aus. Er schob sich den Gewehrriemen über die andere Schulter. Das Licht sikkerte nach oben in den Himmel.

Laut hupend schlitterte ein Lastwagen um die Kurve. Die Hinterräder rutschten hin und her. Tub trat vor und hob die Hand. Der Lastwagen sprang über den Bordstein und kam auf ihn zu, halb auf der Straße und halb auf dem Bürgersteig. Er wurde um nichts langsamer. Tub blieb noch einen Augenblick mit erhobener Hand stehen, dann sprang er zurück. Das Gewehr rutschte ihm von der Schulter und schlug klappernd auf dem Eis auf. Ein Sandwich fiel ihm aus der Tasche. Er lief auf die Treppen vor dem Haus zu. Ein zweites Sandwich und eine Keksrolle fielen in den frischgefallenen Schnee. Er lief die Treppen hoch und drehte sich um.

Der Lastwagen war einige Schritte jenseits der Stelle zum Halten gekommen, wo Tub gestanden hatte. Er hob seine Sandwiches und seine Kekse auf, schulterte das Gewehr und ging zum Fenster auf der Fahrerseite. Der Fahrer war über das Lenkrad gebeugt, schlug sich auf die Knie und trommelte mit den Füßen gegen den Boden. Er sah wie die Karikatur eines lachenden Menschen aus, nur seine Augen waren auf den Mann gerichtet, der neben ihm saß. »Du müßtest dich sehen können«, sagte der Fahrer. »Er sieht genau wie ein Wasserball aus, der einen Hut aufhat. Oder? Oder, Frank?«

Der Mann neben ihm lächelte und wandte sich ab.

»Du hast mich fast überfahren«, sagte Tub. »Du hättest mich umbringen können.«

»Na komm, Tub«, sagte der Mann neben dem Fahrer. »Nur mit der Ruhe. Kenny hat doch nur Spaß gemacht.« Er öffnete die Tür und rutschte in die Mitte.

Tub nahm das Magazin aus seinem Gewehr und kletterte zu ihm hinein. »Ich habe eine Stunde gewartet«, sagte er. »Wenn ihr zehn Uhr gemeint habt, warum habt ihr dann nicht zehn Uhr gesagt?«

»Tub, seit wir da sind, beschwerst du dich nur«, sagte der Mann in der Mitte. »Wenn du den ganzen Tag meckern willst, dann kannst du genausogut nach Hause gehen und mit deinen Kindern rumschimpfen. Überleg's dir.« Da Tub nichts sagte, drehte sich der Mann zum Fahrer. »Okay, Kenny. Gib Gas.«

Auf der Seite des Fahrers hatten ein paar Halbwüchsige einen Ziegel durch die Windschutzscheibe geworfen, so daß die Kälte und der Schnee sofort ins Führerhaus wirbelten. Die Heizung ging nicht. Sie hüllten sich in ein paar Decken, die Kenny mitgebracht hatte, und zogen die Ohrenklappen ihrer Mützen herunter. Tub versuchte seine Hände warm zu halten, indem er sie unter der Decke gegeneinander rieb, aber Frank befahl ihm, damit aufzuhören.

Sie ließen Spokane hinter sich und fuhren tief ins Land hinein, an den schwarzen Linien der Zäune entlang. Es schneite jetzt weniger, aber wo die Erde den Himmel traf, ließ sich noch immer nicht feststellen. Nichts rührte sich in den kreidigen Feldern. Die Kälte bleichte ihre Gesichter und hob die Bartstoppeln auf ihren Wangen und Oberlippen hervor. Sie legten zwei Kaffeepausen ein, ehe sie zu den Wäldern kamen, in denen Kenny jagen wollte.

Tub war dafür, es woanders zu versuchen; zwei Jahre hintereinander hatten sie jetzt das Gebiet durchstreift und nichts entdeckt. Frank war beides recht, er wollte nur aus dem verfluchten Auto raus. »Alles durchatmen«, sagte Frank und schlug die Tür zu. Er spreizte die Beine und schloß die Augen und legte den Kopf weit zurück und holte tief Luft. »Spürt ihr das? Diese Luft hat's in sich.«

»Noch was«, sagte Kenny. »Es gibt hier keine Absperrungen. Meistens ist in dieser Gegend alles privat.«

»Mir ist kalt«, sagte Tub.

Frank atmete aus. »Hör auf zu motzen, Tub. Such dein Zentrum!«

»Ich motz' ja gar nicht.«

»Zentrum«, sagte Kenny. »Als nächstes seh' ich dich schon in so einem Nachthemd, Frank. Blumen verkaufen, draußen am Flughafen.«

»Kenny«, sagte Frank, »du redest zuviel.«

»Okay«, sagte Kenny. »Ich sag' nichts mehr. Ich sag' auch nichts über einen bestimmten Babysitter.«

»Welchen Babysitter?« fragte Tub.

»Das geht nur uns zwei etwas an«, sagte Frank und schaute Kenny an. »Das ist ein Geheimnis. Du hältst den Mund.«

Kenny lachte.

»Du forderst es regelrecht heraus«, sagte Frank.

»Was?«

»Wart's ab.«

»He«, sagte Tub. »Sind wir zum Jagen da oder was?«

Sie gingen los, über die Felder. Tub hatte Schwierigkeiten mit den Zäunen. Frank und Kenny hätten ihm helfen können, auf den unteren Draht steigen und den oberen hochziehen, taten es aber nicht. Sie standen da und schauten zu. Es gab viele Zäune, Tub keuchte, als sie den Waldrand erreichten.

Zwei Stunden lang durchstreiften sie das Gebiet und sahen kein Stück Wild, keine Spur, keine Losung. Schließlich machten sie am Fluß halt, um zu essen. Kenny hatte ein paar Pizzastücke und Schokoriegel, Frank ein Sandwich, einen Apfel, zwei Möhren und ein Stück Schokolade; Tub aß ein hartgekochtes Ei und einen Stangensellerie.

»Wenn du wissen willst, wie ich heute sterben will«, sagte Kenny, »dann sage ich, am Marterpfahl, gebraten.« Er drehte sich nach Tub um. »Noch immer diese Diät?« Er zwinkerte Frank zu.

»Glaubst du vielleicht, ich mag diese hartgekochten Eier?«

»Mir fällt dazu nur ein, daß ich sonst noch von keiner Diät gehört habe, bei der man zunimmt.«

»Wer sagt denn, daß ich zunehme?«

»Oh, Verzeihung. Ich nehme das zurück. Man kann ja direkt zusehn, wie du immer weniger wirst. Hab' ich recht, Frank?«

Frank hatte seine Finger gespreizt, die Spitzen gegen die Rinde des Baumstumpfs gedrückt, auf dem er sein Essen abgelegt hatte. Er hatte haarige Knöchel. Er trug einen schweren Ehering und rechts am kleinen Finger einen zweiten Goldring, der oben abgeflacht war und ein »F« aus Steinen erkennen ließ, Diamanten vielleicht. Er spielte damit. »Tub«, sagte er dann, »du kannst doch schon seit zehn Jahren deine Eier nicht mehr sehen.«

Kenny krümmte sich vor Lachen. Er nahm seinen Hut ab und schlug sich damit auf die Schenkel.

»Was soll ich tun?« sagte Tub. »Es sind die Drüsen.«

Sie verließen den Wald und nahmen sich den Bach vor, Frank und Kenny auf dem einen Ufer und Tub auf dem anderen. Sie gingen flußaufwärts. Der Schnee war leicht, aber es gab tiefe Verwehungen, und daher war es schwer voranzukommen. Wo immer Tub hinsah, war die Schneedecke glatt und unberührt, so daß er nach einiger Zeit das Interesse verlor und aufhörte, nach Spuren zu suchen. Er wollte nur mehr mit Frank und Kenny am anderen Ufer Schritt halten. Auf einmal bemerkte er, daß er sie schon lange nicht mehr gesehen hatte. Der Wind blies in ihre Richtung; wenn er nachließ, konnte er Kenny manchmal lachen hören, sonst aber nichts. Er begann schneller zu gehen, stürzte sich in die Wehen und kämpfte sich mit Knien und Ellbogen durch den Schnee. Er hörte sein Herz schlagen und spürte die Röte auf seinem Gesicht, blieb aber nicht ein einziges Mal stehen.

Tub holte Frank und Kenny an einer Biegung ein. Sie standen auf einem Stamm, der quer über dem Fluß lag. Hinter dem Stamm staute sich angetriebenes Eis, in dem gefrorenes Schilf steckte. Es bewegte sich kaum, wenn der Wind hineinfuhr.

»Was gesehen?« fragte Frank.

Tub schüttelte den Kopf.

Da es bereits dunkel zu werden begann, beschlossen sie, zur Straße zurückzukehren. Frank und Kenny kamen über den

Baumstamm herüber, und sie gingen, Tubs Fußstapfen folgend, flußabwärts. Sie waren nicht lange gegangen, als Kenny stehenblieb. »Sieh dir das an«, sagte er und zeigte auf ein paar Spuren, die vom Fluß in den Wald führten. Tub hatte sie unmittelbar gekreuzt. Und am Ufer lagen, gut sichtbar, verschiedene Haufen Rehlosung.

»Was glaubst du, was das ist, Tub?« sagte Kenny und stieß mit dem Fuß dagegen. »Walnüsse mit Vanillezucker?«

»Muß ich übersehen haben.«

Kenny warf Frank einen Blick zu.

»Ich hatte mich verirrt.«

»Du hattest dich verirrt. Tolle Geschichte.«

Sie folgten der Spur in den Wald. Das Tier war über einen halb verwehten Zaun gesprungen. Oben an einen Pfosten war ein »Jagen verboten!«-Schild genagelt. Frank lachte und meinte, das verdammte Biest habe sicher lesen können. Kenny wollte ihm nach, aber Frank sagte, das komme nicht in Frage, die Leute hier draußen verstünden keinen Spaß. Er meinte, der Bauer, dem das Land gehörte, gäbe ihnen wohl die Erlaubnis, darauf zu jagen, wenn sie ihn fragten. Kenny war nicht so sicher. Jedenfalls, meinte er, würden sie es vor Einbruch der Nacht nicht mehr schaffen, bis zum Auto zu laufen, hinaufzufahren und wieder zurückzukommen.

»Bleib locker«, sagte Frank. »Die Natur läßt sich nicht hetzen. Wenn wir das Tier erwischen sollen, erwischen wir es auch. Wenn nicht, dann nicht.«

Sie brachen auf, zurück durch den Wald zum Lastwagen. Hier gab es fast nur Kiefern. Im Schatten der Bäume war der Schnee an der Oberfläche hart gefroren und hielt Kenny und Frank aus. Tub aber brach immer wieder ein und stieß mit dem Schienbein gegen die Kante der Kruste, wenn er weiterstapfte. Kenny und Frank zogen los, bis er sogar ihre Stimmen nicht mehr hören konnte. Er setzte sich auf einen Baumstumpf und wischte sich das Gesicht ab. Dann aß er beide Sandwiches und die Hälfte seiner Kekse. Er ließ sich Zeit damit. Es war totenstill.

Als Tub den letzten Zaun überwand und die Straße erreichte, fuhr der Lastwagen los. Tub mußte ihm nachlaufen und schaffte es gerade noch, sich an der hinteren Bordwand auf die Ladefläche hochzuziehen. Keuchend lag er da. Kenny schaute durch das Rückfenster und grinste. Tub kroch in den Windschatten des Führerhauses, um dem eisigen Wind zu entgehen. Er zog die Ohrenklappen ganz herunter und steckte das Kinn tief in den Mantel. Einer klopfte ans Fenster, aber Tub dachte nicht daran, sich umzudrehen.

Er und Frank warteten draußen, während Kenny ins Haus ging, den Bauern um Erlaubnis fragen. Es war ein altes Haus, von den Wänden blätterte die Farbe ab. Der Rauch aus dem Schornstein zog nach Westen, zerfaserte in ein dünnes graues Schleierband. Über der Hügelkette zog eine weitere Kette blauer Wolken herauf.

»Du vergißt schnell«, sagte Tub.

»Was?« sagte Frank, der in die Ferne gestarrt hatte.

»Ich habe früher immer zu dir gehalten.«

»Na gut, hast du eben zu mir gehalten. Was ist denn jetzt schon wieder?«

»Du hättest mir vorhin nicht einfach so davonlaufen sollen.«

»Tub, du bist erwachsen und kannst selbst auf dich aufpassen. Wenn du meinst, daß du der einzige bist, der Probleme hat, irrst du dich gewaltig.«

»Hast du Probleme, Frank?«

Frank trat gegen einen Ast, der aus dem Schnee herausragte.

»Nicht wichtig«, sagte er.

»Was hat denn Kenny vorhin mit dem Babysitter gemeint?«

»Kenny redet zuviel«, sagte Frank. »Kümmere du dich um deine eigenen Angelegenheiten.«

Kenny kam aus dem Haus und zeigte mit dem Daumen nach oben. Als sie auf ihrem Weg zurück zum Wald an der Scheune vorbeikamen, stürzte ein großer schwarzer Hund mit einer schon grauen Schnauze heraus und bellte sie an. Wie eine Kanone beim Rückstoß rutschte er nach jedem Bellen ein Stück nach hinten. Kenny ließ sich auf alle viere herunter und knurrte und bellte zurück, bis der Hund in die Scheune zurückschlich.

Er ließ sie aber dabei nicht aus den Augen und pißte ein wenig im Gehen.

»Ein alter Herr«, sagte Frank. »Ein richtiger Graubart. Sicher fünfzehn Jahre auf dem Buckel.«

»Zu alt«, sagte Kenny.

Hinter der Scheune gingen sie querfeldein. Da es keine Zäune gab und die Schneedecke immer fester wurde, kamen sie gut voran. Sie gingen am Rand des Feldes entlang, bis sie wieder auf die Fährte stießen, und verfolgten dann die Spur in den Wald, immer weiter zu den Hügeln zurück. Bald begannen Bäume und Schatten ineinander zu verschwimmen. Der Wind wurde stärker und beschoß sie mit aufgewirbelten Kristallen wie mit Nadeln. Schließlich verloren sie die Spur.

Kenny fluchte und warf seinen Hut auf den Boden. »So schlimm wie heute war es noch nie.« Er hob den Hut auf und wischte den Schnee ab. »Seit ich fünfzehn bin, habe ich jedes Jahr etwas erwischt.«

»Es geht nicht darum, daß man was erwischt«, sagte Frank. »Es geht ums Jagen. Hier draußen gibt es all diese Kräfte, und auf die muß man sich einfach einstellen.«

»Du kannst dich ja einstellen«, sagte Kenny. »Ich bin da, um was zu schießen, und nicht, um mir deine Hippiescheiße anzuhören. Und wenn der Dicke hier nicht dabei wäre, hätt' ich das längst.«

»Das reicht«, sagte Frank.

»Und du – du hast nichts anderes im Kopf als dieses kleine Flittchen und würdest den Bock nicht einmal sehen, wenn er vor dir steht.«

»Arschloch«, sagte Frank und drehte sich um.

Kenny und Tub folgten ihm über die Felder zurück. Als sie in die Nähe der Scheune kamen, blieb Kenny stehen und zeigte auf etwas. »Ich hasse diesen Pfosten«, sagte er. Er legte an und schoß. Es klang wie das Knacken eines trockenen Astes. Der Pfosten zersplitterte oben auf der rechten Seite.

»Gut«, sagte Kenny. »Der ist tot.«

»Laß den Blödsinn«, sagte Frank und ging voraus.

Kenny sah Tub an. Er lächelte. »Ich hasse diesen Baum«, sagte er und schoß abermals. Tub beeilte sich, Frank einzuholen. Er wollte gerade etwas sagen, als der Hund aus der Scheune gelaufen kam und sie anbellte. »Ruhig, ist ja gut«, sagte Frank.

»Ich hasse diesen Hund.« Kenny war hinter ihnen.

»Das reicht jetzt«, sagte Frank. »Nimm sofort das Gewehr runter.«

Kenny schoß. Die Kugel traf den Hund zwischen die Augen. Er sank sofort in den Schnee und streckte alle viere von sich, die gelben Augen offen und starr. Bis auf das Blut sah er aus wie ein kleines Bärenfell. Das Blut lief über die Schnauze des Hundes in den Schnee.

Alle drei schauten den Hund an, wie er so dalag.

»Was hat der dir getan?« fragte Tub. »Er hat doch nur gebellt.«

Kenny drehte sich zu Tub um. »Ich hasse dich.«

Tub schoß aus der Hüfte. Kenny riß es nach hinten gegen den Zaun. Dort ging er in die Knie. Er faltete die Hände über dem Bauch. »Sieh mal«, sagte er. Die Hände waren voll Blut. In der Abenddämmerung war das Blut eher blau als rot. Es schien zu den Schatten zu gehören. Es schien nicht fehl am Platz. Kenny drehte sich vorsichtig auf den Rücken. Er stöhnte mehrmals, tief. »Du hast auf mich geschossen«, sagte er.

»Ich mußte«, sagte Tub. Er kniete neben Kenny nieder. »O Gott«, sagte er. »Frank, Frank.«

Frank hatte sich nicht von der Stelle gerührt, seit Kenny den Hund getötet hatte.

»Frank!« schrie Tub.

»Ich habe doch nur herumgeblödelt«, sagte Kenny. »Es war Spaß. Ah!« sagte er und machte plötzlich den Rücken krumm. »Ah!« sagte er wieder und grub die Fersen in den Schnee und schob sich ein paar Schritte weiter auf dem Kopf nach hinten. Dann blieb er liegen, schaukelte auf Fersen und Kopf hin und her wie ein Ringer, der sich aufwärmt.

Frank gab sich einen Ruck. »Kenny«, sagte er. Er beugte sich hinunter und legte Kenny die Hand auf die Stirn. Er hatte Handschuhe an. »Du hast auf ihn geschossen«, sagte er zu Tub.

»Er hat mich gezwungen«, sagte Tub.

»Nein nein nein«, sagte Kenny.

Tub kamen die Tränen aus Augen und Nase. Sein ganzes Gesicht war naß. Frank schloß die Augen, dann sah er wieder zu Kenny hinunter. »Wo tut es denn weh?«

»Überall«, sagte Kenny. »Einfach überall.«

»O Gott«, sagte Tub.

»Ich meine, wo hat dich denn die Kugel erwischt«, sagte Frank.

»Da.« Kenny zeigte auf die Wunde in seinem Bauch, aus der langsam Blut hervorquoll.

»Du hast Glück gehabt«, sagte Frank. »Es ist links. Den Blinddarm hat's nicht getroffen. Wenn's den Blinddarm erwischt hätte, dann wärst du wirklich am Arsch.« Er drehte sich um und erbrach sich in den Schnee, verschränkte dabei die Arme, als ob ihm kalt wäre.

»Alles in Ordnung?« sagte Tub.

»Im Lastwagen ist Aspirin«, sagte Kenny.

»Alles in Ordnung«, sagte Frank.

»Wir rufen am besten den Notarzt«, sagte Tub.

»Verflucht«, sagte Frank. »Und was wollen wir dem erzählen?«

»Was passiert ist«, sagte Tub. »Er wollte auf mich schießen, da hab' ich zuerst geschossen.«

»Nichts da«, sagte Kenny. »Wollt' ja gar nicht.«

Frank klopfte Kenny auf den Arm. »Nur mit der Ruhe, Partner.«

Er stand auf. »Hauen wir ab.«

Tub hob Kennys Gewehr auf, und sie gingen zum Haus hinunter.

»Wäre Quatsch, es rumliegen zu lassen«, sagte er. »Kenny könnte auf dumme Gedanken kommen.«

»Eines sag' ich dir«, meinte Frank. »Diesmal hast du es wirklich geschafft. Einsame Spitze.«

Sie mußten zweimal klopfen, ehe ihnen ein dünner Mann mit strähnigem Haar die Tür öffnete. Das Zimmer war voll Rauch. Er schaute sie schief an. »Was erwischt?« fragte er.

»Nein«, sagte Frank.

»Kein Wunder. Hab' ich dem andern auch gesagt.«

»Wir haben einen Unfall gehabt.«

Der Mann sah an Frank und Tub vorbei in die Dunkelheit hinaus. »Euren Freund angeschossen, was?«

Frank nickte.

»Ich war's«, sagte Tub.

»Ihr wollt wahrscheinlich telephonieren.«

»Wenn's geht.«

Der Mann in der Tür blickte sich um und trat dann zur Seite. Frank und Tub folgten ihm ins Haus. Mitten im Zimmer saß eine Frau an einem Ofen. Der Ofen qualmte ziemlich stark. Sie sah auf und wandte ihren Blick dann wieder dem Kind zu, das auf ihrem Schoß schlief. Ihr Gesicht war blaß und feucht; Haarsträhnen klebten ihr auf der Stirn. Tub wärmte sich am Ofen die Hände, während Frank in die Küche ging, um zu telephonieren. Der Mann, der sie hereingelassen hatte, stand, die Hände in den Taschen, am Fenster.

»Mein Freund hat Ihren Hund erschossen«, sagte Tub.

Der Mann nickte, ohne sich umzudrehen. »Ich hätte es selber tun sollen. Ich konnte es einfach nicht.«

»Er hat den Hund so gern gehabt«, sagte die Frau. Das Kind wurde unruhig, und sie begann es zu wiegen.

»Haben Sie ihn darum gebeten?« sagte Tub. »Haben Sie ihn gebeten, Ihren Hund zu erschießen?«

»Er war schon alt und krank. Konnte nicht mehr beißen. Ich hätte es selber getan, aber ich hab' kein Gewehr.«

»Du hättest es sowieso nicht gekonnt«, sagte die Frau. »Nicht in hundert Jahren.«

Der Mann zuckte mit den Schultern.

Frank kam aus der Küche. »Wir müssen ihn selbst hinbringen. Das nächste Krankenhaus ist fünfzig Meilen von hier, und alle Rettungsfahrzeuge sind unterwegs.«

Die Frau wußte eine Abkürzung. Der Weg war aber nicht so leicht zu erklären, und Tub mußte sich alles aufschreiben. Der Mann sagte ihnen, wo es Bretter gab, um Kenny zum Auto zu tragen. Er hatte keine Taschenlampe, wollte aber das Licht auf der Veranda anlassen.

Draußen war es dunkel. Die Wolken hingen sehr tief und sahen schwer aus, und der Wind blies in schrillen Stößen. Im Haus stand ein Fenster offen, das zuerst langsam und dann schnell auf- und zuschlug, als der Wind wieder aufkam. Sie konnten es den ganzen Weg bis zur Scheune hören. Frank kümmerte sich um die Bretter, während Tub nach Kenny suchte, der nicht mehr dort lag, wo sie ihn zurückgelassen hatten. Tub fand ihn weiter oben in der Auffahrt. Er lag auf dem Bauch. »Alles in Ordnung?« fragte Tub.

»Es tut weh.«

»Frank sagt, daß es deinen Blinddarm nicht erwischt hat.«

»Den haben sie mir schon rausgenommen.«

»So«, sagte Frank, als er auf sie zukam. »Jetzt stecken wir dich in ein schönes warmes Bett, bevor du bis drei zählen kannst.« Er legte die beiden Bretter rechts neben Kenny.

»Wenn ich nur keine männliche Krankenschwester bekomme«, sagte Kenny.

»Ha, ha«, sagte Frank, »das ist der richtige Geist. Achtung, fertig, los«, und rollte Kenny auf die Bretter. Kenny schrie auf und schlug mit den Füßen um sich. Nachdem er sich beruhigt hatte, hoben Frank und Tub die Bretter an und trugen ihn die Auffahrt hinunter. Tub ging hinten und mußte aufpassen, wo er hintrat, weil ihm der Schnee ins Gesicht blies. Außerdem war er müde, und der Mann drinnen hatte vergessen, das Licht auf der Veranda einzuschalten. Gleich nach dem Haus rutschte Tub aus und ließ los, um sich zu fangen. Die Bretter fielen hin, und Kenny rutschte herunter und rollte brüllend bis zum Fuß der Auffahrt. Er blieb am rechten Vorderrad des Lastwagens liegen.

»Du fotter Trottel«, sagte Frank. »Du bist aber auch für alles zu blöd.«

Tub packte Frank am Kragen und drängte ihn hart gegen den Zaun. Frank versuchte sich aus dem Griff zu befreien, aber Tub schüttelte ihn und schleuderte seinen Kopf vor und zurück, bis Frank schließlich aufgab.

»Was weißt du denn übers Fettsein«, sagte Tub. »Was weißt du denn über Drüsen.« Während er sprach, hörte er nicht auf, Frank zu schütteln. »Was weißt du denn über mich.«

»Schon gut«, sagte Frank.

»Hör auf damit«, sagte Tub.

»Okay.«

»Hör auf, so mit mir zu reden. Hör auf, mich so anzusehen. Hör auf, über mich zu lachen.«

»Gut, Tub. Ich verspreche es.«

Tub ließ Frank los und lehnte sich mit der Stirn gegen den Zaun. Seine Arme hingen gerade herunter.

»Es tut mir leid, Tub.« Frank berührte ihn an der Schulter. »Ich bin am Lastwagen.«

Tub stand eine Zeitlang am Zaun und holte dann die Gewehre von der Veranda. Frank hatte Kenny inzwischen wieder auf die Bretter gerollt. Sie hoben ihn auf die Ladefläche des Lastwagens. Frank breitete die Decken von den Sitzen über ihm aus. »Warm genug?« fragte er ihn.

Kenny nickte.

»Gut. Wo hat der hier den Rückwärtsgang?«

»Ganz nach links und nach vorn.« Kenny setzte sich auf, als Frank sich in Bewegung setzte. »Frank!«

»Was?«

»Nicht mit Gewalt, wenn er schwer reingeht.«

Der Laster sprang sofort an. »Eines muß man den Japanern lassen«, sagte Frank. »Eine sehr alte, hochgeistige Kultur, und bauen super Lastwagen.« Er warf Tub einen Blick zu. »Paß auf, es tut mir leid. Ich hab' nicht gewußt, daß dich das so trifft, wirklich nicht, ehrlich. Du hättest was sagen sollen.«

»Hab' ich.«

»Wann? Wann bitte?«

»Vor ein paar Stunden.«

»Wahrscheinlich hab' ich nicht aufgepaßt.«

»Das stimmt, Frank«, sagte Tub. »Du paßt oft nicht auf.«

»Tub«, sagte Frank, »was da heute passiert ist, ich hätte mehr Verständnis aufbringen sollen. Ich weiß. Du hast da hinten einiges mitgemacht. Es war nicht deine Schuld. Ich möchte, daß du das weißt. Er hat es herausgefordert.«

»Meinst du?«

»Sicher. Er oder du. Ich hätte an deiner Stelle dasselbe getan, keine Frage.«

Der Wind blies ihnen ins Gesicht. Der Schnee war eine weiße Wand, die vor den Scheinwerfern zurückwich; er wirbelte durch das Loch in der Windschutzscheibe ins Führerhaus und legte sich auf sie. Tub klatschte in die Hände und rutschte hin und her, um sich warm zu halten, was ihm aber nicht gelang.

»Ich muß unbedingt anhalten«, sagte Frank. »Ich spür' meine Finger nicht mehr.«

Weiter vorne sahen sie ein paar Lichter neben der Straße. Es war ein Rasthaus. Draußen am Parkplatz standen ein paar Jeeps und Lastwagen. Manche hatten ein Stück Wild über den Kühler gebunden. Frank parkte, dann gingen sie zu Kenny nach hinten. »Wie steht's, Partner«, sagte Frank.

»Mir ist kalt.«

»Mach dir nichts draus. Drinnen ist es noch schlimmer, sag' ich dir. Du solltest die Windschutzscheibe in Ordnung bringen lassen.«

»Sieh mal«, sagte Tub. »Er hat die Decken abgeworfen.« Sie lagen in einem Haufen an der hinteren Bordwand.

»Jetzt paß auf, Kenny«, sagte Frank, »du brauchst gar nicht jammern, daß dir kalt ist, wenn du nicht versuchst, dich warm zu halten. Du mußt auch was dafür tun.« Er deckte Kenny zu und schlug die Decken ein.

»Das war der Fahrtwind.«

»Dann mußt du sie eben festhalten.«

»Warum sind wir stehengeblieben, Frank?«

»Wenn ich und Tub uns nicht aufwärmen, frieren wir fest, und wie sähst du dann aus?« Er stieß Kenny leicht gegen den Arm. »Reg dich nur nicht auf.«

Die Bar war voll mit Männern in farbigen Jacken, die meisten orange. Die Kellnerin brachte ihnen Kaffee. »Genau, was mir der Doktor verschrieben hat«, sagte Frank und umklammerte die dampfende Tasse. Seine Haut war kreideweiß. »Tub, ich hab' nachgedacht. Es stimmt, was du gesagt hast – ich pass' nicht auf.«

»Schon gut.«

»Nein. War höchste Zeit. Wahrscheinlich hab' ich ein bißchen zuviel an mich selbst gedacht. Ist zwar auch keine Entschuldigung, aber mir ist in letzter Zeit viel durch den Kopf gegangen.«

»Hör auf, Frank. Ich hab' vorhin die Beherrschung verloren. Vermutlich sind wir alle etwas nervös.«

Frank schüttelte den Kopf. »Es geht nicht nur darum.«

»Möchtest du darüber reden?«

»Bleibt aber unter uns, Tub?«

»Sicher, Frank. Bleibt unter uns.«

»Tub, ich glaube, ich werde mich von Nancy trennen.«

»Frank, Frank.« Tub lehnte sich zurück und schüttelte den Kopf.

Frank streckte seine Hand aus und legte sie Tub auf den Arm. »Tub, warst du jemals wirklich verliebt?«

»Hm–«

»Ich rede von *wirklich* verliebt.« Er umfaßte Tubs Handgelenk. »Mit deinem ganzen Wesen.«

»Ich weiß nicht. Wenn du mich so fragst, ich weiß nicht.«

»Dann warst du es nie wirklich. Nichts gegen dich, aber du wüßtest es sonst.« Frank ließ Tubs Arm los. »Es ist nicht irgendein Pipimädchen, von dem ich hier rede.«

»Wer ist es, Frank?«

Frank schwieg. Er sah in seine leere Tasse. »Roxanne Brewer.«

»Die Kleine von Cliff Brewer? Der Babysitter?«

»Du kannst Menschen nicht einfach so einteilen, Tub. Deswegen ist ja das ganze System daneben. Und deswegen geht hier das ganze Land den Bach runter.«

»Aber die ist doch höchstens –«, Tub schüttelte den Kopf.

»Fünfzehn. Im Mai wird sie sechzehn«, Frank lächelte. »Am vierten Mai um 15 Uhr 27. Verdammt, Tub, vor hundert Jahren wär' sie in dem Alter schon eine alte Frau gewesen. Julia war ganze dreizehn Jahre alt.«

»Julia? Julia Miller? Du liebe Güte, Frank, die hat doch noch nicht einmal einen Busen. Die geht noch ohne Oberteil baden. Die geht noch Frösche sammeln.«

»Nicht Julia Miller. Die wirkliche Julia. Tub, merkst du nicht, wie du die Menschen in Schubladen steckst. Der ist ein Angestellter, die ist eine Sekretärin, der ist ein LKW-Fahrer, die ist fünfzehn. Tub, dieser sogenannte Babysitter, diese sogenannte Fünfzehnjährige hat mehr im kleinen Finger als die meisten von uns im ganzen Körper. Ich kann dir sagen, diese kleine Frau ist etwas ganz Besonderes.«

Tub nickte. »Ich kenn' solche Mädchen.«

»Sie hat mir ganze Welten erschlossen, Welten, Tub, von denen ich nicht einmal wußte, daß es sie gibt.«

»Und was sagt Nancy zu der ganzen Sache?«

»Sie weiß nichts.«

»Du hast ihr nichts erzählt?«

»Noch nicht. Das ist nicht so leicht. Sie war die ganzen Jahre über verdammt anständig zu mir. Und dann muß ich an die Kinder denken.« Das Leuchten in Franks Augen ließ plötzlich ein wenig nach, und er fuhr sich schnell mit dem Handrücken übers Gesicht. »Vermutlich hältst du mich jetzt für ein totales Schwein.«

»Nein, Frank. Das tu' ich nicht.«

»Solltest du aber.«

»Frank, wenn man einen Freund hat, heißt das, man hat immer jemanden, der zu einem hält, egal, was passiert. So denk' ich mir das jedenfalls.«

»Wirklich, Tub?«

»Sicher.«

Frank lächelte. »Du weißt gar nicht, wie gut mir das tut.«

Kenny hatte versucht, vom Lastwagen herunterzukommen, es aber nicht geschafft. Er hing wie ein Klappmesser über der hinteren Bordwand, mit dem Kopf über der Stoßstange. Sie hoben ihn hinein und deckten ihn wieder zu. Er schwitzte und klapperte mit den Zähnen. »Es tut so weh, Frank.«

»Es würde weniger weh tun, wenn du liegenbleibst. Jetzt fahren wir ins Krankenhaus. Verstanden? Wiederhol das: Ich fahr' jetzt ins Krankenhaus.«

»Ich fahr' jetzt ins Krankenhaus.«

»Noch einmal.«

»Ich fahr' jetzt ins Krankenhaus.«

»Sag das jetzt ein paarmal vor dich hin, und eins, zwei, drei, sind wir da.«

Nach einigen Meilen wandte sich Tub an Frank. »Jetzt hab' ich wirklich Scheiße gebaut«, sagte er.

»Was ist los?«

»Ich hab' den Zettel mit dem Plan liegenlassen.«

»Kein Problem. Ich hab' den Weg so ziemlich im Kopf.«

Der Schnee fiel jetzt weniger dicht, und die Wolken begannen sich von den Feldern zu heben, aber es wurde nicht wärmer. Nach einiger Zeit waren Frank und Tub bis auf die Knochen durchgefroren und zitterten. Als Frank eine Kurve fast nicht mehr schaffte, beschlossen sie, beim nächsten Rasthaus haltzumachen.

In der Toilette gab es einen automatischen Handtrockner. Sie standen abwechselnd davor, öffneten Jacke und Hemd und ließen sich die Heißluft über Gesicht und Oberkörper streichen.

»Weißt du«, sagte Tub, »was du mir da vorhin erzählt hast, das war sehr wichtig für mich. Daß du mir vertraust.«

Frank machte vor der Düse die Hand auf und zu. »Tub, ich glaube, niemand ist eine Insel. Man muß jemandem vertrauen können.«

»Frank–«

Frank wartete.

»Was ich dir über meine Drüsen erzählt habe, stimmt nicht. In Wirklichkeit fresse ich einfach zuviel.«

»Tub, hör mal–«

»Tag und Nacht, Frank. In der Dusche. Auf der Autobahn.« Er drehte sich um und ließ sich die Luft über den Rücken streichen. »Sogar in dem Kasten mit den Papierhandtüchern, wo ich arbeite, hab' ich Sachen zum Fressen versteckt.«

»Mit deinen Drüsen ist alles in Ordnung?« Frank hatte seine Stiefel und Socken ausgezogen. Zuerst hielt er seinen rechten Fuß an die Düse, dann den linken.

»Alles. Von Anfang an.«

»Weiß Alice das?« Die Maschine ging aus, und Frank begann sich die Stiefel zuzuschnüren.

»Niemand weiß es. Das ist das Schlimmste, Frank. Nicht das Fettsein, ich war nie besonders scharf darauf, dünn zu sein, aber die Lügen. Ein Doppelleben führen wie ein Spion oder ein Killer. Klingt vielleicht komisch, aber mir tun diese Menschen leid, wirklich. Ich weiß, was sie durchmachen. Immer daran denken müssen, was man sagt und tut. Immer das Gefühl, daß die Leute dich beobachten und versuchen, dich bei etwas zu erwischen. Nie die Möglichkeit, einfach so zu sein, wie man ist. Wenn ich zum Beispiel eine große Sache draus mache, daß ich zum Frühstück nur eine Orange esse, und dann auf dem Weg zur Arbeit am laufenden Band einwerfe. Oreos, Mars, Twinkies. Sugar Babies. Snickers.« Tub warf einen Blick auf Frank und schaute schnell weg. »Ziemlich widerlich, was?«

»Tub, Tub.« Frank schüttelte den Kopf. »Komm.« Er nahm Tubs Arm und führte ihn in den Restaurantteil des Rasthauses. »Mein Freund hier hat Hunger«, sagte er zur Kellnerin. »Viermal Pancakes, mit viel Butter und Sirup.«

»Frank –«

»Setz dich.«

Als die Sachen kamen, schnitt Frank dicke Scheiben von der Butter und legte sie auf die Pancakes. Dann fuhr er mit der Sirupflasche hin und her über die Teller, bis sie leer war. Er lehnte sich auf die Ellbogen und stützte sein Kinn in eine Hand. »Los, Tub.«

Tub aß ein paar Bissen und begann sich dann den Mund abzuwischen. Frank nahm ihm die Serviette weg. »Abwischen gilt nicht«, sagte er. Tub aß weiter. Der Sirup floß ihm übers Kinn und lief zu einem Ziegenbart zusammen. »Nur rein damit«, sagte Frank und schob ihm eine zweite Gabel über den Tisch. »Jetzt geht's erst richtig los.« Tub nahm die Gabel in die linke Hand, senkte den Kopf und begann nun wirklich reinzustopfen. »Mach den Teller sauber«, sagte Frank, als die Pancakes verschwunden waren, und Tub nahm die Teller und schleckte einen nach dem anderen sauber. Er lehnte sich zurück und versuchte wieder zu Atem zu kommen.

»Wunderbar«, sagte Frank. »Bist du satt?«

»Ich bin satt«, sagte Tub. »Ich bin satt wie noch nie.«

Kennys Decken lagen wieder in einem Haufen an der hinteren Bordwand.

»Muß der Wind gewesen sein«, sagte Tub.

»Ihm helfen sie nichts«, sagte Frank. »Und wir könnten sie gut gebrauchen.«

Kenny murmelte etwas. Tub beugte sich über ihn. »Was? Lauter.«

»Ich fahr' jetzt ins Krankenhaus«, sagte Kenny.

»Braver Junge«, sagte Frank.

Die Decken taten gut. Ihre Gesichter und Franks Hände waren zwar noch dem Wind ausgesetzt, es war aber viel besser. Der frische Schnee auf der Straße und auf den Bäumen glitzerte im Scheinwerferlicht. Die Fenster der Bauernhäuser zeichneten sich als helle Rechtecke im blauen Schnee der Felder ab.

»Frank«, sagte Tub nach einiger Zeit, »der Bauer, weißt du noch? Er hat Kenny gebeten, den Hund umzubringen.«

»Soll das ein Witz sein?« Frank beugte sich nach vorne und überlegte. »Dieser Kenny. Eine tolle Nummer.« Er lachte und Tub auch. Tub sah lächelnd zum Rückfenster hinaus. Kenny lag, die Arme über dem Bauch verschränkt, und sprach zu den Sternen. Direkt über ihm stand der Große Bär, und weiter hinten, zwischen den Spitzen seiner Stiefel, in Richtung Krankenhaus, der Polarstern, Nordstern, Leitstern der Seefahrer. Der Lastwagen schlängelte sich durch die sanften Hügel, und der Stern ging zwischen Kennys Stiefeln hin und her, ohne aus seinem Blickfeld zu verschwinden. »Ich fahr' jetzt ins Krankenhaus«, sagte Kenny. Aber das stimmte nicht. Sie waren schon vor langer Zeit falsch abgebogen.

Ein Vorfall im Leben Professor Brookes

Professor Brooke vertrug sich eigentlich mit allen an seinem Institut, nur mit Riley, einem Yeats-Fachmann, kam er einfach nicht aus. Riley war ein solcher Lackaffe, daß einem sogar sein hellrotes Haar gefärbt vorkam, und man behauptete, daß er sich mit einigen seiner Studentinnen einließ. Brooke hielt in der Regel nichts von Gerüchten dieser Art, war aber in Rileys Fall bereit, eine Ausnahme zu machen. Er hatte einmal beobachtet, wie ein außergewöhnlich hübsches Mädchen weinend aus Rileys Büro kam. Manchmal weinten Studenten wegen schlechter Noten, aber dieses Mädchen war aus anderen Gründen unglücklich: es sah eher nach einem gebrochenen Herzen aus als nach einer Fünf.

Sie gehörten zur selben Pfarre, und Brooke, der in der Kirche gerne hinten saß, sah Riley oft bei der Messe mit seiner Frau und ihren vier rothaarigen Kindern. Die Kinder mit ihrem Vater wie eine Reihe brennender Kerzen nebeneinandersitzen zu sehen, ließ Brooke seine Abneigung immer etwas vergessen. Wenn sich Riley dann seiner Frau zuwandte oder sich umdrehte und die Enden seines unnötig langen Schnurrbartes zu sehen waren, dann mochte ihn Brooke wieder nicht.

Nachdem er das Mädchen aus Rileys Büro hatte kommen sehen, beobachtete Brooke ihn am Sonntag, wie er nach vorne zur Kommunion ging und mit gesenktem Blick und gefalteten Händen an seinen Platz zurückkehrte. Betete er oder versuchte er sich zu erinnern, ob er auch seinen Kragen auf Flecken untersucht hatte? Woher nahm Riley, der unermüdlich oberflächliche Artikel und Bücher produzierte, nur die Zeit für Liebesgeschichten mit Mädchen, die die Syntax ihrer Muttersprache noch nicht im Griff hatten und Frisuren und Parfüms ausprobierten? Wußte Mrs. Riley Bescheid?

Brooke sprach mit seiner Frau nach dem Essen darüber, als die Kinder vom Tisch aufgestanden waren. Sie unterhielten sich oft über die Untreue anderer Menschen, nicht böse oder herablassend, sondern erleichtert, weil sie einander nach sechzehn Jahren noch immer liebten. Brookes Frau meinte, daß ein weinendes Mädchen nicht viel bedeutete – Mädchen weinten immer. Ihrer Meinung nach sollte Brooke mit seinem Urteil über Riley abwarten, bis er mehr wußte. Brooke war von der Unschuld und Großzügigkeit seiner Frau gerührt und tat so, als ob er ihr zustimmte.

Im November traf sich der regionale Ausschuß der *Modern Language Association* in Bellingham. Professor Brooke war eingeladen worden, am Nachmittag des zweiten Tages an einer Podiumsdiskussion teilzunehmen, und obwohl er für literarische Volksfeste nichts übrig hatte, hoffte er, etwas Vernunft in die Runde bringen zu können. Er kannte die Arbeit der anderen Mitglieder des Gremiums und war sich der ernsthaften Gefahr bewußt, daß die Diskussion in ein sinnloses Gezänk ausarten könnte.

Kurz vor seiner Abreise erhielt er von Riley einen Anruf. Riley sollte am Abend einen Vortrag halten, und sein Auto war kaputt. Ob er mitfahren könnte? »Natürlich«, sagte Brooke, aber als er aufgelegt hatte, beklagte er sich bei seiner Frau. »Verflucht«, sagte er, »ich hatte mich darauf gefreut, allein zu sein.« Er war aber nicht nur darüber verärgert, daß er jemand neben sich sitzen hatte; er und Riley hatten sich in der Woche zuvor bei einer Stellenkonferenz gestritten, und er befürchtete, daß Riley, der weder Takt noch ein Gespür für den richtigen Zeitpunkt hatte, wieder damit anfing. Brooke wollte sich nicht bis Bellingham mit jemandem streiten, der taubenblaue Anzüge trug.

Aber Riley war schweigsam, nachdenklich. Als sie Seattle verließen, bat er Brooke an einer Tankstelle anzuhalten, weil er telephonieren wollte. Brooke beobachtete ihn in der Zelle, wie er den Hörer düster ansah und gestikulierte, als ob er eine Rede übte. Als er wieder einstieg, machte sein Gesicht einen derart gequälten Eindruck, daß sich Brooke verpflichtet fühlte zu fragen, ob etwas nicht in Ordnung sei.

»Ja«, sagte Riley. »Aber besser, Sie erfahren den Grund nicht, glauben Sie mir.« Er sagte, daß er mit dem Herausgeber seines letzten Buches Schwierigkeiten hätte.

Brooke glaubte ihm nicht ganz. Er fragte sich, ob es mit dem Mädchen zu tun hatte. Vielleicht hatte Riley sie geschwängert und versuchte ihr nun eine Abtreibung auszureden. »Sagen Sie mir, wenn ich etwas tun kann«, sagte Brooke.

»Nett von Ihnen«, sagte Riley. »Wissen Sie, daß Sie mich an einen Burschen aus der High-School erinnern, der immer zum nettesten Jungen in der Klasse gewählt worden ist. Das ist kein Witz.« Er legte seinen Arm über den Sitz und lächelte Brooke auf seine Art an, indem er die Enden seines Schnurrbarts hochzwirbelte und die Zähne bleckte. Es sah so aus, als ob ihm irgendwo die Wendung »ein spitzbübisches Lächeln« untergekommen wäre und er dann den entsprechenden Gesichtsausdruck entwickelt hätte, und das trieb Brooke zum Wahnsinn. »Erzählen Sie mir«, sagte Riley, »was war das Schlimmste, was sie je getan haben?«

»Das Schlimmste, was ich je getan habe?«

Riley nickte und ließ mehr von seinen Zähnen sehen.

Aus irgendeinem Grund geriet Brooke in Panik: seine Hände auf dem Lenkrad wurden feucht, seine Knie begannen zu zittern, und er konnte nicht gerade denken.

»Vergessen Sie's«, sagte Riley nach einiger Zeit und lachte kurz und sprach den Rest der Fahrt kaum mehr.

Brooke beruhigte sich schließlich, die Frage aber ließ ihn nicht los. Was *war* das Schlimmste, das er je getan hatte? Mit dreizehn, als er eines Abends allein zu Hause war, alle Maraschinokirschen aus dem Kühlschrank aufgegessen und bereits die Lust verloren hatte, die Nachbarn durch das Zielfernrohr auf dem Jagdgewehr seines Vaters anzuvisieren, rief er die Eltern eines Mädchens an, das an Leukämie gestorben war, und fragte, ob er mit ihr sprechen könnte. Im selben Jahr warf er eine Katze von einer Brücke. Später, auf der High-School, benutzte er vor einem schwarzen Mitschüler, der Brooke für seinen Freund hielt, gedankenlos das Wort »Nigger« und prahlte damit, ein Mädchen verführt zu haben, das ihm bloß erlaubt hatte, sie zu küssen.

Als Brooke sich diese Dinge in Erinnerung rief, schmerzte ihn das physisch – sein Hals wurde so steif, daß es ihm den Kopf nach unten zog und die Schultern krümmte, und seine Handgelenke brannten. Doch er bezweifelte, daß das auf Riley Eindruck machen würde. Für Riley war er sicher ein Musterknabe. Und irgendwie war er das auch; er versuchte ein guter Mensch zu sein. Wenn man ein guter Mensch sein wollte, wurde man leicht für einen Pharisäer gehalten, aber gab es einen anderen Weg? Brooke wollte davon nichts wissen. Und doch fragte er sich manchmal, ob er sich nicht zu leicht hatte zähmen lassen.

Die Diskussion war kein Erfolg. Einer der Teilnehmer, ein junger Mann namens Abbot, der von der Oregon State University kam, hatte vor kurzem ein Buch über Samuel Johnson veröffentlicht, in dem er versucht hatte, Johnson als Dichter und Denker der Aufklärung zu begreifen. Die Arbeit war so verquer, daß Brooke angenommen hatte, sie sei nicht ernst gemeint gewesen, aber das war nicht der Fall. Abbot schien überzeugt, daß seine Ideen für ihn sprachen, und brachte sie hartnäckig in Auseinandersetzungen ein, in denen sie fehl am Platz waren. Nach einem außergewöhnlich langen Diskussionsbeitrag entschloß sich Brooke, ihn zu kritisieren, und tat das auch, erfolgreich wie er meinte, mit wenigen Worten.

»Ausgezeichnete Einwände«, sagte die Vorsitzende, eine Dryden-Spezialistin, die am Reed College unterrichtete, eine Sonnenbrille trug und beim Sprechen Rauch ausatmete. Zu Abbot sagte sie: »Sind Sie mit Ihrem Vortrag fertig?«

Abbot sah sie scharf an und nickte dann.

»Gut«, sagte die Vorsitzende. »Um Samuel Johnson, diese Paradefigur der Aufklärung, zu zitieren: ›Niemand hätte ihn sich länger gewünscht.‹«

Abbot war am Boden zerstört. Das Unglück stand ihm ins Gesicht geschrieben, und er saß da, ohne sich noch einmal an der Diskussion zu beteiligen. Brooke war das Verhalten der Vorsitzenden peinlich, nicht nur, weil sie unfreundlich, sondern weil ihre Unfreundlichkeit so ausgesprochen professoral gewesen war.

Nach der Diskussion plauderte er mit einer Frau, die er von einer Lehrveranstaltung her kannte. Ein athletisch wirkender junger Mann gesellte sich zu ihnen, den Brooke für einen ihrer Studenten hielt, bis sie ihn als ihren Mann vorstellte. Der Altersunterschied machte Brooke nervös, und er entfernte sich bald.

Der Raum, in dem die Diskussion stattgefunden hatte, war eigentlich die Hälfte eines langen Saals, den man durch eine Faltwand geteilt hatte. Dahinter hatte gerade irgendeine Versammlung begonnen. Es waren nur männliche Stimmen, und Brooke vermutete, daß es Pfadfinderführer waren, die zu einem Treffen ins Hotel gekommen waren. Er stand an einem Ende des Buffets und aß kleine Sandwiches, in denen Fähnchen steckten, auf die jemand literarische Zitate über Essen und Trinken getippt hatte. Am anderen Ende sah er Abbot, der seine Blicke durch den Raum schweifen ließ und vor sich hinlächelte. Brooke hoffte, daß Abbot nicht zu einem jener Akademiker werden würde, die meinen, daß ihre Ideen nicht anerkannt werden, weil sie zu tief und originell sind. Er ging zu ihm hinüber und zeigte ihm eines seiner Fähnchen.

»Was steht denn auf Ihrem?«

»Nichts«, sagte Abbot. »Ich bin auf Diät.« Er starrte in seinen Kaffee, der an der Oberfläche irisierend glänzte.

»Sagen Sie mir«, fragte ihn Brooke, »woran arbeiten Sie gerade?«

Abbot holte tief Luft, stellte die Tasse hin und ging an Brooke vorbei aus dem Raum.

»Aua«, sagte die Frau auf der anderen Seite des Tisches.

Brooke wandte sich zu ihr um. Sie war eine eindrucksvolle Erscheinung, nicht wirklich schön, aber sehr blond und stark zurechtgemacht. »Haben Sie das mitbekommen?«

»Ja. Sie haben es immerhin versucht.« Sie griff unter den Tisch und holte einen neuen Teller mit Sandwiches hervor.

»Nehmen Sie eines«, sagte sie. »Salami und Käse.«

»Nein, danke. Diese Zitate sind schwer zu schlucken.«

Sie ließ den Teller sinken. Ihr Gesicht war auf einmal so rot, als ob man sie geschlagen hätte.

Brooke drehte an einem der Fähnchen. »Die haben Sie gemacht, nicht?«

»Ja.«

»Tut mir sehr leid, daß ich das gesagt habe. Ich wollte besonders gescheit sein.«

»Ist schon gut.«

»Ich werde in Zukunft den Mund halten«, sagte Brooke. »Jedesmal, wenn ich ihn aufmache, stoße ich jemanden vor den Kopf.«

»Ich habe eigentlich nicht verstanden, worum es bei der Diskussion wirklich ging«, sagte sie, »nur, daß er immer alle unterbrochen hat. Ich fand Sie nett. Als ich Ihnen zuhörte, wußte ich, daß ich Sie mögen würde. Aber diese Frau. Wenn mit mir jemand so sprechen würde, würde ich sterben. Einfach sterben.«

Sie lehnte sich zu Brooke hinüber und sprach leise, als ob sie ihm Vertraulichkeiten mitzuteilen hätte. Sie hatte ungewöhnlich volle Lippen und, wie die Frau von Bath, eine Lücke zwischen den Vorderzähnen. Brooke wollte ihr sagen, daß zu Chaucers Zeiten eine Zahnlücke als Zeichen großer Sinnlichkeit galt, entschloß sich dann aber, es nicht zu tun. Sie hätte es mißverstehen können.

Auf der anderen Seite der Trennwand legten die Pfadfinderführer gerade ihren Treueeid ab.

»Wo haben Sie denn die Zitate alle her?« fragte Brooke.

»Aus dem Bartlett. Es war eine dumme Idee.«

»Nein. War es nicht. Es war sehr aufmerksam.« Brooke wollte das Gespräch an dieser Stelle beenden, aber die Frau begann ihm Fragen zu stellen, und er dachte, daß auch er sie einiges fragen sollte. Sie hieß Ruth. Sie war Krankenschwester am Allgemeinen Krankenhaus von Bellingham und hatte immer in dieser Stadt gelebt. Sie war unverheiratet. Die Kellnergewerkschaft der Stadt, der auch die Leute vom Partyservice angehörten, war in Streik getreten, und ein Collegelehrer aus ihrer Literarischen Gesellschaft hatte sie gebeten, bei der Konferenz auszuhelfen.

»Literarische Gesellschaft«, sagte Brooke. »Ich wußte gar nicht, daß es so etwas noch gibt.«

»Und ob«, sagte Ruth, »die Gesellschaft ist für mich das Wichtigste im Leben.«

In diesem Augenblick kam eine Frau auf Ruth zugelaufen und gab ihr eine Liste mit Sachen, die aus der Küche des Hotels abzuholen waren. Als Ruth wegging, warf sie einen Blick über ihre Schulter und lächelte.

Inzwischen hatten sich schon mehrere Leute für Sandwiches

angestellt. Brooke machte Platz und fand sich bald mit einem älteren Studenten seiner Universität in einer Ecke, der gerade eine öde Arbeit über Ruskin abgeschlossen hatte. »Na ja«, sagte der Student, ein großer junger Mann mit einem runden Rücken, »wahrscheinlich hat sich der gute Doktor heute im Grab umgedreht.«

»Der gute Doktor?« sagte Brooke, der sich mit diesem Menschen nicht wohl fühlte, der vier Jahre seines Lebens damit zugebracht hatte, *The Stones of Venice* zu lesen.

»Doktor Johnson.«

»Ich weiß nicht, wovon Sie reden«, sagte Brooke.

Riley gesellte sich mit ein paar Sandwiches in der Hand zu ihnen, und der Student hatte keine Zeit für eine Erklärung. »Sie sind ganz schön auf Abbot losgegangen«, sagte Riley.

»Ich wollte auf niemanden losgehen.«

»Für mich hat es so ausgesehen.«

»Es war eine Diskussion«, sagte Brooke. »Er hat von seinem Standpunkt aus gesprochen und ich von meinem. Deswegen waren wir doch hier.«

»Sie meinen«, sagte Riley, »daß Sie den richtigen Standpunkt vertreten haben und er den falschen?«

»Ich glaube schon. Was meinen Sie?«

»Ich kenne mich in dieser Zeit nicht so gut aus wie ich sollte«, sagte Riley, »ich hielt seine Ansichten aber für originell. Interessant genug waren sie jedenfalls.«

»So interessant«, sagte Brooke, »wie eine Theorie über die Erde als Scheibe.«

»Ich beneide Sie«, sagte Riley. »Sie sind sich Ihrer Sache immer so sicher.«

Der Student sah auf seine Uhr. »Oh«, sagte er. »Ich muß gehen.«

»Ich bin mir meiner Sache nicht immer sicher«, sagte Brooke. »In diesem Fall allerdings doch.«

»Ich habe nicht nur an die Diskussion gedacht.« Riley erinnerte Brooke an die Stellenkonferenz der letzten Woche. Er wollte wissen, wie Brooke sich dagegen aussprechen konnte, daß eine Frau mit einem kranken Mann und drei Kindern eine

Stelle bekam. Er wollte wissen, wie Brooke das vor sich selbst rechtfertigte.

»Wir hatten die berufliche Qualifikation der Frau einzuschätzen«, sagte Brooke. »Wie Sie ja nur allzugut wissen, ist sie eine schreckliche Lehrerin, und sie hat seit mehr als vier Jahren nichts veröffentlicht. Nicht einmal eine Rezension.«

»So einfach ist das also für Sie.«

»Es war überhaupt nicht einfach«, sagte Brooke. »Wenn es irgend etwas gäbe, was ich sonst für sie tun könnte, würde ich es tun. Wenn Sie mich jetzt entschuldigen wollen, ich brauche frische Luft.«

Vom Wasser her blies ein kalter, salziger Wind. Die Straßen waren leer. Brooke ging ein paarmal um das Hotel und nickte dem Portier zu, wenn er beim Eingang vorbeikam. Die Straßenlaternen waren an, und einige in den Beton eingelassene Steine gaben ihm einen falschen und beunruhigenden Glanz.

Er kam mit sich überein, daß er recht hatte und Riley nicht. Warum fühlte er sich dann aber so schlecht? Es war lächerlich. Er würde einfach noch einen Bissen zu sich nehmen und noch in dieser Nacht nach Hause fahren. Riley konnte ja mit jemand anderem fahren.

Als er das Restaurant des Hotels verließ, sah Brooke in der Halle die blonde Frau – Ruth. Er wollte sich umdrehen, aber gerade in diesem Augenblick schaute sie in seine Richtung und lächelte und winkte. Sie war einfach froh, ihn zu sehen, und Brooke entschloß sich, sie zu begrüßen. Er wollte nicht unhöflich sein. Sie saßen nebeneinander, auf Sesseln, die man aus irgendeinem Grund festgeschraubt hatte. In den Sesseln gegenüber übten sich zwei Pfadfinderführer im Armdrücken. Ruths Parfüm roch nach Lavendel; es kam in Wellen über ihn. Er wollte die Augen schließen und es einatmen.

»Ich habe mit der Bibliothek telephoniert«, sagte sie, »aber sie haben keines Ihrer Bücher.«

»Das überrascht mich nicht«, sagte Brooke. Er erklärte ihr, daß seine Bücher für das allgemeine Publikum zu speziell wären.

»Ich hätte sie trotzdem gerne gelesen«, sagte Ruth. »In der

Literarischen Gesellschaft gibt es Leute, die selbst Sachen schreiben, Haikus und so, aber ich hab' noch nie jemanden kennengelernt, der ein Buch geschrieben hat, von zwei Büchern ganz zu schweigen. Vielleicht«, sagte sie, »kann ich sie durch eine Buchhandlung bestellen.«

»Möglich«, sagte Brooke, hoffte jedoch, daß sie das nicht täte. Seine Bücher waren sehr schwierig, und sie hielt ihn dann vielleicht für einen Pedanten.

»Wissen Sie«, sagte sie, »ich hatte so ein Gefühl, daß ich Sie heute abend sehen werde, hier oder bei der Dichterlesung.«

»Ich habe nicht gewußt, daß es eine gibt«, sagte Brooke. »Wer ist es denn?«

»Francis X. Dillon. Sind Sie mit ihm befreundet?«

»Nein. Warum fragen Sie?«

»Na, weil Sie beide Schriftsteller sind.«

»Natürlich habe ich von ihm gehört«, sagte Brooke. Seine jüngeren Studenten und auch die Mutter seiner Frau mochten Dillons Lyrik sehr. Brooke hatte kürzlich in einem Drugstore in eins seiner Bücher hineingeschaut – er war neugierig geworden, weil hinten auf dem Umschlag behauptet wurde, daß der Dichter in 23 Sprachen übersetzt worden sei, Hindi eingeschlossen. Beim Durchblättern überkam Brooke die Vorstellung von einem Guru in einer verdunkelten Zelle, der in keinem andern Licht als dem seiner mystischen Aura genau diese schrecklichen Verse vortrug. Nun aber dachte er, daß es schade wäre, Dillon nicht persönlich kennenzulernen.

Der Raum war groß und überheizt und so überfüllt, daß sie beide hinten stehen mußten. Der Dichter war bereits eine halbe Stunde zu spät. Es ging aber niemand, trotz der stickigen, übelriechenden Luft.

Dillon kam und begann ohne Entschuldigung zu lesen. Er trug ein Holzfällerhemd und eine weite Khakihose, die um die Hüfte mit einem Strick zusammengehalten wurde. In allen Gedichten ging es um Bäume. Sie schienen zu sagen, daß Menschen von Bäumen eine Menge zu lernen hätten: Bäume sind natürlich und ungehemmt und halten es nicht für nötig, überall Straßen und Fabriken zu bauen.

Nach welchem Prinzip die Gedichte arrangiert waren, entzog sich Brookes Kenntnis, bis Dillon in einer Pause bemerkte, daß man nun bald in die Zone der Espen hinaufkommen werde. Da erkannte Brooke, daß die Gedichte der Höhe nach angeordnet waren. Sie hatten mit dem Aufstieg auf Höhe des Meeresspiegels mit den Nadelbäumen der Küstenwälder begonnen und waren seither ständig nach oben geklettert. Brookes Aufmerksamkeit schweifte ab, bis das Publikum schließlich zu applaudieren begann. Sie hatten vermutlich die Baumgrenze erreicht, und er klatschte auch. Als Zugabe las Dillon ein langes Stück, das er als »mein anderes Zederngedicht« bezeichnete, und verließ danach den Raum, ohne auch nur mit irgendwem ein Wort zu sprechen.

»Ist er nicht wunderbar!« sagte Ruth, als sie standen und dem leeren Podium Beifall klatschten.

Brooke nickte so gut er konnte.

Sie ließ sich aber nichts vormachen. Später, im Lord George, der Bar, die Ruth für einen Drink vorgeschlagen hatte, fragte sie ihn, warum er die Gedichte nicht mochte. Er spürte, daß sie den Tränen nahe war.

»Sie haben mir gefallen«, sagte er »sehr gefallen sogar.«

»Wirklich?«

»Ja. Ich halte sie für außergewöhnlich.«

»Ich auch«, sagte Ruth und begann zu beschreiben, wie manche der vorgetragenen Gedichte auf sie gewirkt hatten. Brooke fragte sich, warum sie ihn in diese Bar gebracht hatte, deren Wände mit Schilden, Keulen und Schwertern geschmückt waren. Sie hatte gesagt, daß er hingerissen sein würde. Was hatte das zu bedeuten?

»Was ich an seinen Gedichten auch mag«, sagte Ruth, »ist, daß man sich nicht umbringen will, wenn man sie gelesen hat.«

»Das stimmt«, sagte Brooke. Er bemerkte, daß zwei Männer an einem Tisch in der Nähe sie anstarrten. Sie dachten wahrscheinlich, daß sie seine Frau war. Er konnte ihnen ansehen, daß sie gerne an seiner Stelle gewesen wären.

»Letztes Jahr habe ich mir ein Stück angeschaut«, sagte Ruth, »von Shakespeare, über diesen König, der alles seinen Töchtern gibt –«

»*König Lear.*«

»Genau. Dann wollten sie nichts mehr mit ihm zu tun haben und haben ihm alles weggenommen und die Augen seines besten Freundes herausgebohrt und sind auf ihnen herumgetrampelt. Ich versteh' nicht, warum irgend jemand, besonders ein wirklich guter Autor wie Shakespeare, sich so einen Mist einfallen läßt.«

»Das Leben ist nicht immer erbaulich«, sagte Brooke.

»Ich kenne das Leben«, sagte Ruth, »glauben Sie mir. Aber warum soll ich mich auf so etwas einlassen. Ich lese gerne etwas über Verliebte. Ich lese gerne etwas über schöne Berge und die Sterne und so. Ich lese gerne etwas über Menschen, die sich um verletzte Tiere kümmern und sie dann wieder freilassen.«

Brooke sagte: »Sie sind sehr schön.«

»Sie wissen nicht, wie ich wirklich aussehe«, sagte Ruth. »Das sind nicht meine Haare. Das ist eine Perücke.«

»Ich habe nicht von Ihrem Aussehen gesprochen«, sagte Brooke, was zum Teil der Wahrheit entsprach.

»Hallo, wie steht's«, sagte Riley, der mit Abbot an ihren Tisch gekommen war. Beide hatten ihre Mäntel an, und Riley zeigte sein Lächeln und blies sich in die Hände. Sein Gesicht war weiß und hatte einen blauen Ton, wie Milch. Brooke fragte sich, warum Rothaarige vor Kälte bleich werden, andere aber rot. Das erschien ihm sonderbar. Abbot schwankte im Takt einer Musik, die nur er hörte. »Wir haben eine Runde gemacht«, sagte Riley. »Was dagegen, wenn wir uns setzen?«

Ruth rückte näher zu Brooke, und Riley glitt in die Nische und begann sofort, leise auf sie einzureden. Abbot setzte sich neben Brooke. Zuerst sagte er nichts, dann lehnte er sich auf einmal zu Brooke und sprach ihm ins Ohr, als ob es die Sprechmuschel eines Telephonhörers wäre. »Hab' nachgedacht, was Sie heute gesagt haben. Interessant. Sehr interessant. Aber ganz falsch.« Er begann die Argumente zu wiederholen, die er früher am Tag vorgebracht hatte. Als die Kellnerin mit seinem Drink kam – irgend etwas mit Tomatensaft –, schüttete er sich das meiste vorne übers Hemd. »Kann man nichts machen«, sagte er und schob das Taschentuch weg, das Ruth ihm anbot.

Brooke wandte sich an Riley. »Wie ging's mit Ihrem Referat?«

»Es war brillant«, sagte Abbot. »Das Brillanteste vom Brillanten.«

»Danke«, sagte Riley. »Es ging recht gut, denke ich.«

»Tut mir leid, daß ich es versäumt habe«, sagte Brooke. »Wir waren bei der Dillon-Lesung.«

»Ich habe gerade davon gehört«, sagte Riley. »Ihre Freundin...«

»Ruth«, sagte Brooke.

»Ruth! Was für ein schöner Name. ›Wohin du gehest, da will auch ich hingehen; wo du weilst‹«, sagte Riley und schaute ihr tief in die Augen, »›will auch ich weilen.‹«

Dieser Mensch ist unmöglich, dachte Brooke, und griff unter dem Tisch nach Ruths Hand. Er nahm sie und drückte sie. Sie erwiderte den Druck. Was in aller Welt ist denn in mich gefahren? dachte Brooke glücklich.

»Entschuldigen Sie mich«, sagte Abbot. Er stand auf, nahm schwerfällig wieder Platz und fiel mit dem Gesicht auf den Tisch.

»Ich würde sagen, für ihn ist der Zug abgefahren«, sagte Riley.

»Macht es Ihnen etwas aus, ihn ins Hotel zu bringen?« fragte Brooke. »Ich bringe Ruth nach Hause.«

Als Riley zögerte, kam Brooke der Verdacht, daß er darüber nachdachte, wie dieser Vorschlag umzudrehen war. »In Ordnung«, sagte Riley schließlich. »Ich rufe ein Taxi.«

An einem Tisch am anderen Ende lehnte sich eine Gruppe von Pfadfinderführern zusammen und sang:

»Unsere Paddel sauber und hell,
Glänzen wie Silber,
Wie Wildgänse schnell,
Rein, rein und los,
Rein, rein und los.«

Als das Lied zu Ende war, heulten sie in einer ihnen allen vertrauten Art, und einer schlug auf dem Boden einen Purzelbaum.

Brooke hatte die Absicht gehabt, Ruth bis zu ihrer Haustür zu bringen und dann ins Hotel zurückzukehren, aber es fielen ihm nicht die richtigen Worte ein, und er ging mit hinein. Im Wohnzimmer lagen rote Polster im Kreis, und in der Mitte stand eine dicke Kerze am Boden. Neben der Tür hing eine eingerahmte Vergrößerung einer Photographie von drei Möwen im Flug mit der Sonne im Hintergrund. Mehrere Holzelefanten, die wie auf einer Wachstumstafel der Größe nach aufgestellt waren, marschierten Rüssel an Schwanz oben über das Bücherregal. »Ich glaube an die Ehrlichkeit«, sagte Ruth.

»Ich auch«, sagte Brooke und dachte, daß sie ihm jetzt von einem Freund oder Verlobten erzählen würde. Er hoffte es.

Ruth sagte nichts. Sie griff sich statt dessen mit beiden Händen ins Haar und hob es wie einen Hut ab. Darunter war kein Haar, nur ein leichter Flaum wie bei einem Neugeborenen. Sie setzte die Perücke auf einer Gipsbüste ab, die zwischen einem Kamelsattel und ein paar exotischen Puppen auf ihrem Nippesregal stand. Dann sah sie Brooke an. »Macht es Ihnen was aus?« fragte sie ihn.

»Natürlich nicht.«

»Sagen Sie nicht ›natürlich nicht‹. Das heißt gar nichts. Ich hab' schon öfter schlechte Erfahrungen gemacht, kann ich Ihnen sagen.«

»Nein, Ruth. Es macht mir nichts aus.« Brooke dachte, daß sie exotisch aussah. Sie erinnerte ihn an Bilder französischer Frauen, denen man die Köpfe geschoren hatte, weil sie mit Deutschen geschlafen hatten. Er wußte, daß er gehen sollte, doch wenn er jetzt ging, würde sie das nicht verstehen und gekränkt sein.

»Ich habe nichts dagegen, draußen die Perücke zu tragen«, sagte Ruth, »um die Leute nicht in Verlegenheit zu bringen. Zu Hause aber will ich einfach ich selber sein und Schluß.« Sie goß beiden ein Glas Wein ein und zündete die Kerze an. »Ich bin ein Fußbodenmensch«, sagte sie und setzte sich auf ein Polster. »Wenn Sie einen Sessel wollen – im Schlafzimmer ist einer.«

»Nein, danke«, sagte Brooke, »ich bin auch ein Fußbodenmensch.« Er zog die Hose an den Knien hoch und setzte sich ihr gegenüber im Türkensitz hin. Dann fiel ihm sein Jackett ein, und er zog es aus, legte es zusammen und dann neben sich auf ein Kissen. »Also«, sagte er und rieb sich die Hände.

»Ich habe aber auch nicht angenommen, daß es Sie stört«, sagte Ruth. »Mir ist aufgefallen, daß sich kreative Menschen meistens nicht nur für das Aussehen interessieren.«

»Ich finde, Sie sehen gut aus«, sagte Brooke. »Exotisch.«

»Wirklich? Na ja, ehrlich gesagt, hätte ich lieber Haare. Ich war vor ein paar Jahren ziemlich krank, und was Sie da sehen ist alles, was nach der Chemotherapie übriggeblieben ist. Sie haben mir gesagt, daß sie nachwachsen werden, sind sie aber nicht. Aber wenigstens leb' ich noch.« Sie brach einen Wachsfaden von der Kerze und rollte ihn zwischen ihren Händen. »Damals ging es mir eine Zeitlang nicht besonders.«

»Das tut mir leid«, sagte Brooke. »Es muß schrecklich gewesen sein.«

Ruth sagte, daß sie damals einfach dagelegen und gewartet hätte, daß es passierte, als ein Freund von ihr zu Besuch kam und ihr ein Buch mit Gedichten von Francis X. Dillon daließ.

»Kennen Sie ›Sonnenaufgang bei Monterey‹?« fragte sie ihn.

»Ungefähr«, sagte Brooke. Er erinnerte sich, daß es mit der Aufforderung »Umarmt euch!« schloß. Er hatte es dumm gefunden.

»Das war das erste Gedicht, das ich gelesen habe«, sagte Ruth. »Als ich durch war, las ich es wieder und wieder und wußte einfach, daß ich leben würde. Und da bin ich.«

»Sie sollten Dillon schreiben und ihm das erzählen.«

»Hab' ich getan. Ich hab' ein Gedicht geschrieben und es ihm geschickt.«

»Was hat er geantwortet? Hat es ihm gefallen?«

»Das weiß ich nicht. Ich wollte nicht, daß er glaubt, daß ich etwas von ihm haben will, und hab' deswegen keinen Absender angegeben. Auf jeden Fall hab' ich dann viele Gedichte gelesen und bin der Literarischen Gesellschaft beigetreten, als ich aus dem Krankenhaus kam.« Sie zählte die Dichter auf, die ihr wichtig waren – alle wie Dillon von der Art, die Weihnachtsalben machen und deren Zeilen unten auf Stimmungspostern auftauchen.

»Was machen Sie denn dort?« fragte Brooke. »In der Gesellschaft.«

»Wir teilen.«

»Ihr leiht einander Bücher?«

»Auch«, sagte Ruth. »Manchmal lesen wir einander auch vor und sprechen über das Leben.«

»Das klingt ja nach einer Encountergruppe?«

»Schreiben Sie nicht auch deshalb?« fragte Ruth. »Um Menschen zusammenzubringen und ihnen zu helfen, ihr Leben zu leben?«

Brooke wußte nicht genau, warum er seine Bücher geschrieben hatte. Er war sich nicht sicher, ob seine Beweggründe diesem Kriterium standhalten konnten. »Lesen Sie mir Ihr Gedicht vor. Das, das Sie Dillon geschickt haben.«

»Wenn Sie wollen.« Sie begann es aufzusagen. Brooke nickte im Takt mit, der gezwungen und überdeutlich war. Er hörte die Worte kaum. Er dachte, daß nichts, was er je gedacht oder gesagt hatte, eine Frau dazu bringen könnte, wieder leben zu wollen. »Das war wunderschön«, sagte er, als Ruth fertig war. »Wie wär's mit einer Zugabe?«

»Das ist das einzige Gedicht, das ich je geschrieben habe, mit einer Ausnahme, und das ist ein ziemlich persönliches Gedicht.« Ruth erklärte ihm, daß sie nur schreiben konnte, wenn sie etwas dazu drängte, ein wirklich starkes Gefühl.

»Dann lesen Sie mir etwas vor.«

Sie nahm ein Buch aus dem Regal, öffnete es und räusperte sich. »›Sonnenaufgang bei Monterey‹«, sagte sie, »von Francis X. Dillon.« Sie schaute zu Brooke auf. »Oh«, sagte sie, »ich mag sehr, wie Sie mich ansehen.«

»Lesen Sie«, sagte Brooke. Er zwang sich an den richtigen Stellen zu lächeln und den Kopf zu schütteln. Nach einiger Zeit begann es ihm zu gefallen, und er gestand sich sogar zu, an das zu glauben, was es sagte: daß die Welt schön sei und daß wir schön seien und daß wir noch schöner sein könnten, wenn wir uns einfach gehen ließen – schrien, wenn wir schreien wollten, nackt herumliefen, wenn wir nackt herumlaufen wollten, einander umarmten, wenn wir einander umarmen wollten.

Am nächsten Morgen kam Riley auf Brookes Zimmer. Er trug ein grünes Jackett, eine karierte Krawatte und eine karierte Hose. »Sie haben gesagt, daß Sie früh weg wollten«, sagte er. »Ich hoffe, daß ich nicht zu früh dran bin.«

Brooke spürte, wie Rileys Blick über seine Schulter zum Bett wanderte. Er hatte daran gedacht, es ein wenig durcheinanderzubringen, hatte sich aber dann nicht dazu aufraffen können. Jetzt wünschte er, er hätte es getan. »Sie hätten anrufen sollen«, sagte er.

Riley grinste. »Ich hab' mir gedacht, Sie sind schon auf.«

Brooke war bedrückt und sprach auf der Heimfahrt kaum. Riley redete ohne Punkt und Komma, schien das aber nicht zu bemerken. Er beschrieb seine Schwierigkeiten mit dem Universitätsverlag, der sein neues Buch herausbrachte, und gab Brooke eine Menge Ratschläge für den Umgang mit Verlegern. Wie er sich in der vergangenen Nacht angestrengt hatte, Abbot auf sein Zimmer zu bringen, wurde zu einer Anekdote, und wenn sie auf der Straße an Frauen vorbeifuhren, beurteilte er deren Gesicht.

Rileys Frau stand am Aussichtsfenster. Sie winkte, als Brooke vorfuhr. Riley nahm seinen Koffer vom Rücksitz und steckte seinen Kopf zur Tür herein, als Brooke gerade den Gang einlegte. »Hören Sie mal«, sagte er. »Ich weiß nicht, was letzte Nacht passiert ist, und es ist mir auch egal. Was mich betrifft, habe ich nie von jemandem namens Ruth gehört.«

»Es war nicht so, wie Sie meinen«, sagte Brooke.

»Ist es nie«, sagte Riley. Er klopfte mit seinen Knöcheln auf das Dach des Wagens und ging dann den Weg zu seinem Haus hinauf.

Brooke beschloß, seiner Frau nicht zu erzählen, was er getan hatte. Früher hatte sie alles über ihn gewußt, und es gefiel ihm, der Mann zu sein, für den sie ihn hielt. Nun war er ein anderer, als seine Frau dachte. Wenn er ehrlich wäre, würde er sie schrecklich verletzen. Brooke meinte, dazu kein Recht zu haben. Er mußte so tun, als ob nichts geschehen wäre. Er war ihr das schuldig. Das kam ihm zwar als Heuchelei vor, es fiel ihm aber kein besserer Weg ein, die Sache in Ordnung zu bringen.

Ohne sich wirklich darüber klar zu sein, sah Brooke die Ereignisse seines Lebens als Abfolge einzelner Kapitel, und wenn er fühlte, daß ein Kapitel zu Ende ging, schloß er es gerne mit einem entsprechenden Vorsatz ab. Nie wieder, beschloß er, würde er hinten in der Kirche sitzen und Riley beobachten. Von nun an würde er vorne sitzen und sich von Riley, im Bewußtsein dessen, was er wußte, beobachten lassen. Er würde vor Riley knien, wie alle Menschen voreinander knien müßten, dachte er.

Natürlich war das Kapitel, das für Professor Brooke nun zu Ende war, nicht auch für jeden anderen zu Ende. Den Winter hindurch fand er in seinem Postfach an der Universität anonyme Liebesgedichte in Umschlägen ohne Absender.

Und Brookes Frau roch, als sie seine Sachen auspackte, ein Parfüm an seiner Krawatte. Dann ging sie den Wäschekorb durch und entdeckte an einem Hemd überall denselben schweren Duft. Es mußte dafür eine Erklärung geben, aber wie lange sie auch am Bettrand saß und sich, den Kopf in den Händen, hin und her wiegte, sie konnte sich nicht vorstellen, was es sein mochte. Und ihr Mann war in jener Nacht so sehr er selbst, so fröhlich und warm, daß sie sich seiner unwürdig fühlte. Der Zweifel ging von ihrem Kopf auf ihren Körper über; er wurde zu einem Herzflattern, wie es einen ein paar Jahre lang immer wieder plötzlich überkommt und dann verschwindet.

Mir war Eugene schon aufgefallen, bevor ich ihn wirklich kennenlernte. Er war nicht zu übersehen. Als unser Zug New York verließ, schaffte er es, auf dem Weg von einem anderen Waggon in den, wo ich saß, zwischen seinen zwei riesigen Koffern in der Tür steckenzubleiben. Fasziniert von dem Hut, den er trug, einem grünen Tirolerhut mit Federn an der Krempe, beobachtete ich, wie er loszukommen versuchte. Ich fragte mich, ob er mit seinem wahllosen Umhergrinsen die Absurdität seiner Lage zu mildern hoffte. Schließlich gab etwas nach, und er schoß in den Waggon. Ich hoffte, daß er sich nicht neben mich setzen würde, was er aber tat.

Er hatte noch kaum Platz genommen, als er auch schon zu reden begann, und er hörte nicht mehr auf, bis wir nach Wallingford kamen. Ob ich nach Choate fuhr? So ein Zufall – er auch. Das erste Jahr? Er auch. Woher ich kam? Aus Oregon? Kein Scheiß? Wo sich die Füchse gute Nacht sagen, was? Er kam aus Indiana – Gary, Indiana. Ich kannte doch das Lied, oder? Ich kannte es, aber er sang es mir trotzdem vor, ganz, das heikle Ende eingeschlossen. Es waren noch andere Jungen im Waggon. Sie starrten uns an, und ich wünschte mir, er würde den Mund halten.

Ob ich schwimme? Schade, ein toller Sport, ich sollte es mal probieren. Er hatte im vorigen Jahr bei den Meisterschaften für den Mittleren Westen einen Freistilrekord aufgestellt. Und mein Lieblingsfach? Ihm gefiel Mathe, meinte er, aber er sei in allen ziemlich gut. Er bot mir eine Zigarette an, die ich ablehnte.

»Ich sollte es aufgeben«, sagte er. »Wird noch mal mein Tod sein.«

Eugene hatte ein Stipendium. Einer seiner Lehrer hatte ihm gesagt, daß er für eine normale High-School zu intelligent wäre, und ihm eine Liste mit Prep-Schools gegeben. Eugene hatte sich für alle beworben – »einfach so« – und war von allen aufgenommen worden. Er hatte sich schließlich für Choate entschieden, weil nur Choate ihm einen Fahrtkostenzuschuß angeboten hatte. Sein Vater war gestorben, und seine Mutter, die als Krankenschwester arbeitete, hatte noch drei andere Kinder zu erhalten, weshalb es Eugene für unfair hielt, sie um etwas zu bitten. Als der Zug in Wallingford einfuhr, fragte er mich, ob ich nicht mit ihm zusammen ein Zimmer nehmen wollte.

Ich war nicht gerade begeistert. Zum einen sah ich ihn nicht gerne an. Sein Kopf war für seinen schlaksigen Körper zu groß, und er hatte eine fette Haut. Er erinnerte mich an einen Seehund. Und dann die Sache mit seinem Stipendium. Ich war auch ein Stipendiat und wollte mir nichts verbauen, bevor ich richtig angefangen hatte, indem ich mit einem andern das Zimmer teilte – so wie die dicken Mädchen zu Hause, die unzertrennlich waren. Ich kannte die Welt, aus der Eugene kam. Ich kam selbst aus dieser Welt, und ich wollte sie hinter mir lassen. Zu diesem Zweck hatte ich mir den Sommer über eine Miene zuzulegen versucht, die meine insgeheime Belustigung zum Ausdruck bringen sollte, und die ich für aristokratisch hielt – ein Gedanke, auf den mich englische Filmschauspieler gebracht hatten. Ich hatte mir die Photographien der Schüler in den Jahresberichten der Prep-Schools genau angesehen, und jetzt sah meine Frisur wie ihre Frisur aus und meine Kleider wie ihre Kleider.

Ich wollte mit Jungen zusammen sein, deren Väter Banken leiteten und in der Regierung saßen und Bücher schrieben. Ich wollte mit ihnen befreundet sein und in den Ferien zu ihnen nach Hause eingeladen werden und später einmal eine Schwester von so jemandem heiraten. Für Eugene Miller war in diesen Plänen kaum Platz. Ich erzählte ihm, daß ich in Choate einen Freund hätte, mit dem ich wahrscheinlich zusammen wohnen würde.

»Klar«, sagte er. »Dann vielleicht nächstes Jahr.«

Ich sagte vage zu, und Eugene kam wieder auf seine Schwierigkeiten zu sprechen, sich für Baseball oder Lacrosse zu entscheiden. Er war ein besserer Baseballspieler, Lacrosse machte ihm aber mehr Spaß. Er meinte, daß er es vielleicht der Schule schuldig wäre, Baseball zu spielen.

Wie sich herausstellte, hatte man allen schon ein Zimmer zugeteilt. Ich wohnte mit einem Chilenen namens Jaime zusammen, der sich selbst als Nazi bezeichnete. Er hatte ein riesiges Hitler-Poster über seinem Schreibtisch aufgehängt, bis sich ein jüdischer Schüler auf unserem Flur beschwerte und der Dekan ihm befahl, es abzunehmen. Wie andere eine Bibel, hatte Jaime eine Ausgabe von *Mein Kampf* neben dem Bett und las gerne mit einem deutschen Akzent laut daraus vor. Er war glücklich, wenn er jemandem einen Streich spielen konnte. Von unserem Zimmer aus sah man den Eingang zum Haus des Direktors, und Jaime pfiff immer hinter der alten Sekretärin des Direktors her, wenn sie abends von der Arbeit nach Hause ging. Als die Ehemaligen zu ihrem Jahrestreffen kamen, schlich er in die Küche und würzte die für die Besucher vorhergesehene Mockturtlesuppe mit ein paar ausgerollten und obszön verknoteten Präservativen. Am nächsten Tag hielt der Direktor bei der Messe stammelnd eine Predigt über den Vorfall, sprach aber auf so verschämte und indirekte Art davon, daß niemand verstand, worum es ging. Schließlich ließ man die Sache ohne weiteres Aufheben fallen. Kurz vor Weihnachten kam Jaimes Mutter bei einem Flugzeugabsturz ums Leben, und er verließ für immer die Schule. Den Rest des Jahres hatte ich das Zimmer für mich allein.

Eugene hatte man mit Talbot Nevin untergebracht. Talbots Familie hatte der Schule die Andrew-Nevin-Eishockeybahn und die Andrew-Nevin-Bibliothek gestiftet und die Andrew-Nevin-Vorlesungen ins Leben gerufen. Talbot Nevins Vater hatte vor zwei Jahren mit seinem Wagen beim Grand Prix von Monaco den zweiten Platz gemacht, und in Illustrierten sah man ihn oft mit jemandem wie Jill St. John, und unter dem Bild wurde dann einer von ihnen mit dem Satz zitiert: »Wir sind nur gute Freunde.« Ich wollte Talbot Nevin kennenlernen.

Also ging ich eines Tages auf ihr Zimmer. Eugene kam mir bis zur Tür entgegen und riß mir fast die Hand aus. »Was sagt man denn dazu«, sagte er. »Tab, das ist ein Freund von mir aus Oregon. Weiter weg von der Zivilisation geht's nicht mehr.«

Talbot Nevin saß am Rand seines Betts und zog gerade blütenweiße Schnürsenkel durch die Ösen seiner schmutzigen Turnschuhe. Er nickte ohne aufzublicken.

»Tabs Vater hat letztes Jahr ein großes Rennen gewonnen«,

fuhr Eugene zu meinem Unbehagen fort. Ich wollte Talbot nicht merken lassen, daß ich von ihm gehört hatte. Ich wollte ihn einfach so kennenlernen und jede Möglichkeit eines Verdachts ausschließen, daß ich ihn aus anderen Gründen mochte als um seiner selbst willen.

»Er hat nicht gewonnen. Er hat den zweiten Platz gemacht.« Talbot warf die Turnschuhe hin und sah zum ersten Mal zu mir auf. Er hatte porzellanblaue Augen, und seine Wimpern und Brauen waren so hell, daß man sie kaum sah. Auch sein an der Stirn schütteres Haar war hellblond. Sein Gesicht hatte etwas Modelliertes, wie bei einer Puppe, fein und ungesund.

»Was für ein Rennen?« fragte ich.

»Grand Prix«, sagte er und zog die Schuhe aus.

»Das ist ein Autorennen«, sagte Eugene.

Vom Grand Prix nichts zu wissen, schien mir ein Zeichen zu großer Unwissenheit. »Ich weiß, ich hab' davon gehört.«

»Die Jungs hinten im Flur haben darüber gesprochen und gesagt, daß er gewonnen hat.« Eugene zwinkerte mir beim Sprechen zu; er zwinkerte immer, als ob alles, was er sagte, Teil eines rituellen Scherzes wäre und er nicht wollte, daß eine Mimose wie ich es zu ernst nähme.

»Gut, und ich sage euch, daß er zweiter geworden ist, und ich sollte es verflucht noch mal wissen.« Talbot hatte sich inzwischen die Tennisschuhe angezogen. Er war aufgestanden. »Rauchen wir eine.«

In Choate war Rauchen verboten. »Tabakgenuß in jeder Form«, stand im Schülerhandbuch, »wird mit sofortiger Relegation bestraft.« Bis dahin war das Rauchverbot für mich kein Problem gewesen, weil ich nicht rauchte. Jetzt war es ein Problem, weil ich nicht wollte, daß es zwischen Eugene und Talbot etwas gab, womit ich nichts zu tun hatte. Daher folgte ich ihnen nach unten ins Musikzimmer, wo der Chor immer übte. Hinter dem Dirigentenpult war ein langer, schmaler Schrank für die Gewänder.

Wir krochen nach hinten, und Talbot verteilte Zigaretten. Das Risiko war groß und was wir taten dumm, und wir begannen zu kichern.

»Welcome to Marlboro Country«, sagte ich.

Und Talbot sagte: »Der Weg lohnt sich.«

Wir rauchten zwar Marlboro und keine Camel, und der Witz war lahm, aber ich brüllte trotzdem los.

»Paß lieber auf«, flüsterte Eugene, »sonst hört uns Big John noch.«

Big John war der Erziehungsleiter der Anstalt. Er trug dreiteilige Anzüge und Schuhe mit Gummisohlen und tauchte immer im unpassendsten Augenblick auf. Er packte die Jungen gern mit Daumen und Zeigefinger hinten am Hals und kniff zu, bis sie schrien. »Big John soll scheißen gehen«, sagte ich.

Weder Talbot noch Eugene reagierten. Wir rauchten schweigend zu Ende, und ich ärgerte mich. Ich hatte Eugene als Angsthasen hinstellen wollen. Stand ich jetzt als Blödmann da?

In dieser Woche sah ich Talbot noch ein paarmal. Kaum, daß er nickte. Ich war wohl zu weit gegangen und hatte auf ihn einen schlechten Eindruck gemacht. Am Freitagabend, als wir den Speisesaal verließen, kam er jedoch zu mir und fragte mich, ob ich mit ihm morgen früh Tennis spielen wollte. Ich glaube nicht, daß ich jemals so völlig mit mir zufrieden gewesen war wie an jenem Abend.

Da Talbot unsere Verabredung aber nicht einhielt, ging ich zu ihm aufs Zimmer. Er lag noch im Bett und las. »Was ist los?« fragte er mich, ohne von seinem Buch aufzusehen.

Ich setzte mich auf Eugenes Bett und versuchte nicht so enttäuscht zu klingen wie ich war. »Ich dachte, wir könnten vielleicht ein wenig Tennis spielen.«

»Tennis?« Er las schweigend ein paar Zeilen. »Ich weiß nicht so recht. Ich bin heute nicht so scharf auf Tennis.«

»Macht nichts. Ich dachte nur, du willst spielen. Wir könnten ja ein paar Bälle schlagen.«

»Verflucht.« Er legte sich das Buch auf die Brust. »Wie spät ist es?«

»Neun.«

»Die Plätze sind jetzt schon voll.«

»Hinter der naturwissenschaftlichen Abteilung sind immer ein paar frei.«

»Das sind Asphaltplätze, oder?«

»Beton.« Ich zuckte mit den Schultern. Ich wollte ihn nicht drängen. »Macht nichts. Ist mir wirklich nicht so wichtig. Vielleicht ein anderes Mal.« Ich stand auf und ging zur Tür.

»Warte.« Talbot gähnte, ohne sich die Hand vorzuhalten. »Was soll's.«

Zufälligerweise waren gerade alle Plätze besetzt. Talbot und ich setzten uns ins Gras, und ich fragte ihn Dinge, die ich schon wußte, wie woher er kam und wo er letztes Jahr zur Schule gegangen war und wen er in Englisch hatte. Bei dieser Frage wurde er munter. »In Englisch? Parker, den Glatzkopf. Bisher hatte ich immer die besten Noten, und jetzt sagt mir Parker, daß ich nicht schreiben kann. Warum unterrichtet er denn überhaupt hier, wenn er so ein Genie ist?«

Wir schwiegen eine Zeitlang. »Ich bin aus Oregon«, sagte ich schließlich. »Aus der Nähe von Portland.« Wahrscheinlich lebten wir zu weit weg von der Stadt, um von Nähe sprechen zu können, aber damals war ich naiv genug zu glauben, daß jeder Portland kannte.

»Oregon.« Er ließ das auf sich wirken. »Jagst du?«

»Ich war ein paarmal mit meinem Vater auf der Jagd.«

»Und was für ein Gewehr hattest du mit?«

»Eine Marlin.«

»30-30?«

Ich nickte.

»Gut für die Drückjagd«, sagte er. »Bei mehr als hundert Metern Entfernung sinnlos. Hast du je was geschossen?«

»Meinst du Wild?«

»Rehe, was man in Oregon so jagt.«

»Nein.«

Talbot hatte schon viele Tiere geschossen und zählte auf: Rehe, Elche, Bären, Rotwild und sogar einen Alligator. Da waren noch mehr, viel mehr.

»Vielleicht kannst du mal in den Westen kommen und mit uns jagen gehen.«

»Was, nach Oregon?« Talbot schaute weg. »Vielleicht.«

Ich hatte nicht erwartet, beim Spielen gedemütigt zu werden.

Mein Bruder, der für Oregon spielte, hatte vier Sommer lang mit mir trainiert. Ich hatte einen harten Aufschlag, und mein Bruder bezeichnete mein Netzspiel als »skrupellos«. Talbot hetzte mich wie ein Kaninchen. Ich hatte noch nie jemanden so spielen gesehen. Er kam nicht ins Schwitzen, zumindest nicht so wie ich, er keuchte nicht, er fluchte nicht, wenn er einen Ball nicht erwischte, und er bekam auch nicht dieses dünne, zitternde Lächeln um den Mund, das immer meine Lippen verzog, wenn ich ein As schlug. Er schien mich fast nicht zu bemerken und gab kaum zu erkennen, daß er gegen jemanden kämpfte. Nur zweimal meinte er, daß ein Ball aus war, der meinem Gefühl nach ein Stück vor der Linie aufgesprungen war. Vielleicht habe ich mich aber auch geirrt. Nachdem er den zweiten Satz gewonnen hatte, verließ er plötzlich den Platz und ging zu der Stelle, wo wir unsere Pullover liegengelassen hatten. Ich folgte ihm.

»Gut gespielt«, sagte ich.

Er zog ungeduldig am Ärmel seines Pullovers. »Ich kann auf diesen blöden Asphaltplätzen nicht spielen.«

Eugene sorgte dafür, daß ihn bald jeder kannte. In Choate trug man keine Jacken mit Gürtel und auch keine weißen Wildlederschuhe und schon gar keine Tirolerhüte mit Federn an der Krempe. Eugene schon.

Alle, die Eugene noch nicht kannten, lernten ihn Mitte November kennen. Im Magazin *Life* gab es eine Serie mit Interviews und Bildern über das Leben an typischen Prep-Schools im Osten. Sie hatten für diese Geschichte an fünf Schulen recherchiert, und unsere war eine davon. Sie hatten mit Eugene ein Interview gemacht und eine seiner Bemerkungen als Bildunterschrift für ein Photo verwendet. Es zeigte eine Gruppe von Schülern, die im Abendstudiersaal mißmutig über ihre Bücher gebeugt saßen. Und darunter stand fett: »Vor allem scheint in Choate nie jemand zu lächeln. Wenn man lächelt, halten sie einen für sonderbar. Immer ziehen sie über einen her.«

Stimmt. Wir waren ein trauriger Haufen. Lachen war nur in Ordnung bei den sentimentalen Stellen in den Filmen, die man uns jeden zweiten Samstagabend zeigte. Die Jahrbuch-Auszeichnung, die jeder anstrebte, war: Der Allersarkastischste. Die Ausscheidungskämpfe fanden im Speisesaal statt, und Eugenes Bemerkungen in *Life* machten die Lage für ihn nicht einfacher.

Wenn Eugene auch sehr auffiel, unbeliebt war er nicht. Ich hörte nie etwas Schlimmeres über ihn, als daß er »sonderbar« sei. Er war ein guter Schüler, und nach Beginn des Schwimmtrainings sprach es sich herum, daß Eugene dafür garantiere, daß das Team von Choate für die Meisterschaften zugelassen wurde. So entging Eugene samt Hut und Eifer und entschlossenem Grinsen dem Schicksal, das ich für ihn schon vorgesehen hatte: Die anderen Schüler zogen zwar über ihn her, schlossen ihn aber nicht aus.

Am letzten Abend vor den Weihnachtsferien ging ich hinauf, um Talbot zu besuchen. Eugene war aber allein im Zimmer. Er packte gerade. Er bot mir einen Platz an und schenkte mir ein Glas Hawaiipunsch ein, den er mit einer trüben Flüssigkeit aus einer Medizinflasche aufgoß. »Tab hat im Krankenzimmer unten etwas Kodein aufgetrieben«, erklärte er. »Das wird das Weihnachtsfeuer zum Brennen bringen.«

Das Zeug schmeckte gräßlich, aber ich probierte es wie alles, was an der Schule die Runde machte und wodurch man angeblich high wurde und es doch nie schaffte, wie Aspirin und Coca Cola, Rasierwasser oder Räubersalbe in die Nasenlöcher. »Wo ist denn Talbot?«

»Ich weiß nicht. Vielleicht drüben in der Bibliothek.« Er griff unter das Bett und zog einen Schrankkoffer aus Pappe hervor, der auf Leder getrimmt war, und begann einen Stoß pastellfarbener Hemden mit Laschenkragen einzupacken. Laschenkragen gehörten auch zu Eugenes Anläufen als Bahnbrecher in Sachen ungewöhnlicher Kleidung. Sie erinnerten mich an etwas, was meine Mutter immer meiner Schwester sagte, wenn sie sich darüber beklagte, Mutters abgelegte Kleider tragen zu müssen: »Man weiß nie, vielleicht machst du damit Mode.«

»Wo bist du Weihnachten?« fragte Eugene.

»In Baltimore.«

»In Baltimore? Was machst du da?«

»Da wohnen meine Tante und mein Onkel. Und was machst du?«

»Ich fahre hoch nach Boston.«

Das überraschte mich. Ich hatte angenommen, daß er für die Ferien nach Indiana heimfahren würde. »Wen kennst du denn in Boston?«

»Niemanden. Nur Tab.«

»Talbot? Du wirst bei Talbot wohnen?«

»Ja. Und bei seiner Familie natürlich.«

»Die ganzen Ferien?«

Eugene grinste schlau, verdrehte die Augen und sagte in einem vertraulichen Ton, fast flüsternd: »Der alte Tab hat sich für Daddys Bar einen Schlüssel unter den Nagel gerissen, von dem niemand etwas weiß. Wir haben geplant, da fürchterlich zuzuschlagen. Fürchterlich, sage ich dir.«

Ich ging zur Tür. »Falls ich dich morgen früh nicht mehr sehe, wünsch' ich dir frohe Weihnachten.«

»Darauf kannst du dich verlassen. Ich dir auch.« Eugene griff mit beiden Händen nach meiner Rechten. Seine Finger waren weich und feucht. »Und Vorsicht mit den Mädchen in Baltimore. Tu nichts, was ich auch nicht tun würde.«

Jaime war wegen des Todes seiner Mutter schon eine Woche weg. Sein Bett war abgezogen, die Matratze umgeschlagen. Er hatte alle Bilder mitgenommen, und die gelben Wände glänzten kahl. Ich drehte das Licht aus und setzte mich auf mein Bett, bis zum Essen geläutet wurde.

Ich hatte weder meine Tante noch meinen Onkel je gesehen. Sie holten mich in Baltimore mit ihren vier Kindern vom Bahnhof ab. Es waren drei Mädchen und ein Junge. Ich konnte sie alle von Anfang an nicht leiden. Auf der Fahrt nach Hause fragte mich meine Tante, ob mein armer Vater je mit den Launen meiner Mutter fertigzuwerden gelernt hätte. Eines der Mädchen, Pammy, schlief auf meinem Schoß ein und sabberte mich an.

Sie lebten in Sherwood Park, einem ziemlich weit draußen gelegenen Backsteinvorort. Mein Onkel und meine Tante gingen fast jeden Abend aus, und ich mußte auf die Kinder aufpassen, was soviel hieß wie den Fernseher einschalten und ihn wieder abdrehen, sobald sie davor eingeschlafen waren. Sie früher ins Bett zu bringen, war mir vom Schicksal nicht bestimmt. Sie klammerten sich überall fest – an Teppichen, Kabeln, Tisch- und Sesselbeinen –, und wenn das nichts half, versuchten sie sich zu verletzen, indem sie sich ins Gesicht fuhren und sich zerkratzten.

Eines Abends brach ich zusammen. Ich weinte fast eine Stunde und wollte Talbot anrufen, um ihn zu fragen, ob ich zu ihm nach Boston kommen könnte. Die Nummer der Nevins stand aber nicht im Telephonbuch, und nachdem ich mir das Gesicht gewaschen und mir die Sache noch einmal durch den Kopf hatte gehen lassen, überlegte ich es mir anders.

Als ich in die Schule zurückkam, schrieben mein Onkel und meine Tante meinem Vater einen Brief, den er mir schickte. Sie sagten, daß ich egoistisch wäre und keinen Unternehmungsgeist hätte. Sie hätten mich wie einen Sohn aufgenommen, mir ihr Herz geöffnet, ich aber hätte weder ihnen noch ihren Kindern, meine Vettern und Kusinen, die den Boden verehrten, auf den ich meine Füße setzte, das geringste Interesse entgegengebracht. Sie schilderten, wie der Wind einmal meiner Tante die ganze Wäsche von der Leine geblasen hatte und ich in der Küche sitzengeblieben war und nicht einmal *gefragt* hatte, ob ich ihr helfen könnte. Ich hätte nur so dagesessen und weiter gelesen und Erdnüsse gegessen. Schließlich vermisse mein Onkel ein Paar Manschettenknöpfe, an dem er sehr gehangen habe. Insgesamt betrachtet hielten sie daher meinen Besuch in Baltimore für nicht sehr geglückt. Sie meinten, daß ich in den nächsten Ferien woanders besser aufgehoben wäre.

Ich schrieb meinem Vater, leugnete alle Anschuldigungen und erhob selber ein paar.

Nach Weihnachten waren Talbot und ich oft zusammen. Wir hatten uns beide für Basketball gemeldet, und weil keiner von uns beiden für die Mannschaft von Nutzen war – Talbot hatte eine Verletzung am Knöchel, und ich brachte den Ball nicht in den Korb –, saßen wir meistens zusammen auf der Bank. Er erzählte mir, daß Eugene seiner Stiefmutter das Weihnachtsfest verdorben hatte, indem er sich in einem antiken Sessel zurückgelehnt und ihn kaputtgemacht hatte. Seither kam mir Mrs. Nevin wie eine Freundin vor; mir blieb aber kaum ein Monat, um diese Allianz zu genießen, weil mir Talbot Ende Januar erzählte, daß sich sein Vater und seine Stiefmutter getrennt hatten.

Eugene war mit seinem Schwimmen beschäftigt, und ich sah ihn kaum. Talbots und meine Freunde gehörten meist zur Schar der Unzufriedenen; diejenigen, die wie Talbot an jeder Vorschrift Anstoß nahmen; diejenigen, die ihre Freundin oder ihr Auto vermißten; und diejenigen, die wie ich wußten, daß etwas nicht stimmte, aber nicht wußten, was es war.

Weil ich nicht reich war, konnte meine Unzufriedenheit keine wirklich kämpferische Form annehmen. Ich paddelte an der Oberfläche herum und machte auf Revolutionär, indem ich für *off the record*, die Literaturzeitung der Schule, Geschichten schrieb. Meine Geschichten spielten an der Hoatch School und drehten sich um einen Schüler aus dem Westen, den ich einfach als *den Jungen* bezeichnete.

Der Vater des Jungen stammte aus einer angesehenen New Yorker Familie. Noch kaum zwanzig, war er nach Oregon gereist, um sich um die großen Forstbesitzungen der Familie zu kümmern. Als er eine schöne junge Frau teils indianischer Abstammung heiratete, wandte sich seine Familie von ihm ab. Das indianische Blut war zwar edel, der Vater des Jungen wurde aber dennoch enterbt.

Trotzdem brachten es die Eltern des Schülers zu etwas und hatten viele begabte Kinder. Der Junge war das begabteste von allen, und sein Vater schickte ihn nach Osten auf die Hoatch School, die schon immer die Schule der Familie gewesen war. Was er dort vorfand, machte ihn traurig: Den Schülern ging es in erster Linie um Geld und Karriere, und die Lehrer waren falsch und kleinlich. Die einzigen Freunde des Schülers waren eine schöne junge Tänzerin, die in der Nähe der Schule in einem Café als Kellnerin arbeitete, und ein alter Tramp. Die

Tänzerin und der Tramp hießen *die Tänzerin* und *der Tramp*. Der Junge und das Mädchen mußten sich dauernd um den Tramp kümmern, der sich immer in Schwierigkeiten brachte, indem er zum Beispiel Mülleimer mit den schönsten Farben bemalte.

Ich bezweifle, daß Talbot meine Geschichten je gelesen hat – jedenfalls hat er nie darüber gesprochen. Irgendwie begann er mich aber für einen Schriftsteller zu halten. Eines Abends kam er auf mein Zimmer, legte ein Heft auf meinen Schreibtisch und bat mich, den Aufsatz darin zu lesen. Das Thema war »Warum man sich mit Literatur beschäftigen soll«. Der Aufsatz zog sich über vier Seiten und schloß folgendermaßen: *Ich meine, daß man sich mit Literatur beschäftigen soll, aber nur aus einem Grund. Die Menschen unseres Landes sollten sich bewußt werden, wie intelligent die Menschen früher waren. Sie sollten begreifen, wie begabt diese Leute waren, um so große literarische Werke zu schreiben. Das ist es, warum man sich meiner Meinung nach mit Literatur beschäftigen soll.*

Talbot hatte für diesen Aufsatz »ungenügend« bekommen.

»Parker hat gesagt, ich muß den Sommerkurs machen, wenn ich diesmal wieder durchfalle«, sagte Talbot und zündete sich eine Zigarette an.

»Ich wußte gar nicht, daß du letztesmal durchgefallen bist.« Ich starrte hilflos auf die Zigarette. »Du solltest aufpassen. Big John könnte es riechen.«

»Ich habe ihn gerade in die Bibliothek gehen sehen.« Talbot ging zum Spiegel und prüfte aus dem Augenwinkel sein Profil. »Ich dachte, du könntest mir vielleicht helfen.«

»Wie?«

»Mir ein paar Ideen geben vielleicht. Du solltest einmal die Themen sehen, die er uns gibt. Wie das zum Beispiel.« Er nahm ein paar zusammengefaltete Blätter aus seiner hinteren Tasche. »›Beschreibe die interessanteste Person, die du kennst.‹« Er fluchte und warf die Zettel auf den Boden.

Ich hob sie auf. »Was ist das? Deine Gliederung?«

»Eher schon ein Entwurf oder wie man das nennt.«

Ich las den Aufsatz. Der Stil war erbärmlich, aber was mich

wirklich erschütterte, war die absolute Interesselosigkeit, mit der er die interessanteste Person, die er je kennengelernt hatte, beschrieb. Es stellte sich heraus, daß es um einen Englischlehrer vom letzten Jahr ging, dessen Haupttugend darin zu liegen schien, daß er mit seinen Schülern viel las und sie nicht für Shakespeare hielt und nicht jede Woche einen Roman von ihnen erwartete.

»Ich kann mir nicht vorstellen, daß Parker das sehr gefällt«, sagte ich.

»Warum? Was stimmt denn nicht?«

»Er könnte auf den Gedanken kommen, daß du ihn kritisieren willst.«

»Das ist sein Problem.«

Ich faltete die Blätter zusammen und gab sie Talbot mit seinem Heft zurück.

»Meinst du wirklich, daß er mir ein ›ungenügend‹ dafür gibt?«

»Könnte schon sein.«

Talbot zerknüllte den Aufsatz. »Scheiße.«

»Wann mußt du ihn abgeben?«

»Morgen.«

»*Morgen?*«

»Ich wäre früher gekommen, aber ich hatte zu tun.«

Wir verbrachten eine Stunde oder länger damit, über andere interessante Leute zu sprechen, die er kannte. Es gab nicht viele, und die einzige Person, die mich richtig interessierte, war ein Hausmädchen namens Tina, die Talbot immer am Abend beim Zudecken einen runtergeholt hatte und später verhaftet worden war, weil sie versucht hatte, das Haus der Nevins niederzubrennen. Talbot konnte sich dennoch im Zusammenhang mit ihr an nichts erinnern, nicht einmal an ihren Nachnamen. Schließlich mußten wir Tina als lohnendes Objekt für einen Aufsatz wieder aufgeben.

Die Sache ging dann so aus, daß ich am nächsten Tag um halb fünf aufstand und für Talbot eine interessante Person erfand. Die Person hieß Miles, und er sollte einer von Talbots Onkeln gewesen sein.

Ich gab Talbot den Aufsatz vor dem Speisesaal. Er las ihn,

ohne mit der Wimper zu zucken. »Ich hab' gar keinen Onkel, der Miles heißt«, sagte er. »Ich hab' überhaupt keinen Onkel. Nur Tanten.«

»Das weiß ja Parker nicht.«

»Es sollte aber jemand Interessantes sein.« Er sah den Aufsatz stirnrunzelnd an. »Ich verstehe nicht, was an diesem Typen so interessant sein soll.«

»Wenn du ihn nicht haben willst, gebe ich ihn ab.«

»Ist ja gut. Ich nehm' ihn schon.«

In den nächsten Wochen schrieb ich für Talbot noch drei Aufsätze: »Wer ist schlechter – Macbeth oder Lady Macbeth?«, »Gibt es einen Gott?« und »Beschreibe jemandem eine Füllfeder, der nie eine gesehen hat.« Den letzten Aufsatz las Mr. Parker Talbots Klasse als Beispiel für eine klar gegliederte Arbeit vor und schrieb hinten auf den Aufsatz, er freue sich, daß Talbot sich jetzt anstrenge.

Ende Februar hängte der Dekan einen Zettel ans Schwarze Brett, daß alle Schüler, die nächstes Jahr zusammen wohnen wollten, ihm dies bis spätestens Freitag mitzuteilen hätten. Es war keine Zeit zu verlieren. Ich ging sofort auf Talbots Zimmer.

Eugene war allein und stopfte schmutzige Wäsche in einen Leinensack. Er kam mir blinzelnd, grinsend und schnaubend entgegen. »Na, mein Lieber, wie hängen sie heute? Bequem nebeneinander oder im Windschatten hintereinander?«

Wir saßen einander jetzt bereits seit drei Wochen beim Frühstück, beim Mittag- und beim Abendessen gegenüber, und jedesmal, wenn wir uns sahen, benahm er sich, als ob wir von Arabern auseinandergerissene Brüder wären, die sich jetzt nach zwanzig Jahren zum erstenmal wiedersähen.

»Wo ist denn Talbot?« fragte ich ihn.

»Er hat einen Anruf bekommen. Kommt gleich wieder.«

»Solltest du jetzt nicht beim Schwimmtraining sein?«

»Heute nicht.« Er grinste geheimnisvoll.

»Warum nicht?«

»Ich hab' gestern den Meisterschaftsrekord im Butterfly gebrochen. Gegen Kent.«

»Super. Gratuliere.«

»Und Butterfly liegt mir gar nicht so. He – gut, daß du da bist. Ich wollte gerade zu dir.«

»Warum?«

»Dich fragen, mit wem du nächstes Jahr zusammenwohnen willst.«

»Na ja, weißt du, ich hab' es doch dem andern Burschen quasi versprochen.«

Eugene nickte. Er lächelte noch immer. »Auch gut. Mich hat auch schon jemand gefragt. Ich hab' nur gedacht, ich frag' dich zuerst. Weil es ja dieses Jahr nicht gegangen ist.« Er stand auf und begann weiter Wäsche in seinen Sack zu stopfen. »Ist es schon drei?«

»Viertel vor.«

»Da werd' ich mich mal beeilen und das Zeug in die Wäscherei bringen, bevor sie zumachen. Also bis dann, altes Haus.«

Nach ein paar Minuten kam Talbot. »Wo ist Eugene?«

»Er ist mit ein paar Sachen zur Wäscherei.«

»Ah.« Talbot nahm sich eine Zigarette aus dem Päckchen, das er unter dem Waschbecken versteckt hatte, und zündete sie an. »Da«, sagte er und gab sie mir.

»Nur einen Zug.« Ich paffte einmal und gab sie ihm zurück. Ich beschloß, zur Sache zu kommen. »Mit wem wirst du nächstes Jahr zusammen wohnen?«

»Mit Eugene.«

»Mit *Eugene?*«

»Er muß noch mit jemand anderem sprechen, aber er meint, daß es in Ordnung geht.« Talbot griff nach seinem Squash-Schläger und wog ihn prüfend. »Und du?«

»Ich weiß nicht. Irgendwie bin ich ganz gern allein.«

»Man ist ungestörter«, sagte Talbot und machte einen weit ausholenden Rückhandschlag.

»Stimmt. Ungestörter.«

»Vielleicht kommt dieser Südamerikaner zurück.«

»Ich glaub' nicht.«

»Man weiß nie. Vielleicht geht es seinem alten Herrn wieder besser.«

»Es war seine Mutter. Und die ist tot.«

»Oh.« Talbot machte immer noch Luftschläge, jetzt Vorhand.

»Übrigens, ich wollte dir was sagen.«

»Und zwar.«

»Ich werde dir bei diesen Aufsätzen nicht mehr helfen können.«

Er zuckte mit den Schultern. »Okay.«

»Ich hab' selbst genug zu tun. Ich kann nicht auch noch für dich arbeiten.«

»Ich sag' doch okay. Parker kann mich sowieso jetzt nicht mehr durchfallen lassen. Ich hab einen Durchschnitt von voll befriedigend.«

»Ich wollt' es dir nur sagen.«

»Ich hab's gehört.« Talbot rauchte fertig und ließ den Stummel in einer Seifenschale aus Blech verschwinden. »Gehen wir. Sonst kommen wir noch zum Basketball zu spät.«

»Ich geh' nicht zum Basketball.«

»Warum nicht?«

»Weil ich keine Lust hab', deshalb.«

Wir gingen zusammen hinaus und trennten uns am Fuß der Treppe ohne ein weiteres Wort. Ich ging ins Krankenzimmer hinunter, um mir fürs Basketball eine Entschuldigung zu holen. Der Doktor war nicht da, und ich mußte eine Stunde warten, bis er zurückkam und mir ein paar Tabletten und eine Flasche Kaopectate gab. Als ich auf mein Zimmer zurückging, war im Haus die Hölle los.

Ich hörte die Geschichte von denen nebenan. Big John hatte Eugene beim Rauchen erwischt. Er war auf Eugenes Zimmer gekommen und hatte ihn dort allein angetroffen und Zigarettenrauch gerochen. Eugene hatte es abgestritten, aber Big John hatte das Zimmer auseinandergenommen und überall Zigaretten und Stummel gefunden. Eugene war jetzt gerade beim Direktor drüben.

Sie erzählten mir die Geschichte zwar mit betrübten Gesichtern, als ob sie ganz erschüttert wären, ich sah ihnen aber an, wie aufgeregt sie waren. Es war immer so, wenn jemand von der Schule flog.

Ich ging auf mein Zimmer und zog einen Stuhl zum Fenster. Kurz bevor es zum Abendessen läutete, kam ein Taxi die Auffahrt herauf. Big John kam mit zwei riesigen Pappkoffern aus dem Haus und half dem Fahrer, sie im Kofferraum zu verstauen. Er gab ihm etwas Geld und sagte etwas zu ihm, der Fahrer nickte und stieg wieder in den Wagen. Dann kamen der Direktor und der Dekan mit Eugene dahinter heraus. Eugene hatte seinen Hut auf. Er schüttelte beiden die Hand. Dann verabschiedete er sich von Big John. Plötzlich beugte er sich nach vorne und verbarg sein Gesicht in den Händen. Der Dekan streckte die Hand aus und berührte ihn am Arm. Sie standen lange so, die vier, und Eugenes Schultern hoben und senkten sich zuckend. Ich konnte nicht hinsehen. Ich ging zum Spiegel und kämmte mich, bis ich die Tür des Taxis zuschlagen hörte. Als ich wieder zum Fenster hinaussah, war das Taxi weg. Der Direktor und der Dekan standen im Schatten, Big John aber konnte ich deutlich sehen. Er wippte auf den Fersen hin und her und sprach mit den Händen in die Hüften gestützt, und etwas, was er sagte, ließ den Direktor auflachen; es war kein wirkliches Lachen, eher ein Kichern. Ich verstand nur das Wort »Federn«. Ich dachte mir, daß sie über Eugenes Hut sprachen. Dann läutete es, und alle drei gingen in den Speisesaal.

Als ich am nächsten Tag am Büro des Dekans vorbeikam, wäre ich fast hineingegangen und hätte ihm alles gesagt. Das Problem war nur, daß er auch von mir erfahren würde, wenn ich ihm von Talbot erzählte. Die Regeln sahen keine nach der konsumierten Menge Rauch abgestuften Strafen vor. Ich überlegte mir sogar, dem Dekan eine anonyme Mitteilung zu schicken, hatte aber meine Zweifel, ob sie viel Beachtung fände. In Choate gab man sich vornehm.

Am Freitag kam Talbot beim Basketballtraining zu mir und fragte mich, ob ich nächstes Jahr mit ihm zusammen wohnen wollte.

»Ich überleg's mir«, sagte ich ihm.

»Sie wollen die Namen bis heute abend haben.«

»Ich hab' dir schon gesagt, ich überleg's mir.«

Am Abend gab Talbot dem Dekan unsere Namen ab. Es hatte ja nicht viel zu überlegen gegeben. Soweit ich weiß, *hatte* Eugene geraucht, als Big John ins Zimmer kam. Wenn man es genau nahm, hatte er sich schon hundertmal strafbar gemacht. Großes Unrecht war keines geschehen, so war es wieder nicht.

Sie lernte ihn bei einem Feuerwerk kennen. Das war später für sie der lustige Teil der Geschichte.

Virginia hatte sich wieder gefangen. Nicht, daß jemand *bewußt* dazu beigetragen hatte – aber es hatte sich so ergeben. Der Junge, zum Beispiel. Er fragte nicht mehr: »Wo ist Papa?« oder »Warum will denn Papa nicht mehr bei uns sein?« Er hatte in letzter Zeit statt dessen zu zeichnen begonnen, sehr unreife Bilder für sein Alter, käferartige Figuren und dicke Sonnen, mit langen gelben Strahlen wie Speichen. Auf allen Bildern war dasselbe zu sehen: ein Mann und eine Frau mit einem kleinen Jungen in der Mitte, die sich an den Händen hielten und glücklich vom Blatt grinsten. »Ricky«, sagte sie, »warum zeichnest du nicht mal etwas anderes?« Doch er wollte nicht. Deshalb und auch aus anderen Gründen hatte sein Lehrer begonnen, Virginia merkwürdige Mitteilungen zu schicken.

Virginias Nachbarn, Ben und Alice, waren auch nicht ganz unbeteiligt. Alice sagte ihr immer wieder, daß es ein Segen sei, daß ihr wahrer Mann davongelaufen war. »Du bist jetzt frei, Schatz«, sagte Alice. »Jetzt kannst du jemand Netten kennenlernen.« Virginia mußte zugeben, daß sie mit ihrem Mann nicht gerade das große Los gezogen hatte. Als er aber eines Tages ohne ein Wort zu sagen verschwand, nahm ihr das alle Kraft, und sie hielt nicht viel davon, mit Männern auszugehen. Außerdem hatte sie alle Hände voll mit dem Jungen zu tun.

Wann immer jedoch Alice von ihrem gutaussehenden Vetter aus Everett erzählte, ertappte sich Virginia dabei, wie sie aufmerksam zuhörte. Alice nannte ihn immer »Armer Robert«, und Virginia vermutete, daß ihm ein großes Unrecht geschehen war. Ende Juni erzählte ihr Alice, daß ihr Vetter zum Feuerwerk am Green Lake mitkommen würde, und sie lud auch Virginia und ihren Sohn dazu ein. Virginia ahnte, daß Alice etwas im Schilde führte, aber Alice hatte Ricky schon von dem Feuerwerk erzählt, er war schon ganz darauf eingestellt; sie stimmte also zu.

Warum auch nicht, dachte sie. Wahrscheinlich war es auch für den Jungen besser, wenn sie damit aufhörte, die ganze Zeit Trübsal zu blasen.

Nach allem, was Alice über Robert erzählt hatte, stellte sich Virginia einen seriösen, zuversichtlichen Mann vor, der wußte, was er wollte, und sich wahrscheinlich nicht für sie interessierte. Tatsächlich war er aber schüchtern. Und höflich. Jedesmal wenn er sich eine Zigarette anzündete, bot er ihr eine an, auch nachdem sie ihm gesagt hatte, daß sie nicht rauchte. Er hatte viele Fragen an sie, obwohl er auf eine bestimmte Weise wegsah, wenn er ihr sie stellte. Robert hatte herunterhängende Augenlider und dichte braune Locken. Ein schwacher, scharfer Geruch haftete an ihm, ähnlich dem eines frisch gestrichenen Zimmers. Er nannte Ricky »Grashüpfer« und noch ehe sie am Green Lake angekommen waren, hatte er dem Jungen schon versprochen, ihn einmal zum Fischen mitzunehmen – »Wenn deine Mama einverstanden ist. Vielleicht möchte sie sogar mitkommen«, fügte er hinzu und schaute dabei aus dem Fenster.

»Wir werden sehen«, sagte Virginia.

Gleich nachdem das Feuerwerk begonnen hatte, ging Virginia mit Robert zurück zum Parkplatz, um Kartoffelsalat zu holen. Sie gingen wortlos nebeneinander her. Schließlich brach Virginia das Schweigen.

»Alice sagt, daß Sie auf dem College waren?«

Er nickte. »Eine Zeitlang. In Michigan.«

»Was haben Sie studiert?«

»Mathematik, hauptsächlich. Ich wollte Ingenieur werden. Aber ich hab' das Studium nicht abgeschlossen.«

»Das muß schwierig sein.«

»Es ist lange her. Das Leben geht weiter.« Er lachte.

»Ich meine, Mathematik.«

»Halb so schlimm. Ich hab' meistens recht gute Noten gehabt.«

Sie holten den Kartoffelsalat aus dem Auto und machten sich auf den Rückweg. Nur wenn gerade eine große Rakete abgeschossen wurde, konnten sie einen Augenblick lang etwas sehen. Robert nahm sie behutsam am Arm, wenn sie irgendwo ausweichen mußten. Einmal traten sie fast auf ein Pärchen, das unter einer Decke am Boden lag. In diesem Augenblick ging eine Leuchtrakete los, mit herabfallenden Stufen und einem großen Blitz wie einem Ausrufezeichen zum Schluß, und sie konnten sehen, wie sich die beiden im Einklang bewegten. Robert schaute schnell weg. Virginia dachte, daß er sie nicht durch eine Bermerkung darüber verlegen machen wollte. Erst viel später begriff sie, daß er weggeschaut hatte, weil er selbst verlegen war.

»Sie leben also in Everett«, sagte sie.

»Etwas außerhalb.«

»Und was tun Sie dort?«

Robert zögerte. »Ich bin Anstreicher.« Er drehte sich um und sah ihr zum ersten Mal ins Gesicht. Er wurde von der Dunkelheit verschluckt, und Virginia konnte nur seine Zähne deutlich sehen, wie sie sich beim Sprechen auf und ab bewegten. »Vielleicht könnte ich Sie einmal besuchen kommen.«

»Den ganzen Weg von Everett hierher? Das wär' doch ziemlich anstrengend, oder?«

»Es würde mir nichts ausmachen«, sagte er. »Wirklich nicht.«

Als sie zu den anderen zurückkamen, setzte sich Virginia zu ihrem Sohn. Ricky lag auf dem Rücken und beobachtete das Feuerwerk – Alaska-Kerzen, Kometenwerfer, Sternenbanner, eine Explosion heller als die andere. Das Gesicht des Jungen wechselte mit den Raketen die Farbe.

Nach diesem Abend besuchte Robert sie oft. Sie gingen meistens zu Ben und Alice hinüber und tranken und blödelten. Sonst ging er mit ihr und Ricky ins Kino und einmal zu einem Baseballmatch. Er benahm sich immer korrekt: half ihr in den Mantel, hielt ihr die Tür auf und ging auf der Straßenseite des Bürgersteigs. Wenn sie sich verabschiedeten, schaute er ihr tief in die Augen und drückte mit verstohlener, fast schon unzulässiger Heftigkeit ihre Hand. Erst nach mehr als einem Monat gingen sie zum ersten Mal allein aus.

Er lud sie zum Abendessen in ein Restaurant ein, das Enrique's hieß; es gab dort nur ausländische Kellner und einen Geigenspieler. Robert studierte die Speisekarte und erzählte ihr einiges über Weine. »Ich esse gerne gut«, sagte er. »Das ist meine einzige Schwäche.«

Virginia hatte sich das fast gedacht. Nicht, daß Robert wirklich dick war. Eher kräftig.

Nach dem Essen nahm er eine dicke Zigarre aus einer Metallhülse, erwärmte das Ende über der Kerzenflamme und erklärte dabei ausführlich, wie eine wirklich gute Zigarre geraucht werden muß. »Man muß sie respektieren«, sagte er, »fast wie einen Menschen.« Dann rief er den Geigenspieler an den Tisch und ließ ihn »Ungarische Tränen« und noch ein paar Stücke spielen. Der Geiger schloß die Augen und lächelte beim Spielen vor sich hin. Virginia rutschte hin und her und zupfte an ihrer Serviette. Sie konnte den Leuten an den anderen Tischen, die in ihre Richtung sahen, nicht in die Augen schauen. Sie starrte Robert an, der die Spitze seiner Zigarre anstarrte. Er gab dem Geiger einen Zwanzigdollarschein. »Ein Zwanziger ist nicht so viel, wenn man bedenkt, was diese Burschen üben müssen.«

Virginia nickte.

»Dein Ehemann –« Robert zögerte. Virginia hatte das Gefühl, daß er darauf wartete, daß sie einen Namen nannte. Sie sagte nichts. »Warum habt ihr euch getrennt?«

Virginia starrte ihn einen Augenblick lang an.

»Wir haben uns nicht getrennt. Er hat mich verlassen.«

Es war schwer, das zu sagen. »Oh, wir haben beschlossen, einmal Urlaub voneinander zu nehmen«, wäre ihr leichter gefallen. Aber Virginia taten die Leute leid, die zu ihr so etwas sagten, und sie wollte niemandem leid tun. Trotzdem schämte sie sich.

»Dich verlassen?« Robert betrachtete finster seine Zigarre. »Warum?«

»Ich weiß es nicht.«

»Wo –?«

»Ich weiß nicht, wo er hingegangen ist. Es ist nun schon fast ein Jahr her.«

»Vielleicht hat er dich nicht verlassen. Vielleicht ist ihm was zugestoßen.«

»Er hat mich verlassen.«

»Erzähl mir von ihm.«

Sie begann unsicher. Als sie dann merkte, daß Robert die Geschichten über ihren Mann faszinierten, wurde sie sicherer und erzählte mehr und mehr. Obwohl ihr nicht gefiel, wie er lachte, er lachte wenigstens. Und sie auch. Dazwischen sagte sie einmal: »Du warst auch schon verheiratet, oder?«

Er nickte. »Woher weißt du?«

»Alice hat es mir erzählt. Wie war sie?«

»Wer? Florence? Ich weiß nicht.« Robert stand auf und tastete nach seiner Brieftasche. »Ich hol' dir den Mantel. Willst du noch mal für kleine Mädchen, oder was?«

Sie sprachen nur mehr ein paar höfliche Worte miteinander, bis er vor ihrem Haus stehenblieb. Er legte seinen Arm über die Rückenlehne ihres Sitzes. Sie versuchte dabei locker zu bleiben. Er hatte den Motor laufen lassen, und die Scheibenwischer gingen hin und her.

Robert küßte sie. Er küßte sie sehr lange, und mittendrin öffnete sie die Augen und sah, daß er groß und erschrocken schaute. Eine Zeitlang hielten sie einander umarmt. »Ich hab' mich gerade etwas gefragt«, sagte Robert sanft.

»Was?« Sie lehnte sich zurück, um ihn anzusehen. »Was hast du dich gefragt?«

»Glaubst du, daß mich der Grashüpfer mag?«

»Sicher.«

»Wirklich?«

»Ja, wirklich.«

»Ich wette, daß ihm sein Papa manchmal fehlt.«

»Manchmal. Oft.«

»Ein Kind in seinem Alter braucht einen Vater.« Robert fuhr auf und schlug mit dem Ellbogen gegen das Lenkrad.

»Warst du schon mal in Vancouver?«

»Vancouver? Nein.«

»Ich dachte gerade, wir beide könnten vielleicht am nächsten Wochenende hinfahren. Um uns kennenzulernen.«

Er beugte sich zu Virginia hinüber, bis sie sich von Angesicht zu Angesicht gegenübersaßen. Sie schaute ihn an und fragte sich, was er sah, wenn er sie anschaute? Ob er sein Leben verrinnen sah? Er hatte aufgehört zu atmen, oder es schien so; er war so ruhig. Die Scheibenwischer gingen hin und her. »Gut«, sagte sie. »Sicher. Warum nicht?«

Das Hotel war alt und heruntergekommen, doch sie hatten ein großes Zimmer mit einem offenen Kamin. Virginia ließ sich aufs Bett fallen und sagte, wie weich es doch sei. Sie hatte sich nichts dabei gedacht, aber Robert wurde rot. Er drehte an den Jalousien herum. Dann nahm er seine Sachen aus dem Koffer, legte sie wieder zusammen und verstaute sie in der Kommode. Währenddessen sprach er darüber, wie teuer das Zimmer im Vergleich zu vor drei Jahren war, als er mit dem Schützenverein von Everett heraufgekommen war.

Beim Abendessen trank Robert eine Menge Wein, und was es auch war, das ihn beunruhigte, es war eine Weile vergessen. Er erzählte Virginia von einer Wanderung, die er einmal gemacht hatte und die dem Jungen sicher gefallen würde. Sie berührte seine Hand. »Du bist ein guter Mensch«, sagte sie.

Er runzelte die Stirn.

»Ist irgend etwas nicht in Ordnung?« fragte sie.

»Ich nehme an, du willst aufs Zimmer gehen«, sagte er. Er sah Virginia an.

»Nicht unbedingt. Wie du willst.«

»Ich hab' gedacht, ich trink' noch was an der Bar. Du mußt aber nicht. Du bist wahrscheinlich müde.«

»Ein wenig. Aber ein Drink wäre nicht schlecht.« Virginia dachte, daß er nach der langen Fahrt noch einen Drink vor dem Schlafengehen nehmen wollte. Als er den vierten Whiskey bestellte, wußte sie, daß er die Nacht durchmachen wollte. Sie hatte das Gefühl, daß er sie entweder loswerden oder unter den Tisch trinken wollte. Wahrscheinlich hatte er Sorgen. »Ich glaub', ich geh' nach oben«, sagte sie schließlich.

»Geh nur, ich komm' gleich.«

Virginia ging hinauf, nahm ein Bad und wartete im Bett auf Robert. Sie hatte einen Reisewecker mit leuchtenden Zeigern. Sie sah zwei Stunden verstreichen, bis sie Roberts Schlüssel im Schloß klappern hörte. Er kam auf Zehenspitzen, die Schuhe in der Hand, und blieb neben dem Bett stehen und schaute auf sie herunter. »Virginia«, flüsterte er.

Sie blieb still liegen. Sie gab keine Antwort, weil sie spürte, daß es ihm so lieber war.

Robert stellte seine Schuhe unter das Bett und zog sich leise aus. Er schlüpfte unter die Decke und rollte sich auf der anderen Seite des Bettes zusammen. Virginia fragte sich, was sie tun sollte. Schließlich entschied sie sich, nichts zu tun. Vielleicht würde er böse werden, wenn er bemerkte, daß sie wach war. Vielleicht fühlte er sich morgen früh besser. Sie fragte sich, was sie falsch gemacht hatte.

Kurz nach Sonnenaufgang erwachte Virginia und spürte Roberts Hand auf ihrer Brust. Er drückte sie sanft. Sie war überrascht und sah zu ihm hinüber. Er lag auf der Seite, mit dem Gesicht zu ihr, die Augen geschlossen. Er legte ihr seine Hand auf die andere Brust und drückte sie eine Zeitlang. Dann legte er plötzlich seinen Arm um sie und zog sie an sich.

»Robert.«

Er sagte nichts. Er hatte die Augen noch immer geschlossen und begann sie auf die Schultern und den Hals zu küssen. Sie hoffte, er würde sie nicht auf den Mund küssen. Er legte sich auf sie drauf und schob seine Beine zwischen ihre. »Robert«, sagte sie wieder, er schien sie aber nicht zu hören. Er zwängte ihre Beine auseinander.

Es dauerte nicht lange, und es tat weh.

Robert rollte von ihr herunter und drehte sich zur Seite. Wenige Augenblicke später seufzte er im Schlaf. Ihr erster Gedanke war, ihn umzubringen. Nach einer Weile beschloß sie, sich damit zufrieden zu geben, ihn zu verstehen. Sie nahm ein langes Bad. Als sie aus dem Badezimmer kam, saß Robert fertig angezogen auf dem Bett und studierte einen Stadtplan von Vancouver. Er lächelte Virginia an und stand auf. »Guten Morgen.«

Sie nickte ihm zu und wartete. Nach dem, was geschehen war, erwartete sie, daß er etwas sagte. Statt dessen legte er den Stadtplan beiseite und deutete zum Badezimmer. »Fertig da drinnen?«

»Ja.«

»Ihr Frauen.« Er schüttelte den Kopf. »Ich war mir nicht sicher, ob du ein Bad nimmst oder Schwimmen gegangen bist.«

»Wenn du rein wolltest, hättest du klopfen sollen.«

»Kein Problem.« Er küßte sie auf die Wange, als er an ihr vorbeiging.

Robert kam erst heraus, als sie fertig angezogen war. »Junge, du siehst aber heute gut aus«, sagte er und rieb sich die Hände.

Virginia konnte ihn nicht ansehen. »Nur für dich«, sagte sie.

Sie liefen den ganzen Vormittag in Vancouver herum. Robert las ihr Sachen aus einem Reiseführer vor. »Gesünder als mit so einem Bus zu fahren«, erklärte er, »und wir müssen uns nicht mit einem Haufen Leute von weiß Gott wo herumärgern.« Zu Mittag aßen sie in einer Cafeteria, die ihm schon am Morgen aufgefallen war, und dann gingen sie ins Kino. Virginia war noch nie tagsüber im Kino gewesen, auf jeden Fall nicht mehr, seit sie kein kleines Kind mehr war, und fühlte sich nicht wohl dabei. Die meisten Leute im Kino waren ältere Männer.

Nachdem Robert sein Popcorn aufgegessen hatte, nahm er Virginias Hand und drückte sie. Dann begann er die Innenseite ihres Oberschenkels zu streicheln.

»Bitte, Robert«, flüsterte sie. »Nicht hier.«

Er zog seine Hand zurück. »Was?«

Virginia hatte den Eindruck, daß Robert bereit war zu leugnen, daß er sie berührt hatte. Sie schüttelte den Kopf. »Nichts«, sagte sie.

»Schade, daß der Grashüpfer nicht mitgekommen ist.« Robert nahm einen Schluck von seiner Pepsi. »Dieser Film würde ihm sicher irrsinnig gut gefallen.«

»Gehen wir, Robert!«

»Was ist los?«

»Ich möchte gehen.« Sie stand auf und ging hinaus. Sie wartete im Vorraum auf ihn. Robert kaufte noch Popcorn und bot ihr davon an. Sie schüttelte den Kopf. Sie verließen das Kino und gingen in Richtung auf ein Holzfäller-Museum die Straße hinauf.

Beim Abendessen brachte Virginia das Gespräch auf Roberts Ehe. Sie hatte bei der Hinfahrt mehr über ihren Mann erzählt, und Robert hatte darüber gelacht, was ihr Mann sich unter Luxus, einem Leben in Saus und Braus und seinen Chancen vorstellte. Virginia hatte entdeckt, was sie an Roberts Lachen nicht mochte. Es war überheblich. Ihr Mann war lächerlich gewesen, aber nicht viel lächerlicher als die meisten Menschen. Auf jeden Fall hatte Robert sich einige Freiheiten herausgenommen mit ihrer Vergangenheit, und sie wollte dafür entschädigt werden.

Aber Robert erzählte statt dessen von seinen ehemaligen Freundinnen. »Ich hoffe, das macht dir nichts aus«, sagte er. »Alte Geschichten sind das.« Sie seien verrückt nach ihm gewesen, sagte er, doch er hatte eine nach der anderen wieder loswerden müssen, weil er nicht das richtige Gefühl hatte. Die meisten Mädchen kamen aus guten Familien – Töchter von hohen Offizieren und Bezirksstaatsanwälten. »Man darf sich nicht billig verkaufen«, sagte er zu Virginia. »Man muß auf die Richtige warten. Oder auf den Richtigen.« Er lächelte. »Je nachdem.«

Sie sagte: »Erzähl nur von deiner Frau.«

Robert verzog den Mund nach unten und starrte in sein Glas. »Florence war eine Hure.«

»Wie meinst du das, Robert?«

»Du weißt schon.«

»Nein, ich weiß nicht. Ist sie wirklich auf die Straße gegangen und hat sich an Männer verkauft? Geld bekommen?«

Robert zuckte mit den Schultern. »Sie war kein Profi. Sie mußte es verschenken.« Er schmunzelte fast über seinen Witz. »Ich hätte auf meine Tante hören sollen«, fuhr er fort. »Sie hat Florence durchschaut, als sie sie zum ersten Mal sah.«

»Warum hast du sie dann geheiratet?« Virginia hoffte, daß er ihr sagen würde, er hätte sie aus Liebe geheiratet.

»Ich mußte.« Er ginste. »Du weißt, wie das ist.«

»Dann hast du also ein Kind?«

Er schüttelte den Kopf. »Fehlgeburt.«

»Wo ist Florence jetzt?«

»Ich weiß nicht. In Detroit noch immer, wahrscheinlich. Ich weiß nicht. Ist mir auch egal.«

»Lebt sie allein?«

»Nein. Sie hat es geschafft, daß dieser Typ sie heiratet. Frag mich nicht, wie.«

»Welcher Typ?«

»Der Typ, mit dem sie herumgemacht hat.«

»Es hat nur *einen* anderen Mann gegeben? Einen einzigen?«

»Einen, von dem ich weiß.«

»Aber du hast sie eine Hure genannt.«

Roberts Nasenflügel zitterten und seine Brauen schoben sich zusammen. Er schnaufte leise. »Ihr Frauen«, sagte er.

Virginia hatte Angst – nicht, daß Robert sie schlagen würde, aber Angst.

»Wie sind wir überhaupt auf Florence gekommen?« sagte Robert. »Zum Teufel mit ihr.« Er stand auf. »Komm, gehen wir was trinken.«

»Ich möchte nichts mehr trinken. Aber geh du nur.«

Er ging mit ihr in die Halle; schweigend warteten sie auf den Lift. Robert kam etwas auf sie zu und sah sie an, und sie dachte, er wollte sie küssen. Er sah unglücklich aus. Vielleicht war seine Frau wirklich eine Hure gewesen. Virginia hätte das gern geglaubt. Sie kam ihm etwas entgegen, erwartete einen Kuß, aber er schaute plötzlich nach unten und begann in seiner Hosentasche zu kramen.

»Hier ist der Schlüssel«, sagte er.

Sie konnte die Röte auf ihren Wangen spüren. Sie nahm den Schlüssel.

»Bis später«, sagte er und schlurfte mit hängenden Armen zur Bar.

Virginia schlief, als Robert ins Zimmer kam. Sie bemerkte ihn erst, als er sich auf sie schob. Im ersten Moment wußte sie nicht, wo sie war und was passierte. Sie setzte sich auf und stieß ihn von sich. Sie konnte sich nicht mehr erinnern, ob sie geschrien hatte, wahrscheinlich aber schon, denn Robert sprang aus dem Bett und schaute im Zimmer herum. »Um Gottes willen«, sagte er, »was ist denn los?«

»Oh, Robert.« Sie rieb sich die Augen, versuchte, nicht zu weinen. »Bitte, tu das nicht.«

»Was soll ich nicht tun?«

»Mein Gott.« Sie vergrub ihr Gesicht.

Robert setzte sich aufs Bett. »Du magst mich nicht, stimmt's?«

»Doch. Sonst wär' ich doch nicht hier, oder?«

»Ich meine nicht so. Ich meine im Bett.«

Sie schaute ihn an, wie er sich in der Kälte der Nacht krümmte. »Nein. So nicht. Nicht wenn ich schlafe.«

Er nickte grimmig. »Wie du meinst«, murmelte er.

Sie schliefen beide nicht gut. Virginia konnte spüren, wie unglücklich er war. Sie wurde weich. Am Morgen griff sie nach ihm und begann ihm den Rücken zu reiben. Sie mußte es einfach tun. Sie streichelte ihm den Rücken, den Hals, die Schultern. Als sie seine Beine berührte, erstarrte er. Dann stieß er ihre Hände weg und drehte sich zu ihr.

»Okay«, sagte er. Er griff nach ihr.

»Nein, Robert. Es ist vorbei. Ich will nach Hause fahren.«

Auf der Rückfahrt sprachen sie kaum, bis sie von einem Hügel aus weit unten einen See liegen sahen. »Mensch«, sagte Robert, »das ist ein toller Anblick.«

»Ja, wirklich.«

»Früher, wenn ich so was gesehen habe, habe ich mir immer gewünscht, es wär' jemand bei mir und könnte es auch sehen.« Er sah Virginia an und lachte.

Sie sah, daß er litt. Sie berührte seine Hand. »Ich weiß, was du meinst. Manchmal ist es schrecklich, allein zu sein.«

»Ich möchte mich nicht beklagen«, sagte er. »Ich komm' gut zurecht. Es ist bei Männern anders als bei Frauen. Kaum ist eine Frau allein, fängt sie schon an, sich einen anderen zu suchen.«

»Das tun Männer auch.«

Robert ließ Virginias Hand los. »Manche Männer«, sagte er.

»Es ist ganz natürlich, Robert, wirklich. Alles. Es gibt nichts, wofür man sich schämen müßte.«

Er sah sie in plötzlicher Panik an, und sie wußte, daß er sich in diesem Augenblick für immer allein zu bleiben entschloß. In ihrem ungeheuren Mitleid für ihn wuchs sie über sich hinaus. »Gib nicht auf, Robert. Nur weil es mit mir nicht gutgegangen ist.« Sie wollte noch mehr sagen, er war aber schon weit weg von ihr, wieder in seiner Kränkung vergraben. Sie ließ ihn ihr Mitleid spüren. Die Straße glitt unter den Reifen dahin. Virginia starrte begierig nach vorn.

Armer Robert, dachte sie.

Reisende

Glen verließ Depoe Bay ein paar Stunden vor Sonnenaufgang, um dem Verkehr zu entgehen, und geriet in dichten Nebel; er mußte sich weit nach vorn beugen und die Scheibenwischer laufenlassen, um überhaupt die Straße zu sehen. Die dauernde Anstrengung und der eintönige Rhythmus der Scheibenwischer machten ihn bald schläfrig, und er blieb bei einer Tankstelle stehen, um sich kaltes Wasser ins Gesicht zu schütten und Kaffee zu trinken.

Während er den Tankverschluß öffnete und dem Donnern der unsichtbaren Wellen vom Strand jenseits der Straße zuhörte, kam ein Mädchen heraus und begann die Windschutzscheibe zu waschen. Das Mädchen hatte strähniges Haar und trug kniehohe Stiefel mit hohen Absätzen und Jeans. Glen konnte das Gesicht nicht deutlich sehen.

»Übles Wetter zum Fahren«, sagte sie und lehnte sich über die Motorhaube. Durch ihre Jeans bohrten sich Nieten in verschiedenen Mustern, die im Licht der flackernden gelben Röhren über ihnen aufblitzten, wenn sie sich bewegte. Sie warf den Wischer in einen Kübel und fragte Glen, wieviel Benzin der Wagen brauchte.

Er versuchte sich zu erinnern, was Martin ihm gesagt hatte. »Neun bis zehn Liter«, sagte er.

Sie pfiff und betrachtete das Auto prüfend, als ob sie es ihm abkaufen wollte.

Glen hielt ihr Martins Kreditkarte hin, aber sie lachte und sagte, sie arbeite nicht da. »Eigentlich«, sagte sie, »wollte ich fragen, wohin Sie fahren.«

»Nach Norden«, sagte Glen. »Seattle.«

»He«, sagte sie. »Ist das ein Zufall. Ich meine, da will ich auch hin.«

Glen nickte, sagte aber nichts. Er hatte versprochen, keine Anhalter mitzunehmen: Martin hielt das für gefährlich und sozial unverantwortlich, wie das Füttern streunender Katzen. Glen war auch ein wenig sauer darüber, wie sie sich auf die kumpelhafte Tour an ihn herangemacht hatte, wenn sie doch nur was von ihm wollte.

»Vergessen Sie's«, sagte sie. »Fahren Sie allein weiter, wenn Sie wollen. Ist ja Ihr Wagen, stimmt's?« Sie lächelte und ging wieder hinein.

Nachdem Glen beim Tankwart bezahlt hatte, dachte er noch einmal über die Sache nach. Das Mädchen war nicht gefährlich – ihre Jeans waren so eng, daß sie unmöglich eine Pistole versteckt haben konnte. Und wenn er jemanden zum Reden hatte, würde er sicher nicht einnicken.

Das Mädchen schien weder besonders überrascht noch besonders froh, daß Glen es sich anders überlegt hatte. »Okay«, sagte sie. »Bin gleich soweit.« Sie verstaute ihre Sachen im Kofferraum, einen Gitarrenkoffer und einen Wäschesack, der oben wie ein Luftballon zugebunden war, legte die Hände an den Mund und rief: »Sunshine! Sunshine!« Auf einmal war ein großer langhaariger Hund da, sprang an ihr hoch und machte ihr weißes Hemd vorn ganz schmutzig. Sie schlug ihn auf den Kopf, bis er von ihr abließ, und stieß ihn dann in den Wagen. »Hinten rein!« sagte sie. Er sprang auf den Rücksitz und setzte sich dort mit heraushängender Zunge hin.

»Ich bin Bonnie«, sagte das Mädchen, als sie unterwegs waren. Sie nahm eine Bürste aus ihrer Handtasche und fuhr sich mit einem leisen Reißen durchs Haar.

Glen gab ihr eine von seinen Karten. »Ich bin Glen«, sagte er.

Sie hielt sie dicht vor die Augen und las laut: »Rayburn Marine Supply. Sind Sie Rayburn?«

»Nein. Ich arbeite für Rayburn.« Glen erwähnte nicht, daß Martin Rayburn auch mit ihm zusammen wohnte und der Besitzer des Wagens war.

»Ah«, sagte sie, »ich verstehe. Ihr Name steht hier in der Ecke. Marine Supply«, wiederholte sie. »Was machen Sie, beliefern Sie die Marinestreitkräfte?«

»Nein«, sagte Glen. »Wir verkaufen Bootszubehör.«

»Das klingt schon besser«, sagte Bonnie. »Ich würde auch mit niemand mitfahren, der für die Marine arbeitet.«

»Nun, das tu' ich auch nicht«, sagte Glen. »Wir handeln

hauptsächlich mit Schwimmwesten, Badehauben und Einrichtungen für Boote.« Er nannte die Städte an der Küste, wo er Geschäfte machte, und als er Eureka erwähnte, schlug sich Bonnie aufs Knie.

»Genau!« sagte sie. Sie erzählte ihm, daß sie früher hauptsächlich in Kalifornien, Bolinas und San Francisco gelebt hatte.

Als sie San Francisco sagte, dachte Glen an ein hohes Zimmer mit farbigen Glasfenstern, durch die Sonnenlicht strömte, und viele nackte Menschen am Boden, die wie Seehunde einer über den anderen rutschten. »Wir kommen nicht soweit nach Süden«, sagte er. »Wir kommen nur bis Mendocino.« Er machte das Fenster einen Spalt auf; der Hund roch wie ein lange eingemotteter Pullover.

»Ich bin echt fertig«, sagte Bonnie. »Ich glaub', ich hab' letzte Nacht keine fünf Minuten an einem Stück geschlafen. Dieser LKW-Fahrer hat mich von Port Orford mitgenommen, und ich glaub', das war ein Ausländer. Die Finger eines Römers und die Hände eines Russen, haha.« Sie gähnte. »Wenigstens nicht einer von denen, die Napalm auf Babys werfen.«

Der Nebel zog noch immer quer über die Straße. Die Scheinwerfer der entgegenkommenden Autos und Lastwagen waren gelb und flach wie Knöpfe, bis sie ganz nah waren, dann streiften sie über sie hinweg und beleuchteten ihre Gesichter. Der Hund hängte seinen Kopf über die Rückenlehne des Vordersitzes und seufzte tief. Dann legte er die Pfoten neben die Ohren. Als Glen das nächste Mal zu ihm hinüberschaute, hing der Hund mit seinem Bauch über dem Sitz, halb vorn und halb hinten. Glen sagte zu Bonnie, daß er Hunde mochte, es jedoch für gefährlich hielt, einen vorne sitzen zu haben. Er erzählte ihr, daß er in der Zeitung gelesen hatte, wie ein Hund auf das Gaspedal gesprungen und eine ganze Familie über die Klippen gestürzt war.

Sie nahm den Hund an der Schnauze und stieß ihn fest nach hinten. Er fiel auf den Rücksitz und begann sich laut zu putzen. »Wenn dabei alle umgekommen sind«, sagte Bonnie, »wie weiß man denn, was passiert ist?«

»Das hab' ich vergessen«, sagte Glen.

»Vielleicht hat der Hund ein Geständnis abgelegt«, sagte Bonnie. »Kein Witz. Ich hab' bei Gericht schon tollere Sachen passieren sehen. Die Freundin von mir, die ich in Seattle besuchen will, hat ein Jahr auf Bewährung bekommen wegen Aufforderung zur Unzucht, und wissen Sie, was sie getan hat? Sie hat in einem Lebensmittelgeschäft einen Typen angelächelt. Ist schon ein irres Leben, Glen. Was drücken Sie da dauernd?«

»Einen Tennisball.«

»Und wozu soll das gut sein?«

»Das ist nur so eine Gewohnheit«, sagte Glen, weil er dachte, daß es nichts bringen würde, mit Bonnie über seine Golfprobleme zu reden. Als Linkshänder hatte er die Tendenz zu einem Pull, und Martin hatte ihm den Rat gegeben, mit einem Tennisball seinen rechten Unterarm zu trainieren.

»Das ist das erste Mal, daß ich jemand einen Tennisball drükken seh'«, sagte Bonnie. »Es ist mir ein Rätsel, wie Sie sich so was angewöhnt haben.«

Der Hund putzte sich noch immer. Es hörte sich grauenvoll an. Glen schaltete den Kassettenrekorder ein und drehte voll auf.

»Super Sender«, sagte Bonnie. »Das ist das erste Mal, daß ich 101 Streicher ›76 Posaunen‹ spielen hör'.«

Glen sagte ihr, daß es eine Kassette war und nicht das Radio und daß die Nummer »Oklahoma« hieß. Martin hatte nur Instrumentalkassetten – er haßte Lieder –, aber zufällig hatte Glen eine von seinen eigenen Kassetten im Handschuhfach, Peter, Paul and Mary. Das sagte er Bonnie aber nicht, weil ihm ihr Ton nicht gefiel.

»Ich leg' mich jetzt aufs Ohr«, sagte sie nach einer Weile. »Wenn sich Sunshine schlecht benimmt, geben Sie ihm einfach eins auf den Kopf. Das ist das einzige, was er versteht. Ich hab' ihn von einem Cop.« Sie rollte ihre Jeansjacke zusammen und legte sie sich unter den Kopf. »Wecken Sie mich«, sagte sie, »wenn es was Interessantes oder Seltsames zu sehen gibt.«

Die Sonne ging auf, ein milchiger Fleck über Glens rechter Schulter, und hellte den Nebel auf, brach aber nicht durch. Glen hörte ein Rauschen, wie Wasser, das auf Pflaster prasselt, und merkte, daß sich die Straße mit Autos gefüllt hatte. Die

Scheinwerfer waren bleich und schwach. Alle Fahrer wechselten, Glen eingeschlossen, ständig die Spur.

Glen legte die Kassette mit »Exodus« von Ferrante und Teicher ein, Martins Lieblingsstück. Martin hatte den Film viermal gesehen. Für ihn war es der beste Film, der je gedreht worden war, weil er zeigte, was man alles schaffen kann, wenn man nur will. Manchmal saß Martin mit einer Flasche Whiskey allein im Wohnzimmer und soff sich bis zum Umfallen voll. Zur Halbzeit brüllte er dann Glens Namen, bis Glen von oben herunterkam und sich zu ihm setzte. Dann hielt ihm Martin Vorträge über verschiedene Themen. Er wiederholte sich oft, und sein Lieblingsthema war das jüdische Volk, wie er die in den Lagern umgekommenen Juden bezeichnete. Er unterschied zwischen ihnen und den Israelis. Das gehörte zu seiner Theorie.

Martin zufolge hatten die Juden den Israelis einen Gefallen getan, indem sie ausstarben; wenn sie überlebt hätten, wäre das Erbgut geschwächt worden, und die Israelis hätten nie die Stärke und den Willen aufgebracht, den Arabern das ganze Land wegzunehmen und es zu behalten.

Eines Abends fragte er Glen, ob ihm aufgefallen sei, daß er, Martin, etwas mit den Israelis gemeinsam hätte. Glen gab zu, die Verbindung übersehen zu haben. Die Israelis waren lange Zeit im Exil, sagte Martin; er selbst hatte, als er bei der Navy war, mehr als dreißig Häfen angelaufen und im Lauf der Zeit in sieben der Vereinigten Staaten gelebt, ehe er nach Seattle zurück nach Hause kam. Die Israelis hatten sich ein unfruchtbares Land genommen und es fruchtbar gemacht; Martin hatte eine schlecht gehende Firma übernommen und daraus wieder ein gewinnbringendes Unternehmen gemacht. Die Israelis schlugen alle ihre Feinde, und Martin schlug die Konkurrenz aus dem Feld. Der Schlüssel zu allem, sagte Martin, lag im vereinigten Genpotential. Man mußte ständig den Ballast abwerfen und frisches Blut zuführen. Martin nannte den Ballast beim Namen, den man demnächst abwerfen würde, und Glen war überrascht; er hatte angenommen, daß ein paar Leute, wie er selbst, zum frischen Blut zählten.

Der Nebel blieb. Die Gischt des Ozeans gab ihm einen perlenfarbenen Glanz. Große Wassertropfen rollten die Windschutzscheibe hinauf und sprenkelten das graue Licht im Wageninneren. Glen bemerkte, daß Bonnie kein Mädchen war, sondern eine Frau. Sie hatte Falten auf der Stirn und in den Mund- und Augenwinkeln, und die Strähnen im Haar waren echt – keine Modegeschichte, wie er zuerst gedacht hatte. In dem Licht zeigte ihre Haut ihr Alter wie eine Staubschicht an. Sie war alt, nicht *alt* alt, aber alt: älter als er. Glen spürte, wie er sich entspannte, und merkte, daß er einen Augenblick lang an ihr interessiert gewesen war. Er blinzelte in den Nebel hinaus und fuhr mit dem Gefühl weiter, durch eine Wolke zu fallen. Hinter ihm rührte sich der Hund und jaulte in seinen Träumen.

Bonnie wurde kurz vor Olympia wach. »Ich bin hungrig«, sagte sie, »holen wir uns ein paar Pancakes.«

Glen hielt an einem Denny's. Während die Kellnerin das Essen für sie holte, erzählte Bonnie von einer Freundin, nicht von der in Seattle, sondern von einer anderen, die den wirklichen Denny gekannt hatte. Denny war, ihrer Freundin zufolge, ein total schräger Typ. Er hatte Bonnies Freundin einen Vorschlag gemacht. Er wollte sie mit einer Wohnung ausstatten, einem Auto, Kleidern, allem Drum und Dran; er wollte nur eines dafür. »Raten Sie was«, sagte Bonnie.

»Ich weiß nicht«, sagte Glen.

»Okay«, sagte Bonnie, »Sie hätten es sowieso nicht erraten.« Das Angebot, erklärte sie, hatte folgenden Preis: ihre Freundin sollte verschiedene Männer zum Abendessen einladen, jeweils einen, an mindestens drei Tagen in der Woche. Dem Restaurantbesitzer war gleich, was nach dem Essen passierte, er hatte in dieser Hinsicht keinerlei Interesse, weder als Teilnehmer noch als Beobachter. Alles, was er wollte, war unter dem Tisch sitzen, während sie aßen, verborgen von einem bodenlangen Tischtuch.

Glen meinte, daß da noch etwas mehr dahintergesteckt haben mußte.

»Nein«, sagte Bonnie. »Das war alles.«

»Hat sie es getan?« fragte Glen.

Bonnie schüttelte den Kopf. »Sie hatte schon einen Freund,

Sie brauchte keinen alten Scheißer mehr, der unter ihrem Tisch wohnt.«

»Ich versteh's noch immer nicht«, sagte Glen, »daß er das wollte. Wo ist der Witz?«

»Der Witz?« Bonnie sah Glen an, als ob er etwas Komisches gesagt hätte. »Was weiß ich«, sagte sie. »Ich glaub', er ist einfach auf Essen scharf. Manche Menschen können von ihrer Arbeit nicht los. Eine andere Freundin von mir kannte einen Mechaniker, und vorher, Sie wissen schon, rieb sich der von oben bis unten mit Fett ein. Können Sie sich das vorstellen?« Bonnie stürzte sich auf ihr Essen – sie hatte ein Steak, eine Portion Pancakes, einen Salat und zwei Stück Zitronenschaumkuchen bestellt – und sprach kein Wort mehr, bis sie alles aufgegessen hatte, außer dem Steak, das sie in eine Platzdecke wickelte und in ihre Handtasche steckte. »Wenn ich ehrlich sein soll«, sagte sie, »ich hab' noch nie so schlecht gegessen.«

Glen ging auf die Toilette, und als er zurückkam, war der Tisch leer. Bonnie stand an der Tür und winkte ihm zu. »Ich hab' schon bezahlt«, sagte sie im Hinausgehen.

Glen folgte ihr über den Parkplatz. »Ich wollte eigentlich noch einen Kaffee trinken«, sagte er.

»Also«, sagte sie, »ich sag' Ihnen die Wahrheit. Das wär' jetzt keine gute Idee.«

»Anders gesagt, Sie haben nicht bezahlt.«

»Nicht ganz.«

»Was heißt das, ›Nicht ganz‹?«

»Ich hab' ein Trinkgeld dagelassen«, sagte sie. »Gegen die Kellnerin hab' ich nichts, aber ich seh' nicht ein, warum ich für diesen Fraß auch noch bezahlen soll. Die müßten uns was zahlen, daß wir das Zeug essen. Da ist Pappe drin, von den 100000 Chemikalien ganz zu schweigen.«

»Wo ist Pappe drin?«

»Im Teig. Oh, hm, Sunshine hat einen kleinen Unfall gehabt.«

Glen schaute auf den Rücksitz. Auf dem Überzug war ein großer Fleck. »Allmächtiger«, sagte Glen. Der Hund schaute ihn an und wedelte mit dem Schwanz. Glen stieß zurück auf die Straße und fuhr los; es war zu spät, um ins Restaurant zurückzugehen, unmöglich, die Sache zu erklären. »Mir ist aufgefallen«, sagte er, »daß Sie nichts auf Ihrem Teller gelassen haben, obwohl es nur Abfall war.«

»Hätt' ich es nicht gegessen, hätten sie es weggeworfen. Die werfen sogar Butterstücke weg, nur weil sie nicht quadratisch sind. Haben Sie eine Ahnung, wie viele Lebensmittel die jeden Tag wegschmeißen?«

»Es ist eben ein Geschäft«, sagte Glen. »Sie gehen ein Risiko ein und haben Anspruch auf Gewinn.«

»Ich sag's Ihnen«, meinte Bonnie. »Genug, um die Bevölkerung von San Diego satt zu kriegen. Komm, Sunshine, da.« Der Hund stand mit den Vorderpfoten auf der Rückenlehne, und Bonnie riß das Steak in Stücke und fütterte ihn. Als das Steak weg war, schlug sie ihm auf den Kopf, und er setzte sich wieder hin.

Glen wollte Bonnie fragen, ob sie nicht Angst hätte, Sunshine zu vergiften, aber er war noch immer zu wütend, um etwas anderes zu tun, als das Auto zu lenken und den Tennisball zu drükken. Sie hätten da verhaftet werden können. Er sah sich, wie er Martin anrief und ihm sagte, er sei zum Abendessen nicht zu Hause und sitze im Gefängnis, weil er irgendwo am Arsch der Welt abgehauen sei, ohne die Rechnung zu bezahlen. Wenn er den Überzug nicht sauber bekam, mußte er Martin von Bonnie erzählen, auch nicht gerade ein Vergnügen. Das hat man davon, wenn man anderen Leuten einen Gefallen tun möchte.

»Dieser Nebel geht mir auf die Nerven«, sagte Bonnie. »Richtig langweilig.« Sie wollte noch etwas sagen, verstummte aber wieder. Vor ihnen fuhr ein großer Laster; als sie eine leichte Steigung hinauffuhren, ließ der Nebel nach, und Glen konnte hinten das Logo lesen: WIR TRANSPORTIEREN FAMILIEN, NICHT NUR MÖBEL. Dann tauchten sie wieder in den Nebel ein und der Laster verschwand. »Einmal bin ich in einen Sandsturm gekommen«, sagte Bonnie, »in Arizona. Es war wirklich gefährlich, aber es war wenigstens nicht langweilig.« Sie zog eine Haarsträhne ins Gesicht und begann an den Enden herumzuzupfen. »So«, sagte sie, »erzählen Sie mir von sich.«

Glen sagte, daß es da nicht viel zu erzählen gab.

»Wie heißt Ihre Frau?«

»Ich bin nicht verheiratet.«

»Ach ja? Jemand wie Sie, ich hätt' geschworen, daß Sie verheiratet sind.«

»Ich bin verlobt«, sagte Glen. Das sagte er oft zu Fremden. Wenn er sie wieder einmal treffen sollte, konnte er immer noch sagen, daß nichts daraus geworden war. Er hatte einmal ein Mädchen gekannt, das ihn wahrscheinlich geheiratet hätte, aber, wie Martin sagte, hatte es keinen Sinn, sich was aufzuhalsen, wenn man schnell unterwegs sein wollte.

Bonnie sagte, daß sie in den letzten beiden Jahren mit einem Mann aus Santa Barbara verheiratet gewesen war. »Ich meine nicht vor dem Gesetz«, sagte sie. Bonnie sagte, das sei, wie wenn man den Kopf eines anderen kenne und umgekehrt. Sie hatte aufgehört, seinen Kopf zu kennen, als er sie wegen einer anderen verließ. »Er wollte Kinder haben«, sagte Bonnie, »hatte aber Angst, mit mir welche zu haben, weil ich früher LSD geworfen habe. Er hatte Angst, wir würden einen Werwolf oder so was kriegen wegen meiner Chromosomen. Ich hätt' es ihm nicht erzählen sollen.«

Glen wußte, daß es nichts mit Chromosomen zu tun hatte, daß der Mann sie verlassen hatte. Er hatte sie verlassen, weil sie zu alt war.

»Ich hätt' es ihm nie erzählen sollen«, sagte sie wieder. »Ich hab' das Zeug nur ein einziges Mal genommen, und es hat nicht einmal Spaß gemacht.« Sie machte ein rasselndes Geräusch in ihrer Kehle und schlug die Hände vors Gesicht. Zuerst begannen ihre Schultern hin und her zu zucken, dann der ganze Körper.

»Ist ja gut«, sagte Glen, »ist ja gut.« Er ließ den Tennisball fallen und begann ihr auf den Rücken zu klopfen, als ob sie Schluckauf hätte.

Sunshine setzte sich auf und versuchte über Glens Schulter zu klettern. Er stieß Glens Hand vom Lenkrad, als er auf seinen Schoß sprang und nach dem Tennisball stöberte. Das Auto geriet ins Schleudern und stellte sich quer. Die Straße war glatt und die Reifen quietschten nicht. Bonnie hörte zu weinen auf und starrte aus dem Fenster. Auch Glen starrte hinaus. Sie sahen zu, wie der

Nebel die Windschutzscheibe entlangpeitschte, als säßen sie in einem Kino. Dann begann sich der Wagen zu drehen. Als er sich wieder fing, sah Glen, wie die gelben Linien auf der Straße von der Motorhaube wegschossen, und es wurde ihm klar, daß sie auf der falschen Spur rückwärts rutschten. Der Wagen hielt sich eine Zeitlang so, dann drehte er sich wieder, und als er sich wieder fing, stimmte zwar die Richtung, aber sie waren noch immer auf der falschen Spur. Nicht weit weg sah Glen schwache gelbe Lichter auf sie zukommen, die sich wie Positionslichter eines Schiffs langsam auf und ab bewegten. Glen griff wieder nach dem Lenkrad und fuhr langsam von der Straße runter. Sekundenbruchteile später donnerte ein Konvoi von Holzlastern mit heulenden Hörnern aus dem Nebel; der Wagen wurde in ihrem Sog hin und her gerüttelt.

Sunshine sprang auf den Rücksitz und legte sich winselnd hin. Glen und Bonnie fielen einander in die Arme. Sie hielten einander fest, ohne etwas zu sagen. Glen brauchte das, Bonnie festzuhalten und von ihr festgehalten zu werden.

»Ich hab' gedacht, es ist aus mit uns«, sagte Bonnie.

»Man hätt' uns nicht einmal gefunden«, sagte Glen. »Nicht einmal unsere Schuhe.«

»Ich werd' jetzt mein Leben ändern«, sagte Bonnie.

»Ich auch«, sagte Glen, und obwohl er nicht genau wußte, was an seinem Leben falsch war, meinte er es ernst.

»Mir kommt es vor, als hätt' ich noch einmal eine Chance bekommen«, sagte Bonnie. »Ich werd' meine Schulden zurückzahlen und meiner Mutter einen Brief schreiben, auch wenn sie ein totales Miststück ist. Ich werd' Sunshine besser behandeln. Nichts mehr in Geschäften mitgehen lassen. Nichts mehr –« Gerade da donnerte wieder ein LKW-Konvoi vorbei, und obwohl Bonnie weitersprach, konnte Glen kein Wort verstehen. Er war der Meinung, daß sie weiterfahren sollten.

Später, als sie wieder auf der Straße waren, sagte Bonnie, daß sie wegen dem, was sie gerade durchgemacht hatten, für Glen ein besonderes Gefühl empfand. »Ich meine nicht so Gefühle wie zwischen Mann und Frau«, sagte sie. »Ich meine – verstehst du, was ich meine?«

»Ich versteh', was du meinst«, sagte Glen.

»Als gäb' es ein Band zwischen uns«, sagte sie.

»Ich weiß«, sagte Glen. Und um zu feiern, holte er Peter, Paul and Mary heraus und schob sie ein.

»Ich kann's nicht glauben«, sagte Bonnie. »Ist das etwa das, was ich mir denke?«

»Peter, Paul and Mary«, sagte Glen.

»Hab' ich mir gedacht«, sagte Bonnie. »Gefällt dir das Zeug?«

Glen nickte. »Und dir?«

»Es geht. Wenn mir danach zumute ist. Was hast du sonst noch?«

Glen zählte auf, was er noch hatte.

»Du lieber Himmel«, sagte Bonnie. Sie beschloß, daß ihr eigentlich nach etwas Ruhe und Frieden zumute war.

Bis Glen die Adresse von Bonnies Freundin gefunden hatte, ein Hotel für Durchreisende in der Nähe des Pioneer Square, hatte es zu regnen begonnen. Er blieb im Auto sitzen, während Bonnie läutete. Durch das Fenster in der Tür hinter ihr sah er eine enge Treppe, deren Stufen sich durch den Regen, der die Windschutzscheibe herunterrann, nach oben zu schieben schienen. Eine Frau steckte den Kopf zur Tür heraus; sie nickte ständig, während sie sprach. Als Bonnie zurückkam, hing ihr Haar in Strähnen herab. Ihre Ohren schauten groß und rosa dazwischen hervor. Sie sagte, daß ihre Freundin nicht da war und zu allen möglichen und unmöglichen Zeiten ausging.

»Wo arbeitet sie denn?« fragte Glen. »Ich bring' dich hin.«

»Überall«, sagte Bonnie. »Du weißt schon, mal da, mal dort.«

Sie schaute Glen an und dann aus dem Fenster. »Ich möcht' nicht bei ihr wohnen«, sagte sie, »eigentlich. Ich möcht' nicht wieder in das Ganze hineingezogen werden.«

Bonnie sprach so weiter, persönliche Sachen, und Glen hörte den Regentropfen zu, wie sie vom Dach des Wagens abprallten. Er dachte, daß er Bonnie helfen sollte, und er wollte das auch. Dann stellte er sich vor, wie er Bonnie zu Martin nach Hause mitbrachte und sie einander vorstellte; wie Sunshine auf den neuen Teppichen überall Unfälle passierten; wie sie zu dritt beim

Abendessen saßen und Bonnie redete und Martin unterbrach und so sprach, wie es eben ihre Art war. Martin würde tot umfallen. Glen spielte mit dem Gedanken, aber er konnte nicht, er konnte einfach nicht.

Als Bonnie zu reden aufhörte, erklärte er ihr, daß er ihr gern helfen würde, daß es aber nicht ging.

»Klar«, sagte Bonnie und lehnte sich mit geschlossenen Augen zurück.

Glen hatte den Eindruck, daß sie ihm nicht glaubte. Das war undankbar von ihr, und er wurde wütend. »Das ist wahr«, sagte er.

»He«, sagte sie und berührte ihn am Arm.

»Mein Mitbewohner ist gegen Hunde allergisch.«

»He«, sagte Bonnie wieder. »Kein Problem.« Sie holte ihre Sachen aus dem Kofferraum und band Sunshines Leine an ihrem Gitarrenkoffer fest, dann ging sie ums Auto herum zum Fahrerfenster. »Na«, sagte sie, »ich glaub', das war's dann.«

»Da«, sagte Glen, »falls du irgendwo übernachten willst.« Er drückte ihr einen Zwanzigdollarschein in die Hand.

Sie schüttelte den Kopf und versuchte ihm das Geld zurückzugeben.

»Behalt das«, sagte er. »Bitte.«

Sie sah ihn an. »Meine Güte«, sagte sie. »Okay, warum nicht? Der Preis stimmt.« Sie schaute die Straße rauf und runter, dann steckte sie den Geldschein in die Handtasche. »Ich bin dir was schuldig«, sagte sie. »Du weißt, wo du mich findest.«

»Ich wollte nicht –«, sagte Glen.

»Warte«, sagte Bonnie. »Sunshine! Sunshine!«

Glen drehte sich um. Sunshine rannte hinter einem anderen Hund her die Straße hinauf und zog Bonnies Gitarrenkoffer hinter sich her. »Verrücktes Biest«, sagte Bonnie und begann laut fluchend durch den Regen den Gehsteig hinaufzusprinten. Einige Leute blieben stehen und schauten zu, und ein Streifenwagen wurde langsamer. Glen hoffte, daß die Beamten sie nicht zusammen gesehen hatten. Er fuhr um die Ecke und schaute zurück. Niemand folgte ihm.

Ein paar Blocks von Zuhause hielt er an einer Tankstelle und versuchte ohne Erfolg den Sitzüberzug zu reinigen. Am Boden des Wagens fand er einen Lippenstift und ein durchsichtiges Plastiksäckchen mit zwei Marihuanazigaretten, die während des Unfalls aus Bonnies Handtasche gefallen sein mußten.

Glen wußte, daß es Marihuanazigaretten waren, weil die Enden zusammengedrückt waren. Die beiden Mechaniker, mit denen er zusammen gewohnt hatte, bevor er bei Martin eingezogen war, hatten jeden Freitagabend geraucht. Die Zigaretten gingen hin und her, und sie sprachen dabei über die Qualität des Stoffs, dann drehten sie die Stereoanlage voll auf und hörten mit geschlossenen Augen zu, nickten im Rhythmus der Musik, grinsten hin und wieder und sagten »Sachte, sachte!« und »Los, gib Gas!« Später plünderten sie dann den Kühlschrank und kicherten, als ob die Sachen nicht ihnen gehörten, dann sahen sie ohne Ton fern und dachten sich blöde Dialoge aus. Glen vermutete, daß sie übertrieben; er hatte selber einge Male ein paar Züge gemacht und überhaupt nichts gespürt. Er war nahe daran, das Marihuana wegzuwerfen, doch schließlich behielt er es. Vielleicht war es etwas wert.

Glen konnte am Abend fast nichts essen; er war nervös wegen des Geständnisses, das er ablegen wollte, und beinahe ohnmächtig vom Geruch des After-shaves, das Martin verwendete. Glen hatte einmal an der Flasche gerochen, es roch an sich gut, aber es stank aus irgendeinem Grund nach faulen Eiern, wenn Martin es benutzte. Er nahm sich auch nicht nur ein oder zwei Tropfen; er tränkte sich damit und klatschte es sich übers ganze Gesicht und den ganzen Hals, was sich anhörte, als applaudiere jemand. Endlich riß sich Glen zusammen und legte beim Kaffee sein Geständnis ab. Er hatte gehofft, daß sein Vergehen, Bonnie im Wagen mitzunehmen, durch seine Ehrlichkeit, davon zu erzählen, aufgewogen würde, aber als er fertig war, ging Martin in die Luft.

Einige Minuten lang sprach er sehr beleidigend auf Glen ein. Das war schon öfter passiert, und Glen konnte zuhören, ohne etwas mitzubekommen. Als Martin die Schimpfworte ausgegangen waren, begann er zu predigen.

»Warum hat sie denn selber kein Auto gehabt?« fragte er. »Weil sie immer umsonst unterwegs ist. Eines Tages wird sie merken, daß es nichts umsonst gibt. Du hättest alles mit ihr machen können. *Alles.* Und es wär ihre Schuld gewesen, weil sie sich in deine Gewalt begeben hat. Wenn man sich in die Gewalt von anderen begibt, ist man nichts, niemand. Man muß einfach hinnehmen, was geschieht.«

Nachdem er gespült hatte, packte Glen seine Sachen aus und setzte sich in seinem Zimmer ans Fenster. Der Ton von Nebelhörnern lag über dem Sund. Der Nebel umgab das Haus von allen Seiten und erfüllte die Luft; der Atem in seinen Lungen machte ihn träge und schwer.

Er wollte wissen, wie das wirklich war, high sein. Einmal war er mit seinem Stiefvater in der Nähe von Wenatchee auf der Jagd gewesen, und während sie den Sonnenaufgang beobachteten, streifte ein Schwarm von Gänsen über den Obstgarten hinter ihnen und flog dann schnell über sie hinweg. Als die Gänse nach Süden drehten und vor der aufgehenden Sonne vorbeizogen, schrien sie einander zu, hin und her, es klang wie Gelächter, und ihre Flügel hatten goldene Ränder. Glen hatte sich so gut gefühlt, daß er sein Gewehr vergaß. Vielleicht war es so. Als ob man ganz von vorne anfängt.

Er entschloß sich, es zu versuchen; diesmal waren es nicht nur ein paar Züge, er hatte zwei ganze Marihuanazigaretten nur für sich. Aber nicht auf seinem Zimmer – Martin kam dauernd herein, um etwas aus dem Schrank zu holen, Pflanzendünger und Briefpapier und so, und er könnte es riechen. Glen wollte aber auch nicht nach draußen gehen. Es war möglich, daß er der Polizei in die Hände lief.

Im Keller, gleich neben der Waschküche, gab es noch einen anderen kleinen Raum, in dem Martin das Holz für den Kamin aufbewahrte. Er würde dort erst in zwei, drei Monaten hinkommen, wenn es kälter wurde. Der Geruch wäre dann wahrscheinlich schon verflogen, aber vielleicht auch nicht. Na und, dachte Glen.

Er zog seine Windjacke an und ging ins Wohnzimmer, wo

Martin ein Modellflugzeug baute. »Ich geh' ein bißchen raus«, sagte er. »Bis später.« Er ging durch das Vorzimmer und öffnete die Eingangstür. »Bis dann!« rief er, schlug die Tür zu, daß Martin es hörte, und ging die Stufen zum Keller hinunter.

Glen konnte kein Licht machen, weil dann auch der Ventilator in der Waschküche zu laufen begann; der Ventilator quietschte ziemlich laut, und Martin könnte es hören. Glen tastete sich die Wand entlang und stolperte über etwas. Er zündete ein Streichholz an und sah einen riesigen Haufen von Martins Hemden, alle weiß, die gebügelt werden mußten. Martin trug nur Baumwolle, weil er von den bügelfreien Ausschlag bekam. Glen stieg über sie drüber in den Holzraum und machte die Tür zu. Er setzte sich auf einen Stamm und rauchte die beiden Marihuanazigaretten ganz auf und behielt den Rauch in den Lungen, wie man es ihm erklärt hatte. Dann wartete er darauf, daß etwas mit ihm geschah, aber es passierte nichts. Er war nicht froh. Glen stand auf und wollte gehen, aber in diesem Augenblick ging draußen der Ventilator an, und er setzte sich wieder hin.

Er hörte, wie Martin das Bügelbrett aufstellte. Dann ging das Radio an. Immer, wenn der Sprecher etwas sagte, antwortete ihm Martin. »Zuerst die guten Nachrichten«, sagte der Sprecher. »Für morgen ist endlich eine Wetterbesserung zu erwarten, den ganzen Tag heiter, mit Höchstwerten um zwanzig Grad.« »Na und?« sagte Martin. Der Sprecher sagte, daß irgendwo Friedensbemühungen gescheitert waren, und Martin sagte: »Ist ja toll.« Man vermißte ein Flugzeug mit Sportlern, das über den Rockies in einen Sturm gekommen war. »Du dikkes Ei«, sagte Martin. Als der Sprecher sagte, daß Laborversuche ergeben hatten, daß ein zur Krebsbehandlung verwendetes Medikament bei Ratten schwere Verhaltensstörungen verursachte, lachte Martin.

Dann kam Musik. Zuerst eine Show-Melodie, dann eine von einer Frau gesungene Bluesnummer. Martin drehte nach ein paar Takten ab. »Da sing' ich ja besser«, sagte er. Mit einem De-dedam anstelle der Worte heulte er los, hielt sich aber nicht an die Melodie, sondern sang zu hoch oder zu tief, um sich über den Blues lustig zu machen.

Glen hatte nie einen schlimmeren Lärm gehört. Wie das blubbernde Seufzen des Bügeleisens und der Schwefelgeruch von Martins After-shave und die Rauchwolke, die seinen kleinen Raum erfüllte, verschmolz auch der Lärm bald mit der absoluten Finsternis, in der er saß. Er versuchte, sich auszurechnen, wie viele Hemden auf dem Haufen draußen waren. Zwanzig, dreißig. Vielleicht mehr. Es würde ewig dauern.

Jungfernfahrt

Zweimal hatte die Sirene geheult, und zweimal hatte Howard gewinkt und den Leuten unten dumme Dinge zugerufen; jetzt war er müde, und sie hatten den Hafen noch nicht verlassen. Aber er winkte trotzdem wieder so gut er konnte, als die Sirene zum dritten Mal los ging.

Das Schiff begann von seinem Liegeplatz hinauszugleiten. Nora lehnte sich gegen Howard und schwang einen langen Seidenschal durch die Luft. Unten auf der Hafenmauer hielt ihre Tochter ein Kartonschild mit Blockbuchstaben hoch, das sie zu diesem Anlaß mitgebracht hatte: FÜR MAMA UND PAPA ALLES GUTE ZUR GOLDENEN HOCHZEIT. Als das Schiff Fahrt aufnahm, ließ sie das Schild fallen und hielt mit dem Rumpf Schritt. Sie rannte und schrie dabei, die Hände vor ihrem Mund zu einem Trichter geformt, zu ihnen hinauf. Howard machte sich Sorgen. Sie war ein dummes Mädchen gewesen und war jetzt eine dumme Frau, die ganz und gar dazu imstande war, über das Ende des Piers hinauszulaufen. Sie blieb aber schließlich stehen und wurde immer kleiner, bis Howard sie in der Menge kaum mehr unterscheiden konnte. Er hörte zu winken auf und wandte sich Nora zu. »Mir ist kalt. Schau dir diesen Himmel an. Du hast gesagt, daß es warm wird.«

Nora sah zu den Wolken auf. Sie waren stahlgrau wie das Wasser unten. »Im Prospekt stand, daß es für diese Gewässer eine ideale Zeit ist. Und zwar genau in diesen Worten.«

»Diese Gewässer, daß ich nicht lache.« Howard sah sie von der Seite her an. Das genügte, er brauchte nichts mehr zu sagen. Howard ging auf die Treppe zu, die zu ihrer Kabine führte. Nora folgte ihm und zitierte dabei aus dem Prospekt.

Über den Gang hingen papierene Spruchbänder: »Willkommen an Bord der William S. Friedman«, »Schiff ahoi ihr Turteltauben – wir sind von Kopf bis Fuß auf Liebe eingestellt.« Die Kabine war mit Obst und Blumen geschmückt; an der Tür hingen zwei ineinander verschlungene Schwimmwesten in Herzform.

»Hilf mir zur Toilette, Howard. Ich fürchte mich, wenn der Boden so schwankt.«

»Du mußt erst seefest werden.« Howard nahm Nora am Arm und führte sie zur Tür in der Ecke. »Das ist die Pütz, und den Boden nennt man Deck. Wenn wir schon eine Woche auf diesem Schiff sind, kannst du dir das ruhig merken.« Er schloß hinter ihr die Tür und musterte die Kabine.

An der Wand war ein großer Messingriegel. Howard rüttelte so lange daran, bis er ihn freibekam und das Bett auf ihn herunterfiel. Er war nicht darauf gefaßt und fiel beinahe hin, hielt sich aber und stieß das Bett wieder in die Wand zurück. Dann las er das Barometer ab und inspizierte die Schubladen. In der oberen waren mehrere Stück Seife in kleinen Päckchen. Howard schob sich ein paar in die Tasche, öffnete das Bullauge und steckte den Kopf hinaus. Auch andere Leute hatten den Kopf hinausgesteckt. Er schloß das Bullauge und warf noch einmal einen Blick auf das Barometer, dann hob er das Bordtelephon ab.

»Probe«, sagte er. »Eins, zwei, drei, vier, Probe. Nachtstürmer, hier schwarzer Falke. Probe.«

Aus dem Hörer kam krachend eine Stimme. »Hier ist der Steward.«

»Ich bin es. Howard. Nur eine Probe. Ende.«

Nora kam in die Kabine zurück und steuerte auf die Couch zu. »Zu eng da drinnen. Ich hab' gar keine Luft bekommen.«

»Hätte ich dir sagen können, daß das kein Palast sein wird.«

»Ich fühle mich schrecklich. Sicher sehe ich auch so schrecklich aus.«

Nora war ganz weiß im Gesicht. Die geplatzten Äderchen auf den Wangen und über den Lippen hoben sich ab wie Eintragungen auf einer Landkarte. Ihre Augen glänzten fiebrig hinter den Brillengläsern. Wenn es ihr schlecht ging, sah sie Harry Truman, den Howard nicht gewählt hatte, noch ähnlicher.

Er setzte sich neben Nora und nahm ihre Hand. »Du siehst gut aus.«

»Wirklich?«

»Was hab' ich denn gerade gesagt?« Er ließ ihre Hand los. »Warum denkst du immer daran, wie du aussiehst?«

»Das stimmt nicht. Das tu' ich gar nicht.«

Howard begann in der Kabine auf und ab zu gehen. »Verfluchtes Schiff.«

»Ich hab' gedacht, es wär' schön, nur wir zwei.«

Es klopfte an der Tür, und ein Mann steckte seinen Kopf herein, ein großes Rechteck, das von einem bleistiftdünnen Schnurrbart unterteilt wurde. »Unser Goldenes Ehepaar«, sagte er mit einem Lächeln. »Ich bin Bill Tweed und für Ihre Unterhaltung zuständig.« Sein Körper folgte seinem Kopf in die Kabine. »Ich möchte Sie im Namen aller hier auf der Friedman wirklich von ganzem Herzen willkommen heißen. Sie wissen wahrscheinlich, daß das unsere Jungfernfahrt ist. Schon einmal auf See gewesen?«

Howard nickte. »Im Ersten Weltkrieg. Vor Ihrer Zeit, schätze ich.« Er deutete in Richtung Bullauge. Damals hätte man von New York bis nach Paris auf deutschen U-Booten gehen können. Sie haben drei Schiffe von uns erwischt. Ich hab's selber gesehen.« Howard war überzeugt gewesen, daß sie auch ihn erwischen würden. Er war während der ganzen Überfahrt davon überzeugt gewesen und hatte deshalb nachts nie geschlafen. Als der Krieg vorbei war und er auf ein anderes Schiff kam, um nach Hause zurückzukehren, war er sicher, daß es draußen irgendwo einen Deutschen gab, der noch nicht wußte, daß es vorbei war. Sein Deutscher. Howard fühlte, wie ihn die Dinge einholten.

Tweed gab Howard einen Prospekt. »Wir hier auf der Friedman sind der Ansicht, daß unser Beruf Ihr Vergnügen ist. Sie lesen das und sagen uns dann, wofür Sie sich interessieren. Für unsere älteren Seebären haben wir eine Reihe von Spezialprogrammen. Können Sie beide gehen?«

Howard starrte nur vor sich hin. »Ja«, sagte Nora.

»Wunderbar. Das hilft uns sehr.« Er fuhr sich mit dem Zeigefinger über sein Bärtchen und notierte sich etwas auf seinem Block. »Noch einige Fragen. Ihr Alter, Mr. Lewis?«

»Ich bin 75 Jahre alt geworden, am ersten April, ausgerechnet.«

»*Jung*, Papa – 75 Jahre jung. Wir hier an Bord der Friedman kennen das Wort *alt* nicht. Wir glauben nicht daran. Fühlen Sie sich doch einfach wie drei Fünfundzwanzigjährige. Und Sie Mrs. Lewis?«

»Ich bin 78.«

»Ah. Dezember und Mai. Kinder?«

»Zwei. Sharon und Clifford.«

»Der Reichtum der Armen. Glücklich, wem eine große Schar beschieden. Beruf?«

Howard gab Nora den Prospekt. »Sharon ist zurückgeblieben und Clifford im Gefängnis.«

Noch im Schreiben blickte Tweed von seinem Notizblock auf. »Das tut mir wirklich sehr leid. Das alles wird natürlich vertraulich behandelt.«

Nora sah Howard finster an. »Sind Sie verheiratet, Mr. Tweed?«

»Und ob. Mit meinem Junggesellenleben. Meine Mutter sagt mir immer wieder, daß ich mir eine Frau nehmen soll, ich habe mich aber noch nicht entschieden, wessen Frau ich nehmen soll.« Er zwinkerte Howard zu und steckte seinen Stift ein. »Also dann, bis zum Essen. Sie sind sicher schon neugierig, wer mit Ihnen am Tisch sitzt.« Er lächelte verstohlen. »Ron und Stella Speroni. Ein jungverheiratetes Paar aus Delaware. Waren Sie mal in Delaware?«

»Einmal mit dem Zug«, sagte Howard. »Bin nicht ausgestiegen.«

»Ein wirklich netter Bundesstaat. Irgendwie intim. Auf jeden Fall bin ich mir sicher, daß Ron und Stella viel von Ihnen über die Liebe lernen können, wenn ich bedenke, daß Sie hundert Jahre davon zwischen sich aufgestapelt haben.« Mit einem Lächeln über seine Rechnung schloß er die Tür.

»Wie bist du nur auf die Idee gekommen?« sagte Nora. »Ihm zu erzählen, daß Clifford im Gefängnis ist.«

Howard sprach beim Essen fast die ganze Zeit mit Ron. Ron erinnerte ihn an ein Pferd. Er hatte ein langes Gesicht und trübe braune Augen, und wenn er lachte, schob sich seine Oberlippe über die Zähne hoch. Er arbeitete im Juweliergeschäft seines Vaters in Wilmington. Sie waren auf synthetische Diamanten spezialisiert, und Ron war bereit zu wetten, daß Howard ihre Ware und den echten McCoy nicht auseinanderhalten könnte. Er bat Stella, ihr Diadem abzunehmen, und gab Howard das fein gearbeitete und dicht mit Steinen besetzte Silberband.

»Nur zu«, sagte er. »Wenn Sie einen Unterschied merken, gehört es Ihnen.« Er wartete und lächelte Nora und Stella zu.

Howard drehte das Diadem ein paarmal hin und her und kratzte dann damit gegen ein Wasserglas.

»Das ist unfair«, sagte Ron und riß es ihm weg. »Ich habe verraten, daß es synthetische Steine sind.« Er starrte beim Sprechen immer seine Frau an. Stella hatte platinblondes Haar, das an den Wurzeln braun nachwuchs, und lange schwarze Fingernägel. Sie sprach kaum; meist saß sie, das Kinn in die Hände gestützt, da, starrte zu den anderen Tischen hinüber und kratzte mit den Nägeln über das Leinentischtuch. Ron hatte sie im Geschäft kennengelernt. Sie wollte ein Paar Ohrringe ändern lassen, und dann hatte eines zum anderen geführt. »Sie ist ein unglaublicher Mensch«, flüsterte Ron. »Sie sollten Sie mit Kindern sehen.«

Nach dem Essen schoben die Kellner die Tische gegen die Wand, und die Band begann sich einzuspielen. Tweed ging mit einem Mikrophon an einem langen Kabel in der Hand auf die Mitte der Tanzfläche hinaus. Es wurde still.

»Heute abend«, sagte Tweed, «haben wir hier unter uns, was man den Sommer und den Winter, das Alpha und das Omega der menschlichen Liebe nennen könnte. Applaus für Ron und Stella Speroni, die heute nachmittag genau drei Tage verheiratet sind. Applaus für Mama und Papa Lewis, die letzten Mittwoch ihre Goldene Hochzeit gefeiert haben.« Alle klatschten.

»Wir hier auf der Friedman räumen unseren Altmatrosen einen ganz besonderen Platz ein. Allen, die vor der Zeit Angst haben, sage ich: Was gibt es besseres als alten Wein und alten Käse? Und was die Kunst der Liebe angeht (Tweed hielt inne), wissen wir alle, daß altes Holz am meisten Hitze abgibt.« Alle lachten. Nora lächelte in den Saal. Howard knackte unter dem Tisch mit den Knöcheln. Stella grinste ihn an, und er sah weg. Dann standen Ron und Nora und Stella zusammen auf, und er stand auch auf und tanzte plötzlich mit Stella. Er hielt sie unbeholfen, als die Musik zu spielen begann, und wußte nicht, was er sagen sollte, und wollte nicht in die Gesichter hinunterschauen, die alle zu ihm heraufschauten.

Stella sprach zuerst. »Sie haben starke Hände.«

»Ich habe früher viel gestemmt.«

Stella nahm seine Hand, öffnete sie und fuhr ihm mit einem schwarzen Fingernagel über die Handfläche. »Sie sind ein sehr leidenschaftlicher Mensch. Schauen Sie.« Sie folgte einer Falte, die vom Handgelenk bis zum Ansatz des Zeigefingers lief.

»Kommt wahrscheinlich von meinem Großvater. Er hatte vierzehn Kinder. Noch mit Sechzig hat er die Produktion nicht eingestellt.«

»Ich hab' das auch.« Stella zeigte ihm ihre Handfläche. Ihr Geruch war überwältigend. »Wann sind Sie geboren?«

»Am ersten April. Wo man die Leute zum Narren hält.«

»Aries.« Stella grinste. »Widder.« Howard konnte das feuchte Schimmern von Gold in ihren hinteren Zähnen sehen.

»Mit Widdern kenn' ich mich nicht aus. Aber ich glaub', ich bin nicht schlecht.«

»Leute wie wir sollten nicht heiraten. Wir haben zuviel Leidenschaft für nur einen Menschen.«

»Daß ich Nora geheiratet habe war das Klügste, was ich je getan habe.«

»Ron und ich führen eine offene Ehe.«

Howard ließ sich das einen Augenblick durch den Kopf gehen. Er wurde abenteuerlustig. »Nora und ich auch.«

»Was? Wer hätte das gedacht?« Stella trat zurück. »Ihr seid eurer Zeit voraus gewesen. Echt.«

»Na ja, wie sagt man doch – man lebt nur einmal.«

»Ich und Ron meinen, daß man so am besten mit dem Problem fertig wird. Sie verstehen, statt Versteckenspielen und dem ganzen Mist. Ron ist sehr verständnisvoll.«

Die Musik war zu Ende, und alle klatschten Beifall, und Howard führte Stella zum Tisch zurück. Er und Nora sahen den Leuten eine Zeitlang beim Tanzen zu, sie wollte aber nicht mit ihm sprechen, und er sah ihr an, daß sie über etwas böse war.

Schließlich stand sie auf und ging nach draußen. Er folgte ihr und lehnte sich ohne etwas zu sagen neben ihr gegen die Reling. Die Dünung hatte sich beruhigt, jetzt hing Nebel wie ein Schleier über dem Schiff. Howard streckte seine Hand aus und berührte Noras Arm. Sie erstarrte.

»Faß mich nicht an.«

Howard zog seine Hand zurück.

»Ich weiß, an wen du denkst«, sagte Nora.

»Also gut. An wen denk' ich?«

»An Miriam Selby.«

Howard starrte in den Nebel hinaus. »Sie sieht wie Miriam aus, zugegeben. Versteh' aber nicht, was ich dafür kann.«

»Du liebst mich nicht. Du hast mich nie geliebt.«

»Da seid ihr«, sagte eine Stimme hinter ihnen. »Stehlt euch schon davon, was? Und noch dazu ohne Aufsicht. Das wird Folgen haben.« Tweed kam näher. »Wie habt ihr euch mit den Speronis verstanden?«

»Nettes Paar«, sagte Nora. »Reizend.«

»Ja, die Jugend.« Tweed schüttelte den Kopf. »Das erlebt man nur einmal. Ich wollte euch nur an den Kostümball morgen abend erinnern.«

»Wir haben aber keine Kostüme.«

»Kein Problem, Mama. Wir haben alles, was man braucht. Also. Und benehmt euch, ihr beiden.«

Howard lehnte sich gegen die Reling und sah Tweed nach, wie er über das Deck ging und dann im Nebel verschwand.

»Tut mir leid, Howard.«

Er nahm Noras Hand.

»Liebst du mich?« sagte sie.

»Sicher. Sicher liebe ich dich.«

»Du sagst es mir nie.« Nora wartete, aber Howard gab keine Antwort. »Ist schon gut«, sagte sie und lehnte sich gegen ihn, »macht nichts.« Howard legte seinen Arm um sie und starrte über die Reling hinunter und beobachtete das Wasser, das, schwarz wie Öl, den Rumpf des Schiffes entlangglitt.

Als Howard von der Alarmsirene – HAHUUGA HAHUUGA HAHUUGA – aus dem Schlaf gerissen wurde, wußte er, daß sein Deutscher ihn gefunden hatte. Er akzeptierte es ohne Bitterkeit, ja mit einer gewissen Selbstzufriedenheit. Er hatte schließlich recht behalten.

Nora setzte sich auf, die Decke um den Hals hochgezogen. »Howard, was ist das?«

»U-Boot-Alarm.« Howard stand auf und zog sich den Morgenmantel an und ging auf die Kajütentreppe hinaus. Der Durchgang war voll mit Leuten, die einander fragten, was die Sirene zu bedeuten hätte. Gerade kam einer von der Besatzung hinzu und sagte, daß kein Grund zu Sorge bestand, und bat alle, sich wieder hinzulegen. Jemand hatte eine kleine Kochplatte mit an Bord gebracht und den Stecker nicht rausgezogen, und das hatte ein kleines Feuer verursacht. Howard wollte gerade in seine Kabine zurückgehen, als Ron Speroni auf ihn zukam. Er trug eine Pyjamajacke und gestreifte Smokinghosen.

»Entschuldigen Sie, Mr. Lewis. Haben Sie Stella gesehen?«

»Nein. Warum?«

»Ich dachte nur. Hätte ja sein können.«

»Ihr seid doch in derselben Kabine, oder?«

Speroni nickte. »Sie ist an Deck gegangen, um frische Luft zu schnappen. Als ich durch die Sirene wach wurde, war sie noch nicht zurück.«

»Wann ist sie gegangen?«

»So gegen elf.«

»Das war vor drei Stunden.«

»Ich weiß.« Speroni sah auf seine bloßen Füße hinunter. Er hatte lange, behaarte und gekrümmte Zehen wie ein Affe. Howard entschloß sich, ihm zu helfen.

»Schauen wir uns doch um. Vielleicht ist sie oben auf Deck eingeschlafen.«

Oben an Deck gingen sie die Reling entlang und starrten auf die Reihen leerer Liegestühle im trüben Schein der Lichter. Als sie sich dem Heck näherten, hörten sie die Stimme eines Mannes, voll, körperlos, unheilvoll kichernd. Sie sahen sich um. Sie fanden nichts. Dann hörte man die Stimme der Frau, murmelnd und leise, und plötzlich ein Lachen, das keinen Zweifel daran ließ, daß es Stella war.

Die Stimmen kamen aus dem Rettungsboot, das über dem Heck hing. Speroni beugte sich leicht zitternd vornüber, die Arme steif angelehnt, die Augen auf die Dunkelheit über dem Boot geheftet. Howard nahm ihn am Ellbogen. Speroni drehte sich um, sein Mund zuckte, und Howard fühlte, wie er nachgab. Er führte Speroni nach vorne und über den Bug auf die andere Seite des Schiffs. Im Licht glänzten Speronis Wangen wie feuchte Pflastersteine. Howard schaute aufs Wasser hinaus.

»Sie ist nicht über Bord gefallen«, sagte Speroni. »Sie ist in Sicherheit. Das ist die Hauptsache.«

Howard nickte.

»Das Sie jetzt nur nicht auf falsche Gedanken kommen. Stella ist ein sehr moralischer Mensch, wirklich.«

»Da bin ich sicher.«

»Sie sollten sie mit Kindern sehen.«

»Ich habe mir gerade gedacht«, sagte Howard, »daß das vielleicht ein Stadium ist, das sie durchmacht.«

»Vielleicht.« Speroni rieb sich mit der Rückseite des Ärmels die Augen. »Mir ist kalt. Kommen Sie mit nach unten?«

»Später. Gehen Sie nur vor.«

Speroni ging einige Schritte, dann drehte er sich um. »Denken Sie wirklich, daß das ein Stadium ist, das sie durchmacht?«

»Möglich.«

»Ich denke mir das auch. Ich will nur nicht, daß Sie ein falsches Bild bekommen. Stella ist ein wunderbarer Mensch. Sehr vergeistigt.«

Der Nebel hob sich. Einige Sterne begannen aufzutauchen, blinkten fern. Howard fragte sich, wie Aries aussah. Er hörte Stimmen und Schritte und Stellas Lachen und sah auf. »Hallo, Stella. Mr. Tweed.«

Tweed blickte um sich. »Abend, Papa. Sterngucken, was? Zum Träumen sind wir nie zu alt.« Er hielt sich seine Uhr vor die Augen. »Es ist schon spät«, sagte er. »Ich werde euch gute Nacht sagen.«

»Na, Howard.« Stella lehnte sich an die Reling. »Bill ist super, aber in kleinen Portionen zu genießen, wenn Sie wissen, was ich meine. Also, warum kommen Sie zu so später Stunde hier herauf?«

»Nur etwas frische Luft schnappen.«

»Schauen Sie – die Sterne sind herausgekommen. Wünschen Sie sich nicht, daß Sie die Hände ausstrecken und sie wie Blumen pflücken könnten?«

»Daran hatte ich nicht gedacht.«

»Leben. Das ist für mich das Leben, Howard. Man pflückt und pflückt, bis man erwischt, was wirklich wichtig ist. Erzählen Sie mir von Ihrer großen Liebe.«

»Meine große Liebe?«

»Wie haben Sie sie kennengelernt?« Stella drehte eine Pirouette und hielt dabei eine Hand nach oben. »War es beim Tanzen? Was hat sie getragen?«

»Nora und ich waren schon als Kinder befreundet.«

»Nicht Nora, Howard. Das ist Ihre Frau.«

»Sag' ich ja.«

»Na los, Howard. Jeder kann sehen, daß sie nicht Ihre große Liebe ist. Wie hat sie ausgesehen, Howard?«

Howard warf Stella einen Blick zu und starrte dann wieder über die Reling hinaus. »Nora ist gut zu mir gewesen. Daß ich Nora geheiratet habe, war das Klügste, was ich je getan habe.«

»Wie hat sie Sie genannt, Howard?«

»Es ist nicht von Dauer, das andere. Man kann sich nicht darauf verlassen.«

»Wie hat sie Sie genannt?«

Howard kratzte sich am Handgelenk. »Sonnenschein.«

»Sonnenschein. Das ist schön, Howard. Das ist wirklich schön. Ich möchte wetten, daß Sie auch einer waren. Nur für sie.«

»Man kann sich nicht darauf verlassen.«

»Na und? Was gibt es denn sonst noch?«

»Es gibt noch eine Menge andere Dinge. Eine Menge.«

»Was denn?«

»Meinen Sie nicht, Sie sollten bei Ron sein, anstatt sich hier oben herumzutreiben? Es gibt gewisse Dinge, auf die man Rücksicht nehmen soll. Auf die Gefühle anderer Menschen zum Beispiel.«

»Rücksicht? Nein danke, Howard. Das ist der Stoff, aus dem man Käfige macht.« Stella trat zurück und drückte freundschaftlich Howards Arm. »Kommen Sie mir jetzt nur nicht mit diesem dumpfen Kram. Ich kenne Sie.«

Howard verkleidete sich für das Kostümfest als Seeräuber. Als eine Art Gentleman-Pirat. Es waren eigentlich Kleider für einen Landedelmann des 18. Jahrhunderts – ein Hemdeinsatz mit Krause, ein Wams aus Brokat, Kniehosen und Schnallenschuhe –, aber Nora hatte ihm eine Augenbinde gemacht, und Tweed borgte ihm den Uniformsäbel des Kapitäns. Nora ging als Venus. Sie trug eine wallende Toga, und Tweed gab ihr ein paar Plastikblätter, die sie sich ins Haar wob. Er sagte, daß die Blätter dem Kostüm einen griechischen Akzent gäben.

Sie hatten einen Tisch für sich. Die Speronis saßen auf der anderen Seite des Saals, Stella trug ihr Diadem und ein tief ausgeschnittenes Bauernkleid mit Ballonärmeln, Ron die Uniform eines Konföderiertenoffiziers aus dem Bürgerkrieg. Er sah unglücklich aus.

Nach dem Essen wurde es dunkel im Saal. Kurz darauf schossen rote Lichtsäulen aus den Ecken und begannen über die Tanzfläche zu streichen. Jemand spielte auf einer kleinen Trommel einen langen, immer schneller werdenden Wirbel. Plötzlich wurde die Mitte der Tanzfläche von einem weißen Spot erleuchtet, und Tweed trat ins Licht.

»Freunde, bevor wir weitermachen, will ich nur fragen, ob wir uns nicht alle einen Augenblick lang besinnen und darüber nachdenken wollen, warum wir hier sind. Ich rede jetzt nicht von unserer lieben Sonne, die heute freundlicherweise herausgekommen ist und uns ihr schönstes Lächeln geschenkt hat. Ich rede auch nicht von unserer vorzüglichen Küche, in der dank Monsieur und Madame Grimes alles sorgfältig für uns zubereitet wird.«

Der Spot fuhr zum Eingang der Küche hinüber. Die Köche winkten und lächelten, und der Spot raste auf Tweed zurück, der mit erhobenen Händen um Ruhe bat. Der Spot ruckte nach rechts, und Tweed machte einen Schritt zur Seite zurück in den Brennpunkt. »Ich rede vom wahren Grund unseres Hierseins – ich rede von der Liebe. Richtig, von der Liebe. Ein Wort, das man in diesen Tagen nicht oft hört, aber ich zumindest schäme mich nicht, es zu sagen – und noch einmal zu sagen – LIEBE! Und ich möchte wetten, daß Sie sich auch nicht schämen, L-I-E-B-E – LIEBE!«

Ein paar Leute stimmten ein. »Liebe«, sagten sie.

»Alle zusammen! Los, daß man euch auch zu Hause hören kann. L-I-E-B-E –!«

»LIEBE!« schrien alle.

»Jetzt ist es von Herzen gekommen. Gut so – Liebe, die Artillerie des Himmels. Wir hier auf der Friedman wollen daran glauben, daß auf unserer erschütterten und zerschlagenen alten Erde noch immer die Liebe das Sagen hat. Und wir meinen, wir können das auch beweisen. Weil, wenn zwei Menschen ein Jahrhundert voll Liebe zwischen sich aufstapeln können, dann sollen, was mich persönlich betrifft, die Klugscheißer alle nach Hause gehen und sich etwas anderes ausdenken, wovon sie uns abbringen wollen. Weil wir uns von der Liebe garantiert nicht abbringen lassen. Ihr wißt, von wem ich spreche? Beifall für Mama und Papa Lewis. Beifall für hundert Jahre Liebe!«

Schallender Beifall füllte den Saal. Howard hielt sich das unverbundene Auge zu, als es sich mit heißem silbrigem Licht füllte. Jemand zupfte ihn am Ärmel.

»Steh auf«, zischte Nora.

Howard stand auf. Als Nora lächelte und sich verbeugte, hüpften die grünen Plastikblätter in ihrem Haar auf und ab. Howard tastete hinter sich nach seinem Stuhl, Nora hielt seinen Arm aber nur um so fester umklammert.

Der Spot fuhr auf Tweed zurück. »Vielleicht gelingt es uns, diese beiden großartigen Menschen zu überreden, uns etwas zu sagen. Wie sieht's damit aus, Mama und Papa? Wie habt ihr das geschafft?«

Howard schrak zurück, aber Nora zog ihn mit sich. Von ihrer Willensstärke verwirrt, ließ er sich in die Mitte des Saals führen.

Nora ergriff das Mikrophon. Sie lächelte, ihre Brillengläser glänzten im Scheinwerferlicht: »Mädels, laßt euch nie unterkriegen und kaputt machen. Jeden Tag ein bißchen Bewegung. Und vertragt euch wieder, bevor die Sonne untergeht.« Sie kicherte und sah Howard an. »Und habt keine Angst, euren Männern hin und wieder die Meinung zu sagen.« Kopfnickend nahm sie den Beifall entgegen.

Howard ergriff das Mikrophon. Er starrte es an, als ob man ihn gebeten hätte, es zu essen. »Ist gar nichts dabei«, sagte er. »Man lebt von einem Tag zum andern, und ehe man's merkt, sind fünfzig Jahre vorüber.« Er dachte nach, was er noch sagen könnte, aber es fiel ihm nichts ein. Das war alles. Er schaute das Mikrophon finster an, und es wurde immer ruhiger im Saal, als er es langsam sinken ließ.

Tweed klatschte noch einen allgemeinen Applaus herbei. »Danke«, sagte er und nahm das Mikrophon wieder an sich. Er nickte der Band zu. Eine Soloklarinette begann den »Jubiläumswalzer« zu spielen. Der Spot wurde sanft.

Howard begriff, daß er mit Nora tanzen sollte. Als er sie bei der Hand nahm, tauchte das Schiff in eine große Welle, und das Deck neigte sich. Nora stolperte, fing sich aber wieder. Howard dachte, daß sie wahrscheinlich miteinander reden sollten.

»Du wirst schon seefest«, sagte er.

Nora kam näher an ihn heran und preßte ihre Wange gegen seine. Die Plastikblätter raschelten an seiner Stirn. Sein unverbundenes Auge schmerzte. Howard drehte sich langsam um, weil er Stellas Grinsen und dem Blinken des Diadems im roten Flutlicht entkommen wollte.

Irdische Güter

Davis wartete eines Abends mit einer Frau, mit der er essen gewesen war, auf ein Taxi, als sie auf der anderen Seite der Straße eine Flipperhalle sah. Sie wollte unbedingt ein paar Partien spielen, ehe sie nach Hause gingen, und als Davis sie daran erinnerte, daß es schon spät war, sagte sie: »Führ dich doch nicht wie ein Tattergreis auf.« Obwohl er die Frau nicht wiedersah, störte ihn diese Bemerkung.

Bald danach sah er sich Gebrauchtwagen an und bemerkte, ganz hinten auf dem Platz, einen schnellen Wagen, der genauso aussah, wie der, den sein bester Freund gehabt hatte, als sie noch jung waren; dieselbe Marke, sogar dasselbe Baujahr. Der Verkäufer bewunderte ihn kurz mit Davis, dann versuchte er ihn für ein neueres Auto zu interessieren, eine häßliche graue Limousine mit einem großen Kofferraum. Plötzlich wurde Davis zornig. Er ging zu dem ersten Auto zurück, probierte eine Zeitlang die Gänge, dann kaufte er es und fuhr damit nach Hause.

Am Samstag darauf fuhr er mit dem Auto nach Long Island hinaus. Auf der Autobahn überholte er ein ähnliches Modell, das ein paar Jahre älter war, und er und der andere Fahrer hupten sich zu.

Am nächsten Morgen entschloß sich Davis, das Auto Leuten zu zeigen, die er von zu Hause kannte. Er war bei ihrer Hochzeit Platzanweiser gewesen, und als er das erste Mal in die Stadt gekommen war, hatte er einige Monate bei ihnen gewohnt, während er sich nach einer eigenen Wohnung umsah.

In der Tür war ein Guckloch, und nachdem Davis geläutet hatte, lächelte er es an. Er hörte Geflüster. »Du hättest anrufen sollen«, sagte der Ehemann, als er die Tür öffnete.

Die Wohnung roch säuerlich, und auf den Beistelltischen stapelten sich schmutzige Aschenbecher neben halbleeren Gläsern, in denen aufgeweichte Zitronenscheiben schwammen. Der Mann war stumm, die Frau nervös geschwätzig. Davis fragte sich, warum sie ihn nicht zu der Party eingeladen hatten. Dann fiel ihm etwas ein, was er vergessen hatte: als vor zwei Jahren der

Vater der Frau gestorben war, waren sie nach Shreveport gezogen, ohne sich zu verabschieden.

»Ich hab' ein Auto gekauft«, sagte Davis.

»Soll das ein Witz sein?« sagte die Frau. »Ich hab' nicht einmal gewußt, daß du fahren kannst.«

»Es steht direkt vor der Tür«, sagte Davis.

Sie lachten, als sie es sahen. Der Mann stand mit gekreuzten Armen am Gehsteig, lächelte und schüttelte den Kopf. »Wahnsinn!« sagte die Frau. »Wenn mir jemand erzählt hätte, daß der Schlitten dir gehört, hätt' ich's nie geglaubt. Nicht in hundert Jahren.«

Bald begann sich Davis zu wünschen, daß er das Auto nicht gekauft hätte. Es war in keinem guten Zustand. Unter dem Lack kamen Rostflecken durch, und der Motor war verschmutzt und lief nicht ruhig. Es fraß Unmengen Benzin. Richie, der Junge von gegenüber, bot an, es in Ordnung zu bringen, aber Davis dachte, daß er bereits weit genug gegangen war. »Ich überleg's mir«, sagte er, hatte aber vor, mit dem Auto so wie es war zu fahren, bis es auseinanderfiel.

Bald nachdem er das Auto gekauft hatte, stieß Davis mit einem japanischen Kompakt zusammen. Er war vorwärts gefahren, und der Kompakt hatte zurückgesetzt. Die Autos trafen mit einem schrecklichen Knirschen aufeinander. Davis hatte wenige Frauen gesehen, die so groß waren wie die, die aus dem Kompakt auftauchte, und als sie sich beim Aussteigen entfaltete, hatte er das Gefühl, einen biologischen Prozeß zu beobachten.

Gemeinsam gingen sie um die Autos herum. Seines hatte sich wie ein Panzer in ihren Kofferraum hineingebohrt und ihn wie eine Ziehharmonika zusammengeschoben. Sie hatte seinen Scheinwerfer herausgeschlagen und seinen rechten Kotflügel eingedrückt. »Ich hätte heute zu Hause bleiben sollen«, sagte die Frau, »und ich wäre auch zu Hause geblieben, wenn ich mich nicht um meine Arbeit kümmern müßte.« Sie trug eine gelbe Designerbrille und ein gelbes Tuch um den Kopf. Sie hatte knochige Handgelenke und auch ihre Knie, die unter dem Rand ihres blauen Kleides ganz zum Vorschein kamen, waren knochig.

Beim Sprechen kratzte sie systematisch Farbe vom Kofferraum ihres Wagens ab und benützte dabei ihre Fingernägel wie ein Werkzeug. »Man wird mir die ganze Schuld geben«, sagte sie. »Sie wissen ja, wie man über Frauen am Steuer redet.«

»Machen Sie sich keine Sorgen«, sagte Davis, »es war nicht nur Ihre Schuld. Ich hätte besser aufpassen sollen.«

»Ah, aber schließlich werden sie mir die Schuld geben«, sagte sie bitter.

Davis dachte, daß einer von ihnen die Polizei rufen sollte; vielleicht könnte die irgendwie feststellen, wer schuld war. Er rief von einem Lebensmittelgeschäft aus an und beobachtete dabei die Frau. Sie saß in seinem Auto und weinte. Als er wieder bei ihr war, versuchte er sie zu trösten, indem er betonte, daß zwar ihr Auto beschädigt sei, sie aber nicht. »Und darauf kommt es an«, sagte er.

»Meinem Mann aber nicht.« Sie sah auf die Uhr. »Ich kann nicht länger warten.«

»Die Polizei muß gleich hier sein.«

»Ich habe aber eine geschäftliche Verabredung. Ich darf nicht zu spät kommen. Ich *kann* nicht zu spät kommen.«

»Wir sollten wirklich hier sein, wenn die Polizei kommt«, sagte Davis. Dann kam ihm der Gedanke, daß ihre geschäftliche Verabredung erfunden war, und er fügte hinzu: »Sie brauchen keine Angst zu haben.«

»Mein Mann schlägt mich«, sagte sie, »wenn ich nicht genug verdiene.« Sie bestand darauf, daß sie nicht beide auf die Polizei warten brauchten, daß sie den Unfall bloß ihren Versicherungen melden müßten. Schließlich gab Davis nach, und sie tauschten Namen und Führerscheinnummern aus. Bevor sie wegfuhr, gab die Frau Davis eine Broschüre mit einer angehefteten Visitenkarte. Er stieß mit seinem Wagen zurück, und sie fuhr davon. Die Reifen quietschten unter dem Druck des zusammengeschobenen Blechs. Davis blätterte die Broschüre durch, während er auf die Polizei wartete. »Clara!« stand auf dem Umschlag: »Ideen für geräumiges Wohnen.« Es gab da ein Bild von einer Frau, nicht Clara, die in einem Chromsessel auf einem Orientteppich in einer ansonsten leeren Scheune saß.

Der Schadenssachverständige trug ein Silberpfeifchen um den Hals. Als er bemerkte, wie Davis es anstarrte, erklärte er, daß er es wegen der Straßenräuber trage. »Allein im letzten Monat«, sagte er, »haben drei Raubüberfälle in meiner Straße stattgefunden. Die Polizei nennt so was Zwischenfälle, sein Geld ist man aber trotzdem los. Wer weiß, vielleicht sind die gemischten Schulbusse daran schuld – die Sie-wissen-schon-wer sind im Vormarsch. Aber das brauch' ich Ihnen ja nicht erzählen, einem Südstaatler. Sie haben das doch alles mit eigenen Augen gesehen.«

Davis fand weder an der Andeutung, daß er mit diesem Mann irgend etwas gemeinsam hatte, noch an der Unterstellung Gefallen, daß er dank seiner Herkunft aus dem Süden verpflichtet war, seine Gastfreundschaft auf die Haßgefühle anderer Menschen auszudehnen. »Keine Ahnung«, sagte er. »Ich bin schon lange hier.«

»Ich bin alles andere als ein Rassist«, sagte der Sachverständige. »Sie brauchen mir nicht zu erklären, wohin das führt. ›Leben und leben lassen!‹ sag' ich immer. Aber diese Leute nehmen einem die Brieftasche weg und schießen einem in den Kopf.« Der Sachverständige beugte sich vor. »Ich verletze Sie. Verzeihen Sie. Aber wenn ich nachts durch die Straßen gehe, höre ich Geräusche, die es gar nicht gibt. Deshalb hab' ich so gesprochen. Angst. Ich gebe zu, ich hab' Angst.«

Davis gab die Umstände des Unfalls an, und der Sachverständige trug sie mit langen, rhythmischen Schreibbewegungen in ein Formblatt ein. Während er wartete, bis der Sachverständige nachkam, las Davis die Cartoons unter der Glasplatte auf dem Schreibtisch. In einem befragte der Richter eine Frau mit einem Arm in einer Schlinge. »Wie weit«, fragte der Richter, »können sie jetzt den Arm heben, seit dem Unfall?« Mit schmerzverzerrtem Gesicht hob die Frau den Arm bis zur Schulter. »Und wie weit konnten Sie den Arm vor dem Unfall heben?« Strahlend hob die Frau ihre Hand über den Kopf. Ein anderer Cartoon zeigte drei Zigeuner, die einander weinend umarmten, während der in der Mitte auf einer Geige kratzte. Darunter stand: »Erzählen Sie uns doch *bitte*, was geschehen ist!«

»Das ist gut«, sagte der Sachverständige, als Davis fertig war. »Das ist sehr gut. Wenn sie übermütig werden, fressen wir sie mit Haut und Haaren.« Er schob eine Karte über den Tisch. »Das ist unser Arzt. Je früher Sie hingehen, desto besser.«

»Ich hab' einen Arzt. Außerdem fehlt mir nichts. Es war kein richtiger Zusammenstoß, eher ein kleiner Bums.«

»Heute fehlt Ihnen nichts, gut. Und was ist nächstes Jahr? Seit ich das hier mache, habe ich schon eine Menge Halswirbelsäulentraumata gesehen, und ich kann Ihnen sagen, daß das nicht lustig ist.«

»Sie meinen Schleudertrauma?«

»Die Mediziner sprechen von Halswirbelsäulentrauma, glaube ich.«

Davis fühlte sich außerstande, ein Schleudertrauma zu reklamieren. Zu viele wußten davon. Man machte Witze darüber. »Mir fehlt nichts«, sagte er wieder und schob die Karte zurück. Der Sachverständige legte sie mit einem Achselzucken weg und gab Davis den Bericht zum Unterschreiben. Davis las ihn durch und schüttelte den Kopf. »Sie haben alles total verdreht«, sagte er. »Das sieht ja jetzt wie ein Unfall mit Fahrerflucht aus.«

»Zeigen Sie mir, wo Fahrerflucht steht. Kein Wort davon. Sie haben mir erzählt, daß sie den Unfallort verlassen hat, und das hab' ich geschrieben, mehr nicht.«

»Aber ich habe ihr gesagt, daß sie fahren kann.«

»Sie haben ihr gesagt, daß sie fahren kann. Meine Güte. Es interessiert mich nicht, was Sie ihr gesagt haben, sie hätte den Unfallort nicht verlassen dürfen und nur darauf kommt es an.«

»Ich weiß, was Sie wollen«, sagte Davis. »Sie wollen ihr die Schuld geben, damit die andere Versicherung alles zahlen muß.«

»Nein!« sagte der Sachverständige. »Ich will Sie nur schützen. Vielleicht versucht sie Geld herauszuschlagen – das kommt jeden Tag vor.«

»Außerdem hört es sich bei Ihnen so an, als ob der Unfall ihre Schuld wäre.«

»Hier steht, daß Sie mit einer vorschriftsmäßigen Geschwindigkeit unterwegs waren und sie rückwärts in Sie reingefahren ist. Rechtlich gesehen ist sie schuld.«

»Ich will nur«, sagte Davis, »daß Sie hinschreiben, was geschehen ist, wie ich es Ihnen erzählt habe. Ich war dabei und Sie nicht.«

Der Sachverständige schüttelte den Kopf und seufzte, als er das neue Formular ausfüllte. »Schrecklich«, sagte er. »Sie sind so überhaupt nicht geschützt.«

Davis unterschrieb den Bericht und gab ihn zurück. »Das ist schon in Ordnung. Es ist die Wahrheit.«

»Meinetwegen. Aber ich erkenne einen Fehler, wenn ich ihn sehe. Ihr Wille geschehe. Wir werden zwei Gutachten brauchen.«

Als Davis gerade in einen Drugstore im nächsten Block gehen wollte, rief jemand nach ihm. Es war der Sachverständige. Er war gelaufen. Sein Gesicht war schweißüberströmt und das Pfeifchen tanzte auf seiner Brust hin und her. Er sah wie ein Schiedsrichter aus. »Hören Sie«, sagte er, »ich hab' Sie vielleicht beleidigt.«

»Sie haben mich nicht beleidigt.

»Dann darf ich Sie zu einer Tasse Kaffee einladen. Oder zu einer Cola oder irgendwas.«

Davis mußte erst in einer halben Stunde zur Arbeit und hatte einfach nicht die Kraft, den Mann anzulügen. Daher setzte er sich an die Theke und nippte an einem Eistee und hörte dem Sachverständigen zu, der über die Freunde aus dem Süden erzählte, die er beim Marinekorps gehabt hatte. Davis war überrascht, daß er bei den Marines gewesen war, und er hätte es wahrscheinlich nicht geglaubt, wenn der Sachverständige nicht mehrere Photographien aus seiner Brieftasche genommen und sie über die Theke ausgebreitet hätte.

»Das ist Johnny Lee«, sagte der Sachverständige und stach mit seinem Finger nach einem der Soldaten auf einem Gruppenbild. »Ein Verwandter des großen Generals Robert E. Lee. Jede Nacht saßen wir zwei zusammen und sprachen über das Leben. Wir hatten zwar nicht dieselbe Philosophie, waren aber wie Brüder.« Er steckte die Photographien wieder ein und sah sich dabei jede genau an.

Davis hatte keinen Tee mehr; aber er zog an seinem Strohhalm und machte eine Bewegung, damit der Sachverständige merkte, daß er gehen wollte.

»Was heute im Büro passiert ist«, sagte der Sachverständige, »war meine Arbeit, ich hab' nur versucht, Ihnen zu helfen.«

»Ich verstehe das«, sagte Davis und stand auf. Sie gingen zusammen hinaus.

»Es war nicht gelogen«, sagte der Sachverständige, »Sie haben das mißverstanden. So schreiben wir Unfallberichte – um unsere Klienten zu schützen. Aber ich weiß, daß Sie das nicht so sehen. Sie sind ein Gentleman aus dem Süden.«

»Ich bin im Süden aufgewachsen.«

»Dort unten gibt es diese ganze Tradition. Ehre. Hier oben –« er fuhr mit der Hand durch die Luft, »kennt man nur eines, hinlangen. Ich sag' Ihnen, es ist nicht leicht, ein guter Mensch zu sein. Na gut«, der Sachverständige trat zurück, »ich will Sie nicht aufhalten.« Er sagte das irgendwie förmlich und machte eine leichte Verbeugung, die er offensichtlich für vornehm hielt. Davis schrieb die Geste einem Film zu, den der Sachverständige gesehen hatte, in dem Damen, Kavaliere und Villen mit Säulen vorkamen.

Ein Arbeitskollege von Davis empfahl Leo den Löwen, also brachte er das Auto hin, um sich einen Kostenvoranschlag machen zu lassen. Leo der Löwe war ein perfekt gebauter, sehr kleiner Mann. Sein Mechaniker-Overall war tailliert geschnitten und unten ausgestellt. Er hatte die zwei oberen Knöpfe offen. Er hörte Davis nicht zu, als dieser ihm erzählte, daß er nur den Kotflügel ausgebeult und den Scheinwerfer ersetzt haben wollte. Statt dessen brachte er Davis dazu, sich den Kotflügel von unten anzusehen. Der Kotflügel war verkrustet und schwarz. Überall hingen Drähte. Davis zog sich die Hose hoch und bemühte sich darum, mit den Manschetten nicht den Boden zu berühren.

»Na?« sagte Leo der Löwe. »Das Blech ist so gut wie durchgerostet. Wenn wir da anfangen herumzuklopfen, fällt es auseinander.« Er drehte sich um und ging in sein Büro. Davis stand auf und folgte ihm. Über dem Schreibtisch hing ein auf Samt gemalter Löwe. Ein großer Stofflöwe saß auf einem der Sessel, und ein zweiter guckte hinter den staubigen Blättern eines Philodendron hervor.

Leo der Löwe nahm mehrere Kataloge aus dem Regal und stellte Berechnungen an. Die zeigte er Davis.

»Neunhundert Dollar«, sagte Davis. »Das kommt mir sehr viel vor. Weshalb müssen Sie das ganze Auto frisch lackieren?«

»Weil, wenn wir einen Kotflügel finden, wird der eine andere Farbe haben. Wir kriegen die Farbe, die Sie haben, nicht hin, die wird nicht mehr hergestellt. Deshalb.« Er stellte die Kataloge zurück. Dann erklärte er Davis, daß er die Reparatur vielleicht gar nicht durchführen könnte. Solche Autos waren selten, und es würde nicht einfach sein, einen Kotflügel dafür aufzutreiben. Aber er hatte Zugang zu einem Computer, der an Autoverwertungen im ganzen Land angeschlossen war. Wenn also jemand dazu imstande war, war er es.

»Neunhundert Dollar«, sagte Davis.

»Sie können es wahrscheinlich billiger machen lassen, wenn Sie sich umhören«, sagte Leo der Löwe. »Für die Arbeit würde ich allerdings nicht garantieren. Das Auto ist super, wenn man vom Kotflügel absieht. Ein klassisches Modell. Heute investieren die Leute in Oldtimer. Die bocken sie auf und lassen einmal in der Woche den Motor laufen, dann fahren sie Rallyes damit.«

Davis faltete das Blatt mit dem Kostenvoranschlag zusammen und sagte, er würde sich melden, dachte aber nicht daran, neunhundert Dollar auszugeben, um einen Kotflügel richten zu lassen. Als er wegfuhr, sah er weiter oben eine andere Werkstatt und fuhr hinein. Der Mechaniker sagte ihm, daß das Auto die Mühe nicht lohne, und bot an, es ihm für dreihundert Dollar abzunehmen.

»Es ist mehr wert«, sagte Davis. »Wieviel verlangen Sie, um es zu reparieren?«

»Zwölfhundert Dollar.«

»Das ist viel Geld.«

Der Mechaniker lachte. Er spielte mit den Zahlen herum und ging auf tausend herunter. Er erklärte die Schwierigkeiten, die ihm die Reparatur machen würde. »Na gut«, sagte er plötzlich, als ob Davis ihn zu drücken versucht hätte, und machte ein neues

Angebot für siebenhundert Dollar. »Das ist mein absoluter Tiefstpreis«, sagte er. »Für weniger kann ich es nicht machen, ohne dabei was zu verlieren.«

Als Davis gerade wegfahren wollte, rannte ihm der Mechaniker nach und winkte mit einem Zettel. Davis nahm an, daß er einen weiteren Vorschlag hatte. »Das haben Sie vergessen«, sagte der Mechaniker und steckte ihm den ersten Kostenvoranschlag durch das Fenster. Als er merkte, daß Davis nicht verstand, erklärte er ihm, wie er sich auf die Schnelle fünfhundert Dollar verdienen könne. Er sprach mit einer Art zorniger Geduld, wie die Leute zu Hause mit Negern, die einfachen Anweisungen nicht folgen konnten. Davis war wütend. Er zerknüllte das Papier und warf es zum Fenster hinaus. Eine Zeitlang dachte er daran, den Mann bei einer entsprechenden Stelle anzuzeigen, entschloß sich jedoch dagegen. Er würde als Denunziant dastehen, und außerdem hatte er keinen richtigen Beweis.

Einige Tage später rief der Sachverständige Davis an seinem Arbeitsplatz an. »Ich hoffe, daß Sie im Moment nicht viel zu tun haben«, sagte er.

Tatsächlich war um diese Zeit am meisten los, aber Davis wollte nicht unhöflich sein und sagte daher nichts.

»Hallo?« sagte der Sachverständige.

»Ich höre Sie«, sagte Davis. »Haben Sie die Kostenvoranschläge bekommen?«

»Ich habe Ihre Kostenvoranschläge tatsächlich erst gestern mit der Post bekommen.«

»Mir sind sie sehr hoch vorgekommen. Wenn Sie wollen, hole ich noch ein paar ein. Ich bin sicher, daß ich bessere bekommen kann.«

Der Sachverständige rief nicht wegen der Kostenvoranschläge an. Es war etwas Wichtigeres geschehen, das er seiner Meinung nach nicht am Telephon besprechen sollte. Davis erklärte sich einverstanden, später vorbeizukommen. Als er auflegte, hatte er einen trockenen Mund und einen rasenden Puls. Er wußte, daß sich schuldige Leute so fühlten, und beschloß, daß der Sachverständige seinen Anspruch noch am selben Tag zurückziehen sollte.

»Das wird zu diesem Zeitpunkt nicht möglich sein«, sagte der Sachverständige, als Davis ihn von seinen Absichten in Kenntnis setzte. »Diese Frau hat gegen Sie einen Anspruch eingebracht, der Sie viel kosten wird, wenn sie damit durchkommt.« Er schob ein Formular über den Tisch und, nachdem Davis es gelesen hatte, fragte er: »Verstehen Sie?«

»Nein.«

»Sie behauptet hier, daß Sie ihr reingefahren sind, weil Sie nicht aufgepaßt haben, und daß Sie zu schnell gefahren sind.«

»Aber das stimmt nicht!«

»Sie will dreitausend Dollar Schadenersatz.«

Davis hielt es für absurd, der Sachverständige aber nicht. »Sie sagt, Gott sei Dank, nichts von irgendwelchen Verletzungen. Das wäre ein Theater. Ich könnte Ihnen da Sachen erzählen.«

Davis schloß die Augen.

»Sie gibt an, daß Sie ihr gesagt haben – Zitat: ›Machen Sie sich keine Sorgen, es war nicht Ihre Schuld, ich habe nicht aufgepaßt.‹ Zitatende.« Der Sachverständige sah hinter dem Formular hervor. »Was natürlich überhaupt nicht stimmt.«

»Nicht ganz.«

Der Sachverständige ließ das Formular sinken. »Sie haben das zu ihr gesagt?«

»Nicht genau so«, sagte Davis. »Es war nicht wichtig, ich wollte nur höflich sein.« Er schaute auf den Schreibtisch hinunter, auf einen Cartoon mit einem Mann, der vor Gericht stand und anstelle seines rechten Arms einen leeren Ärmel vorzeigte. Von hinten sah man unter der Jacke deutlich die Umrisse seines Arms, und unten schaute seine Hand heraus. »Das ist die Wahrheit«, sagte Davis.

»Höflich! Du meine Güte!« Der Sachverständige begann zu lachen, hörte dann wieder auf und musterte Davis. »Verzeihen Sie mir«, sagte er, »aber Sie kommen mir ein bißchen blaß vor. Fühlen Sie sich nicht wohl? Wollen Sie ein Glas Wasser?«

»Es geht mir gut«, sagte Davis.

»Na kommen Sie, ich lad' Sie auf einen Eistee ein. Das letztemal hab' ich erzählt, heute sind Sie dran.«

»Ich muß zur Arbeit zurück«, sagte Davis. »Was werden wir tun?«

»Was ich Ihnen schon einmal gesagt habe. Sie sagen, daß sie ohne aufzupassen rückwärts in Sie reingefahren ist und den Unfallort verlassen hat. Nichts davon, daß Sie ihr gesagt haben, daß sie gehen kann. Keine Höflichkeiten mehr. Jetzt müssen wir unhöflich sein.«

»Das würde dem ersten Bericht widersprechen, den ich Ihnen gegeben habe.«

»Welchem Bericht?« Der Sachverständige nahm ein Formular aus seinem Schreibtisch und begann es in lange Streifen zu zerreißen. »Welchem Bericht?« wiederholte er.

»Sie haben ihn nicht eingereicht?«

»Wollen Sie, daß ein Wunder geschieht? Wollen Sie, daß ich etwas einreiche, was es nicht gibt? Na also. Sie haben ja doch Humor, Sie lächeln ja.«

Richie, der Junge von gegenüber, kam mit einem Freund vorbei. »Ich kann Ihnen den Scheinwerfer in Ordnung bringen«, sagte er. »Für fünfzig Dollar. Nicht toll, aber vorschriftsmäßig.« Sein Freund stand hinter ihm und starrte das Auto an. In den Blechfalten sammelte sich Rost. »Dreißig für den Scheinwerfer«, sagte Richie, »zwanzig für die Arbeit.« Der Junge, der bei ihm war, ließ sich plötzlich auf den Rücken fallen und kroch unter das Auto.

»Ich weiß nicht«, sagte Davis. »Ich überlege gerade, ob ich es richtig machen lasse.«

»Das wird Sie einiges kosten. Wird nicht einfach sein, dafür die richtigen Ersatzteile zu finden, aber ich nehme an, Sie zahlen's nicht selber, Sie können ja Ihre Versicherung ausquetschen. Würde sich lohnen, den Wagen richtig in Ordnung zu bringen. Ich kann das auch, wenn Sie wollen. Ich mach' Ihnen einen guten Preis.«

Davis konnte von dem Jungen unter dem Auto nur die Schuhsohlen sehen. Eine war braun und die andere schwarz. Seine

Füße bildeten ein V und erinnerten Davis an Bilder, die er von toten Soldaten gesehen hatte. Er hatte keine Ahnung, was der Junge da unten tat. »Ich überleg's mir«, sagte Davis.

Richie stieß die Schuhe seines Freundes an, und der Junge rollte unter dem Auto hervor. »Ich kann Ihnen einen Kostenvoranschlag machen«, sagte Richie wichtig. »Sie brauchen's mir nur zu sagen.«

»Und wo wollt ihr die Ersatzteile herbekommen?«

Richie und sein Freund schauten einander an und grinsten.

Am Abend nach dem Essen versuchte Davis zu lesen, aber er verstand die Geschichte nicht, er verstand nicht, warum die Menschen taten, was sie taten, und sagten, was sie sagten. Schließlich entschied er sich, seine Freunde von zu Hause zu besuchen.

Sie spülten gerade das Geschirr, als er kam. Er sah im Wohnzimmer fern, und als sie fertig waren, erzählte er ihnen alles über den Unfall, über Clara und den Sachverständigen und den Gauner von Mechaniker. Was sollte er tun?

Die Frau gähnte. »Wie soll ich das wissen?« sagte sie. »Ich hab' nie was mit einem Unfall zu tun gehabt.«

Sie ging zu Bett und ihr Mann stand auf und begann das Zimmer aufzuräumen. »Mich beeindruckt das nicht, wie du deine Tugend zur Schau stellst«, sagte er. »Wenn du wirklich ein guter Mensch sein willst, warum hast du uns dann nicht beim Geschirrspülen geholfen? Du hast fünf Monate bei uns gewohnt und nicht einmal gefragt, ob du abwaschen kannst.«

Er folgte Davis zur Tür. »Für dich ist nichts gut genug«, sagte er. »Die Wohnungen, die du dir angesehen hast, waren dir entweder zu groß oder zu klein, zu weit von der Arbeit weg oder zu nah am Verkehr. Niemand braucht fünf Monate, um eine Wohnung zu finden. Und wenn wir dich zu einer Party mitgenommen haben, hast du dich sichtlich gelangweilt und bist früher weg. Ach, Scheiße. Tut mir leid.« Er rief die Treppe hinunter: »Ruf mich morgen an!«

Das einzig Richtige, dachte Davis, wäre, sich mit Clara zusammenzusetzen und vernünftig mit ihr zu reden. Sie war ihm lächerlich, aber nicht unehrlich vorgekommen. Wahrscheinlich hatte sie der Sachverständige ihrer Versicherung oder ihr Ehemann bearbeitet. Er konnte sich gut vorstellen, daß jemand wie sie durcheinanderkommen konnte, wenn er sowohl das Rechte als auch das Angenehme tun wollte.

Er dachte daran, Clara anzurufen, aber es könnte ja ihr Mann drangehen und auflegen, wenn ein fremder Mann nach seiner Frau fragte. Davis wußte, daß es irgendwo jemanden gab, der wegen Clara eifersüchtig werden konnte, und es bestand immerhin die Möglichkeit, daß sie ihn geheiratet hatte. Schließlich schrieb er sich von der Broschüre die Adresse ab und fuhr hin.

Davis parkte gegenüber. Die Häuser in dieser Gegend waren sehr teuer, und das ärgerte ihn. Wozu in aller Welt brauchte jemand, der es sich leisten konnte, in so einem Haus zu leben, noch dreitausend Dollar?

Ein langer Schatten streifte über die Vorhänge des Fensters zur Straße. Vielleicht war es Clara, vielleicht aber auch ihr Mann. Um jemand, der so groß war wie Clara, zu heiraten und zu schlagen, mußte man selbst groß sein – richtig groß. Diese Überlegung war aber nicht der Grund, warum Davis im Auto sitzen blieb. Er dachte, daß er nicht wie ein Kind durchs Leben gehen sollte, ohne die Augen offen zu halten und ohne über alles zweimal nachzudenken. Er hätte das wirklich längst lernen sollen. Wenn er ausstieg und bei Clara klingelte, würden sie einen Weg finden, seine Ehrlichkeit gegen ihn zu verwenden, wie sie seine guten Manieren gegen ihn verwendet hatte. Er hatte Mitleid mit ihr und Mitleid mit sich.

Ach, Clara, dachte er, warum können wir nicht die Wahrheit sagen?

Als Davis den Scheck erhielt, brachte er das Auto zu Leo dem Löwen hinunter. Der andere war billiger, aber Davis dachte, daß es so schneller gehen würde. Richie war zu jung und unerfahren und hatte wahrscheinlich nicht das richtige Werkzeug. Davis mochte zwar nicht, wie Leo der Löwe angab, hielt das aber für ein Zeichen von Stolz, und nach seiner Erfahrung leisteten stolze Menschen gute Arbeit. Und die Geschichte mit dem Computer beeindruckte ihn. Wenn ein Mechaniker sich mit Computern einließ, zeigte das doch wohl, daß er seine Arbeit wirklich ernst nahm.

Als Davis das Auto abholte, war er überrascht, wie schön es war. Die Leute in der Verkaufshalle pfiffen, als Leo der Löwe es aus der Tiefgarage hochfuhr. Die Farbe war leuchtender, als Davis nach dem Musterbuch gedacht hatte, leuchtender, als es ihm recht war, aber allen anderen schien sie zu gefallen.

»Rechts ist das Schloß kaputt«, sagte Leo der Löwe. »Die Bremsen halten höchstens noch 5000 Meilen. Läuft aber super.« Er gab Davis einen kleinen Stofflöwen und einen Stoßstangenaufkleber – »Gönnen Sie sich heute einen Löwen« – mit.

Der Motor war gereinigt und richtig eingestellt, und Davis fiel der Unterschied sofort auf. Das Auto war schneller und reagierte besser aufs Gas. Der Motor gab ein rauhes Blubbern von sich und knallte beim Zurückschalten wie eine Pistole. Auf dem Weg nach Hause blieben bei einer roten Ampel ein paar junge Burschen neben Davis stehen. Ihr Auto hatte breite Reifen und war hinten höhergelegt. Der Fahrer trat mehrere Male voll aufs Gas. Davis gab selbst ein bißchen Gas, damit der Motor nicht ausging, und es gab einen lauten Knall. Die Burschen schrien Dinge zu ihm hinüber, nicht gemein, sondern im Spaß. Davis starrte geradeaus. Als die Ampel grün wurde, zog das andere Auto mit quietschenden Reifen davon, und die Burschen auf dem Rücksitz grinsten ihm über die Schulter zu.

Der Sachverständige meldete sich ein letztes Mal. Er rief Davis zu Hause an, worüber dieser sich ärgerte. »Hören Sie zu«, sagte der Sachverständige, »manche Sachen weiß ich einfach, und ich werde das Gefühl nicht los, daß Sie die ganze Zeit vor sich hingrübeln. Sie dürfen nicht vergessen, daß es hier oben anders zugeht als dort unten. Dort unten kann man die Dinge korrekt handhaben. Der Ehrenkodex, wie ihr sagt, das bedeutet euch was.«

»Es ist dort nicht anders als hier«, sagte Davis. »Es ist überall dasselbe.«

»Man ist Ihnen reingefahren«, sagte der Sachverständige, »und Sie haben das Geld dafür bekommen, und das ist für mich in Ordnung so.«

»Stimmt«, sagte Davis.

»Und das ist auch ein Grund zum Feiern«, sagte der Sachverständige und überraschte Davis mit einer Einladung zum Abendessen am darauffolgenden Mittwoch. »Meine Frau wird Ihnen gefallen«, sagte der Sachverständige. »Sie ist ein sehr interessanter Mensch mit einem abgeschlossenen Musikstudium. Mögen Sie Musik?«

»Nicht besonders«, sagte Davis, obwohl er Musik mochte.

»Macht nichts. Mit meiner Frau können Sie über alles sprechen, und Sie werden immer eine Antwort bekommen. Sie kocht, wie man früher gekocht hat. In zwanzig Jahren wird diese Art zu kochen eine schöne Erinnerung sein, nur eine schöne Erinnerung.«

Davis meinte sich die Sachen sehr gut vorstellen zu können, von denen man erwartete, daß er sie in den Mund stecken würde. Er erzählte dem Sachverständigen, daß er am Mittwoch zu tun hätte, und als der Sachverständige Donnerstag vorschlug, sagte er, daß er auch an diesem Abend keine Zeit hätte. »Sie werden sehen, daß meine Frau und ich flexibel sind«, sagte der Sachverständige. »Uns ist jeder Tag recht. Suchen Sie sich einen aus. Sagen Sie mir nur, welchen.«

Davis brachte kein Wort heraus. Das Schweigen wurde drükkend, und Davis fiel nichts ein, was er hätte sagen können, um es zu brechen.

»Sagen Sie mir bitte, wenn ich falsch liege«, sagte der Sachverständige, »aber vielleicht wollen Sie lieber nicht kommen.«

Davis nahm den Hörer in die linke Hand.

»Ich hoffe«, fuhr der Sachverständige fort, »es hat nichts damit zu tun, daß Sie mir etwas nachtragen, was ich getan habe.«

»Nein, nichts, was Sie getan haben«, sagte Davis und dachte: aber das, was Sie sind.

»Ich hab' Ihnen nur helfen wollen, mehr nicht.«

»Ich weiß.«

»Ich lade Sie ein, mit uns das Brot zu brechen, ich lade Sie zu einem *Bankett* ein, und Sie denken die ganze Zeit: ›Er ist schuld daran, daß ich gelogen habe, er ist schuld daran, daß ich gegen meine Ehre verstoßen habe.‹ Es ist immer dasselbe mit euch. Darauf läuft die ganze Geschichte hinaus. Hören Sie, so unschuldige Menschen wie Sie sollten nicht in Unfälle verwickelt werden.« Der Sachverständige sprach und sprach, es schien eine alte Klage zu sein, ein Lied, ein Gesang, dessen Wahrheit nicht in den Worten, sondern im Ton selbst lag. Schließlich hörte er auf und entschuldigte sich, und Davis sagte, daß das nicht nötig sei. Er dankte ihm für seine Hilfe und legte auf.

Am Sonntagmorgen ging er an die Ecke, um sich eine Zeitung zu holen, und als er zurückkam, sah er, daß die Motorhaube seines Wagens offen war. Ein Junge war über den Motor gebeugt, und ein anderer saß hinter dem Lenkrad. Die Tür war offen. Das Radio lief. »He, ihr da«, schrie Davis, und sie sahen ihn an. Der unter der Motorhaube war Richie. »Ich habe nicht gewußt, daß ihr das seid«, sagte Davis und ging auf sie zu.

»Ich seh', Sie haben ihn in Ordnung bringen lassen«, sagte Richie. »Wieviel hat man Ihnen abgenommen?«

Um nicht als Trottel dazustehen, nannte Davis eine Summe, die dreihundert Dollar niedriger war als er bezahlt hatte. Anscheinend war sogar diese Zahl nicht niedrig genug.« »Mannomann«, sagte der Junge im Wagen und verdrehte die Augen.

»Was soll's.« Richie schlug den Deckel zu, fester als nötig. »So lang's nicht Ihr Geld war.«

Davis ließ das Schloß richten, war aber trotzdem beunruhigt. Es gab eine ganze Menge von frisierten Autos in der Gegend, und er mußte sich zurückhalten, nicht zum Fenster zu gehen, wenn draußen eines startete oder vorbeifuhr. Er hörte sie im Schlaf. Oft verfolgten sie ihn bis in seine Träume. Das ging noch Wochen so, nachdem das Auto gestohlen worden war.

Eines Nachts fuhren die Diebe in einer übermütigen und selbstmörderischen Stimmung in seinem Auto mit einer irren Geschwindigkeit die Straße auf und ab. Davis erkannte das Geräusch und bewegte sich; sein Traum wechselte und versetzte ihn auf eine flache und einsame Straße außerhalb von Shreveport. Er saß mit seinem Freund in dem alten Auto. Eine halbleere Flasche rollte zwischen ihnen auf dem Sitz hin und her. Sein Freund hatte das Gaspedal bis zum Boden durchgetreten, die weiße Linie zitterte wie ein Faden im Wind zwischen den Scheinwerfern, und die großen Kiefern am Straßenrand zischten wie Zaunpfähle vorbei. Sie sangen, den Kopf zurückgeworfen, die Zähne gefletscht.

Die Diebe sangen auch. Sie drehten am Ende des Blocks um und kamen wieder die Straße herunter. Vor Davis' Fenster schalteten sie zurück, und der Motor explodierte. Davis fuhr aus dem Schlaf hoch, Hand auf der Brust, als hätte sein eigenes Herz eine Fehlzündung gehabt.

Wingfield

Als wir im Lager ankamen, zerrten sie uns aus den Bussen und ließen uns auf dem Parkplatz Liegestütze machen. Der Asphalt war heiß, und der Teer blieb uns an der Nase kleben. Sie machten sich über unsere Kleider lustig und nahmen sie uns weg. Sie rasierten uns die Köpfe, bis kleine weiße Narben zum Vorschein kamen, dann beluden sie uns mit Stiefeln und Gürteln und Helmen und stießen uns Nadeln in die Arme.

Mitten in der Nacht kamen sie zu uns in die Baracke und gingen zwischen uns auf und ab, während wir vor den Betten standen. Sie sahen uns an. Wenn einer von uns sie ansah, sagten sie: »Warum siehst du mich an?« und ließen ihn Liegestütze machen. Wenn man sich nicht richtig verhielt, machten sie einem das Leben schwer.

Sie teilten uns in Kompanien, Züge und Gruppen auf. Zu meiner Gruppe gehörten Wingfield, Parker und sieben andere. Parker wußte, wie der Hase lief, mein Lieber! Ich habe nicht erlebt, daß ihn irgendwas unterkriegen konnte, außer Malaria. Ehe das Militär für Wingfield die Verantwortung übernahm, hatte ihn irgendwer in North Carolina durchgebracht. Wenn er zu sprechen imstande war, sickerten ihm die Worte zäh und langsam und süß aus dem Mund. Seine Augen waren vom hellsten Blau, wenn er sie offen hatte. Meistens waren sie geschlossen.

Er schlief beim Stiefelputzen oft ein und einmal beim Rasieren. Er mußte Fußleisten streichen und rollte sich in der Ecke zusammen und ließ die Fußleisten Fußleisten sein. Sie fanden ihn, den Kopf auf dem ausgestreckten Arm, den Mund offen; zwischen Pinsel und Boden spannte sich ein getrockneter Lackfaden.

Nachmittags führten sie uns Filme vor; die brachten uns bei, wie man seinen Jeep pflegt, seine Zähne vor Fäulnis schützt, Fremde behandelt und sich gegen Furunkel, nervöse Störungen, Wahnsinn und die große Blindheit wappnet. Die Fremden trugen speckige Anzüge und hatten Aktentaschen. Sie lächelten, wenn sie unseren Soldaten den Weg zum Einsatzort zeigten. Sie würden dasselbe auch für uns tun, wenn wir uns erinnern konnten, wie man Fragen an sie richtet. Wenn wir uns die wichtigen Wendungen vorsagten, hörten wir, wie Wingfield die Luft mit einem Pfeifen ein- und ausatmete und wie sie in den Tiefen seiner Kehle rasselte.

Wingfield schlief, als sie uns zeigten, wie unsere Waffen funktionierten und welche Pflanzen wir kauen konnten, wenn wir uns verirrten oder nichts mehr zu essen hatten. Manchmal erwischten sie ihn, und er mußte stehen; dann lächelte er scheu, wie ein kleines Mädchen, suchte sich etwas, wo er sich anlehnen konnte, und schlief weiter. Er schlief beim Marschieren, was auch andere Soldaten konnten; die anderen marschierten aber geradeaus, wenn sie einen Schwenk machen sollten, und machten einen Schwenk, wenn sie geradeaus marschieren sollten. Sie marschierten gegen Bäume und Wände und fielen in Gräben und Löcher. Wingfield konnte im Schlafen um die Ecke marschieren. Er konnte im Marschtakt singen und das Gewehr im Schnellschritt präsentieren, ohne die Augen aufzumachen. Man mußte das gesehen haben, um es zu glauben.

Am Ende der Ausbildung brachten sie uns tief in den Wald und ließen unsere Kompanie gegen eine andere antreten. Um zwei gleichstarke Gegner zu haben, gaben sie der anderen Seite sechs Leute von uns, unter ihnen Wingfield. Er wollte nicht gehen, sie zwangen ihn aber. Dann verteilten sie Platzpatronen und bunte Halstücher, blaue für uns und rote für die anderen.

Diese zwei Farben machten den Wald gefährlich. Wir schlichen auf Zehenspitzen von Busch zu Busch, krochen auf dem Bauch durch die braunen Nadeln unter den verkümmerten Kiefern. Die Rinde der Bäume schwitzte bernsteinfarbenes Harz aus, aber man konnte nicht stehenbleiben und staunen. Wer trödelte und vor sich hin träumte, wurde aus dem Hinterhalt überfallen. Wenn Soldaten mit roten Halstüchern vorbeikamen, versteckten wir uns und erschossen sie von hinten und schickten sie zum Parkplatz, der kein Parkplatz mehr war, sondern das Land der Toten.

Ein Wind kam auf, der die Bäume bog und schüttelte; ihre Schatten stürzten sich auf uns. Dann brach Dunkelheit über den

Wald herein, plötzlich, wie eine Falle, die zuschnappt. Da und dort sahen wir einen Feuerstoß und hörten einen Schuß, aber es wurde bald ganz still. Wir schlugen Zelte auf und postierten Wachen; saßen stumm und aßen aus Dosen, kalt. Unser Herzschlag hallte in unseren Helmen wider.

Parker warf mit Steinen. Wir hörten, wie sie auf dem Boden aufschlugen und im Fallen dürre Äste abbrachen. Jemand brüllte, er solle aufhören, und Parker zeigte in die Richtung, aus der der Schrei gekommen war.

Dann malten wir uns die Gesichter schwarz an und klebten uns die klimpernden Hundemarken fest und machten uns zum Sturmangriff fertig. Wir glitten in die Dunkelheit, als ob wir dorthin gehörten, wie Schatten. Mücken fielen über uns her, Moskitos stachen uns, wir schlugen aber nicht zu; so sehr waren wir auf der Hut. Wir gingen weiter, bis wir, nicht weit vor uns, ein Feuer sahen. Ein Feuer! Die Idioten hatten ein Feuer gemacht! Parker hielt sich den Mund zu und schüttelte den Kopf, um zu zeigen, daß er lachte. Wir andern taten dasselbe.

Wir mußten nur die Wachen finden, um das Lager im Überraschungsangriff zu nehmen. Ich fand gleich eine, der Mann murmelte und schrie im Schlaf, sein Gewehr hatte er gegen einen Baum gelehnt. Es war Wingfield. Mit Haß, Verachtung und Freude überfiel ich ihn von hinten, und als ich ihm über die Kehle fuhr, wünschte ich mir, daß mein Finger ein Messer wäre. Er wand sich in meinen Armen, schaute mir in mein schwarzes Gesicht und sagte »O Gott«, als ob ich kein Schwindler, sondern der Tod persönlich wäre.

Dann stürmten wir das Lager und feuerten auf die zusammengekauerten Gestalten in den Schlafsäcken, feuerten in die Zelte und in die erschrockenen weißen Gesichter, die in den Öffnungen auftauchten. Es war genau dasselbe, was uns ein Jahr und drei Monate später passierte, als wir neben einem Kanal im Mekong-Delta schliefen, ein paar Kilometer von Ben Tré.

Als unsere Ausbildung vorbei war, schickte man uns auf Urlaub nach Hause, und als wir wieder einrückten, fehlten einige von uns, ein paar waren krank, ein paar desertiert und ein paar nach Übersee geschickt worden, um die bei den letzten Kämpfen gelichteten Reihen in den verschiedenen Einheiten wieder aufzufüllen. Wingfield war unter ihnen. Ich habe ihn nie wieder gesehen und auch nichts anderes erwartet. Von nun an waren seine Nächte wahrscheinlich mit Schatten wie dem meinen bevölkert, und welche Chance hatte Wingfield schon gegen solche Feinde?

Parker bekam zwei Wochen vor dem Kanalangriff Malaria und war noch im Lazarett, als es geschah. Als er herauskam, schickten sie ihn zu einer anderen Einheit. Er schrieb mir Briefe, aber ich antwortete ihm nie. Seine Briefe waren voll mit Nachrichten für Leute, die nicht mehr am Leben waren, und ich dachte, es wäre gut, wenn er das nie erfuhr. So verlor er nur einen Freund, nicht sechsundzwanzig. Schließlich kamen keine Briefe mehr, und ich hörte neun Jahre lang nichts mehr von ihm, bis er eines Abends an meine Tür klopfte, als ich gerade von der Arbeit nach Hause gekommen war.

Er hatte meinen Eltern geschrieben, erklärte er mir, und sie hatten ihm meine Adresse gegeben. Er erzählte mir, daß er und seine Frau und seine Tochter gerade auf der Durchreise nach Kanada wären, aber ich fiel nicht darauf herein. Es gab andere Routen, und Reisende nahmen immer die. Er wollte einen Abschlußbericht.

Parkers Tochter spielte mit meinen Hunden, und seine Frau grillte Steaks, während wir Bier tranken und redeten und einander musterten. Er war noch immer ein fröhlicher Mensch, aber weicher, langsamer, wie ein freundlicher Onkel des jungen Mannes, der er einmal gewesen war. Nach dem Essen legten wir uns auf eine Decke, bis die Käfer unsere Knöchel erreichten und das Kind zu jammern begann. Parkers Frau trug das Geschirr ins Haus und wusch ab, während wir uns auf die Treppe setzten. Das Licht aus dem Küchenfenster warf einen grellen Fleck auf den Rasen. Unter dem Gras kroch verschiedenes Ungeziefer darauf zu. Parker stellte die Frage, wegen der er gekommen war, lehnte sich dann zurück und wartete, während ich einen Namen nach dem anderen in die Nacht sprach. Als ich fertig war, sagte er: »Ist das alles? Und was ist mit Washington?«

»Hab' ich dir gesagt. Er ist gut zurückgekommen.«

»Bist du sicher?«

»Natürlich bin ich sicher.«

»Du solltest heiraten«, sagte Parker, als er aufstand. »Du nimmst dich zu ernst. Scheiß drauf, stimmt's?«

Parkers Tochter lag am Boden des Wohnzimmers neben meinem Golden Retriever, der im Schlaf leise knurrte, als Parker das Mädchen aufhob und es sich über die Schulter legte. Seine Frau nahm meinen Arm und lehnte sich an mich, als wir zum Wagen hinausgingen. »Ich fühle mich so wohl bei Ihnen«, sagte sie. »Sie erinnern mich an meinen Großvater.«

»Übrigens«, sagte Parker, »erinnerst du dich an Wingfield?«

»Er war beim ersten Haufen dabei, den sie rübergeschickt haben«, sagte ich. »Ich glaube nicht, daß er es geschafft hat.«

»Wer hat dir denn das erzählt?«

»Niemand. Ich glaube es einfach nicht.«

»Da täuschst du dich. Ich hab' ihn gesehen.« Parker legte das Mädchen auf die andere Schulter. »Das war's, was ich dir erzählen wollte. Ich war vor einem halben Jahr in Charlotte und hab' ihn auf dem Bahnhof gesehen, auf einer Bank.«

»Das ist nicht wahr.«

»Und ob.«

»Wie hat er ausgesehen? Was hat er gesagt?«

»Er hat gar nichts gesagt. Ich hatte es eilig, und er sah so friedlich aus, daß ich's einfach nicht fertiggebracht habe, ihn aufzuwecken.«

»Aber er war es ganz bestimmt?«

»Es war Wingfield, ganz sicher. Er hatte den Mund offen.«

Ich winkte dem Auto nach, bis es am Ende der Straße um die Ecke verschwand. Dann durchwühlte ich den Müll und füllte die Schüsseln für die Hunde mit den Knochen und Knorpeln, die Parkers Frau weggeworfen hatte. Als ich das Geschirr inspizierte, das sie gespült hatte, kam mir der Gedanke, daß das für einen jungen Mann übertrieben kleinlich war.

Ich öffnete eine Flasche Wein und ging nach draußen. Die Kohlen im Feuer zischten und glommen auf, als der Wind darüberspielte und den Rauch in engen Spiralen wegsog. Ich spürte die Schwingen der Fledermäuse, die über mir in der Dunkelheit kreisten. Wie ein Soldat auf Urlaub, wie ein ahnungsloses Kind, wie jemand, der auf alles pfeift, trank ich auf sie. Dann trank ich auf die Grillen und die Heuschrecken und die Zikaden, die so laut sirrten, daß die Erde selbst zu dröhnen schien. Ich trank auf die dröhnende Erde, auf das geschlossene Auge des Mondes, auf die nickenden und seufzenden Bäume – bis ich, schon im Traum, auf die Decke zurückfiel.

Als sie jung war, erlebte Mary, wie ein brillanter und origineller Mann seinen Posten verlor, weil er Ansichten vertreten hatte, die beim Vorstand des College, an dem sie beide unterrichteten, Anstoß erregten. Sie teilte seine Auffassung, unterzeichnete aber die Protesterklärung nicht. Sie stand ja selbst zur Debatte – als Lehrerin, als Frau, als Historikerin.

Mary war auf der Hut. Sie bereitete ihre Vorlesungen Wort für Wort vor und stützte sich dabei auf die Argumente und oft auch die Formulierungen anderer, angesehener Autoren, um nicht zufällig etwas Anstößiges zu sagen. Ihre eigenen Gedanken behielt sie für sich, und die Worte dafür verblaßten mit der Zeit immer mehr; ohne ganz zu verschwinden, zogen sie sich zu fernen, unruhigen Punkten zusammen, wie wegfliegende Vögel.

Als sich das Institut in einen Bienenstock verschiedener Cliquen verwandelte, ging Mary ihrer Arbeit nach und gab vor, nicht zu wissen, daß die Leute einander haßten. Um nicht fade zu erscheinen, gestattete sie sich, auf harmlose Art exzentrisch zu werden. Sie fing an, Bowling zu spielen, woran sie Gefallen fand, und gründete die Brandon-College-Abteilung einer Gesellschaft, die sich der Wiederherstellung des guten Namens von Richard III. widmete. Sie lernte komische Nummern von Schallplatten und Witze aus Büchern auswendig; die Leute stöhnten, wenn sie sie herunterleierte, aber sie ließ sich dadurch nicht abschrecken, und nach einiger Zeit wurde das Stöhnen zur Pointe der Witze. Es war eine Art Tribut für Marys Bereitschaft, sich bloßzustellen.

Tatsächlich war am College niemand sicherer als Mary, denn sie schaffte es, zu einer Art Institution zu werden, zu einem Brauch oder einem Maskottchen – zu einem Teil dessen, was das Selbstverständnis des College ausmachte.

Dann und wann fragte sie sich, ob sie nicht zu vorsichtig gewesen war. Die Dinge, die sie sagte und schrieb, kamen ihr flach vor, breiartig, als ob jemand anderer den Saft aus ihnen herausgepreßt hätte. Und einmal, als sie mit einem älteren Professor sprach, sah sie in einem Fenster ihr Spiegelbild: sie lehnte sich zu ihm hinüber und hatte den Kopf so gedreht, daß sich ihr Ohr direkt vor seinen sich bewegenden Lippen befand. Der Anblick war ihr widerwärtig. Jahre später, als sie ein Hörgerät brauchte, kam ihr der Verdacht, daß ihre Taubheit darauf zurückzuführen war, daß sie immer alles von allen aufzuschnappen versucht hatte.

Im zweiten Semester von Marys fünfzehntem Jahr in Brandon berief der Rektor eine Versammlung aller Fakultätsmitglieder und Studenten ein und verkündete, daß das College bankrott sei und seine Tore nicht wieder öffnen werde. Er war kein bißchen weniger überrascht als sie; er hatte den Bericht des Vorstands erst an diesem Morgen auf seinen Schreibtisch bekommen. Anscheinend hatte der Geschäftsführer mit irgendwelchen Aktien spekuliert und alles verloren. Der Rektor wollte die Nachricht persönlich überbringen, bevor sie in den Zeitungen erschien. Er weinte in aller Öffentlichkeit, und die Studenten und Lehrer taten es ihm mit nur wenigen Ausnahmen nach – einige zynische höhere Semester, die für sich in Anspruch nahmen, die Erziehung zu verachten, die sie erhalten hatten.

Mary ging das Wort »spekulieren« nicht aus dem Kopf. Es bedeutete raten oder, wenn es um Geld ging, spielen. Wie konnte ein Mensch um ein College spielen? Warum sollte er das tun wollen, und wie war es möglich, daß ihn niemand daran gehindert hatte? Für Mary gehörte das einer anderen Zeit an; sie dachte an einen betrunkenen Plantagenbesitzer, der seine Sklaven verspielt.

Sie bewarb sich um verschiedene Stellen und bekam ein Angebot von einem College in Oregon, an dem man neue Wege ging. Es war das einzige Angebot; daher nahm sie es an.

Das College war in einem einzigen Gebäude untergebracht. Es läutete dauernd, verschließbare Schränke flankierten die Gänge, und an jeder Ecke stand ein summender Wasserspender. Die Studentenzeitung erschien zweimal im Monat auf Kopierpapier, das sich naß anfühlte. Die Bibliothek, die neben dem Musikzimmer lag, hatte keinen Bibliothekar und keine Bücher.

Die Landschaft war jedoch schön, und Mary hätte sie genossen, wenn ihr der Regen nicht so große Schwierigkeiten gemacht hätte. Mit ihren Lungen war etwas nicht in Ordnung. Die Ärzte konnten sich nicht darauf einigen, was es war, und ihr nicht helfen; auf jeden Fall wurde es durch die Feuchtigkeit schlimmer. Wenn es regnete, bildete sich in Marys Hörgerät Kondenswasser und unterbrach den Kontakt. Sie begann Gespräche zu scheuen, weil sie nie wußte, wann sie das Steuergerät herausnehmen und gegen ihr Bein klopfen mußte.

Es regnete fast jeden Tag. Wenn es nicht regnete, war es entweder kurz davor, oder es klarte auf. Die Erde glänzte unter dem Gras, und das Licht hatte einen gelben Unterton, der bei Gewittern greller wurde.

In Marys Keller stand das Wasser. Die Wände im Haus schwitzten, und sie hatte entdeckt, daß hinter dem Kühlschrank Pilze wuchsen. Sie fühlte sich, als ob sie verrostete, wie eines der alten Autos, die die Leute vor dem Haus auf Hölzern aufgebockt hatten. Mary wußte, daß jeder Mensch zugrundeging, aber es schien ihr, daß sie schneller zugrundeging als die meisten.

Sie suchte weiter nach einer anderen Stelle, ohne Erfolg. Eines Tages, im Herbst ihres dritten Jahres in Oregon, erhielt sie einen Brief von einer Frau namens Louise, die einmal in Brandon unterrichtet hatte. Louise hatte mit einem Buch über Benedict Arnold einen großen Erfolg gelandet und gehörte nun der Fakultät eines berühmten College im Norden des Bundesstaates New York an. Sie schrieb, daß einer ihrer Kollegen am Jahresende in Pension ginge, und fragte, ob Mary sich für die Stelle interessiere.

Der Brief überraschte Mary. Louise hielt sich für eine große Historikerin und fast alle anderen für unnütz; Mary hatte nicht gewußt, daß sie anders über sie dachte. Außerdem fiel es Louise nicht leicht, sich für die Angelegenheiten anderer Leute zu begeistern, und wenn bekannte Namen fielen, hatte sie eine Art, die Luft einzuziehen, als ob sie Dinge wüßte, die sie aus Freundschaft nicht preisgäbe.

Mary erwartete nichts, schickte aber einen Lebenslauf und je ein Exemplar ihrer beiden Bücher. Bald darauf rief Louise an, um ihr mitzuteilen, daß die Findungskommission, der sie vorstand, beschlossen hatte, Mary Anfang November zu einem Vorstellungsgespräch zu empfangen. »Mach dir aber jetzt keine zu großen Hoffnungen«, sagte Louise.

»Aber nein«, sagte Mary, dachte aber: Warum soll ich mir denn keine Hoffnungen machen? Sie nahmen doch nicht die Mühe und die Kosten einer Einladung auf sich, ohne es ernst zu meinen. Und sie war sicher, daß das Vorstellungsgespräch gut verlaufen würde. Sie würde sie dazu bringen, sie zu mögen, oder ihnen zumindest keinen Grund geben, sie nicht zu mögen.

Als sie sich über die Gegend informierte, empfand sie eine eigenartige Vertrautheit, als ob sie das Land und seine Geschichte schon lange kenne. Und als ihr Flugzeug Portland verließ und nach Osten in die Wolken stieg, fühlte sich Mary, als ob sie nach Hause fuhr. Das Gefühl blieb und wurde stärker, als sie landeten. Sie versuchte es Louise zu beschreiben, als sie in Syracuse den Flughafen verließen und zum College fuhren, das etwa eine Stunde entfernt war. »Es ist wie *déjà vu*«, sagte sie.

»*Déjà vu* ist ein Schwindel«, sagte Louise. »Es ist nur irgendein chemisches Ungleichgewicht.«

»Mag schon sein«, sagte Mary, »aber ich habe trotzdem dieses Gefühl.«

»Spiel mir gegenüber jetzt bitte nicht die Ernste«, sagte Louise. »Das ist nicht deine starke Seite. Sei nur so witzig und lustig, wie du immer warst. Sag mir – ehrlich – wie sehe ich aus?«

Es war Nacht, zu dunkel, um Louises Gesicht gut zu sehen, aber am Flughafen hatte sie hager und blaß und angespannt gewirkt. Sie erinnerte Mary an ein Buch, das sie gelesen hatte, in dem beschrieben wurde, wie Irokesenkrieger durch Fasten Visionen bekamen. Sie hatte diesen Ausdruck im Gesicht. Aber das wollte sie sicher nicht hören. »Du siehst wunderbar aus«, sagte Mary.

»Das hat seinen Grund«, sagte Louise. »Ich habe mir einen Liebhaber zugelegt. Meine Konzentrationsfähigkeit hat sich verbessert, mein Energiespiegel ist gestiegen, und ich habe fünf Kilo abgenommen. Ich bekomme auch etwas Farbe, aber das könnte auch am Wetter liegen. Ich kann diese Erfahrung nur empfehlen. Aber du mißbilligst das wahrscheinlich.«

Mary wußte nicht, was sie antworten sollte. Sie sagte, daß Louise das sicher am besten wüßte, aber es schien nicht zu genügen. »Die Ehe ist eine großartige Einrichtung«, fügte sie hinzu, »aber wer will schon in einer Einrichtung leben?«

Louise stöhnte. »Ich kenne dich«, sagte sie, »und daher weiß ich auch, was du gerade denkst, ›Und was ist mit Ted? Was ist mit den Kindern?‹ Es stimmt, Mary, daß sie sich überhaupt nicht damit abfinden können. Ted nörgelt nur noch herum.« Sie gab Mary ihre Handtasche. »Sei so lieb und zünde mir eine Zigarette an, bitte. Ich weiß, ich hab' dir gesagt, daß ich aufgehört habe, aber diese ganze Geschichte hat mich sehr stark mitgenommen, sehr stark, und ich hab' wieder angefangen, so leid es mir tut.«

Sie fuhren auf einer schmalen Straße durch eine Hügellandschaft Richtung Norden. Große Bäume wölbten sich über ihnen. Als sie nach einer Steigung oben ankamen, sah Mary den Wald ringsherum, tiefschwarz unter dem pflaumenfarbenen Himmel. Ein paar Lichter waren zu sehen, und sie schienen die Dunkelheit noch zu verstärken.

»Ted ist es gelungen, mir die Kinder vollkommen zu entfremden«, sagte Louise. »Man kann mit ihnen nicht mehr vernünftig reden. Überhaupt wollen sie die Angelegenheit nicht einmal besprechen, was eine ziemliche Ironie ist, weil ich im Lauf der Jahre versucht habe, ihnen die Bereitschaft beizubringen, Dinge vom Standpunkt des anderen zu sehen. Wenn sie Jonathan nur *kennenlernen* könnten, weiß ich, daß sie ihre Haltung ändern würden. Aber davon wollen sie nichts wissen. Jonathan«, sagte sie, »ist mein Liebhaber.«

»Verstehe«, sagte Mary und nickte.

In einer Kurve fielen die Scheinwerfer auf zwei Rehe. Ihre Augen leuchteten auf und ihre Hinterteile strafften sich; Mary sah, wie sie zitterten, als das Auto vorbeifuhr. »Rehe«, sagte sie.

»Ich weiß es nicht«, sagte Louise, »ich weiß es einfach nicht. Ich tue mein Bestes, aber das scheint nie zu genügen. Aber jetzt genug von mir – reden wir über dich. Was hältst du von meinem letzten Buch?« Sie kreischte auf und schlug mit den Handflächen gegen das Lenkrad. »Ahh, ich liebe diesen Witz«, sagte sie.

»Aber im Ernst jetzt – was gibt's bei dir Neues? Es muß ja ein richtiger Hammer gewesen sein, als das gute alte Brandon dichtgemacht hat.«

»Es war nicht leicht. Es ist mir nicht gutgegangen, aber es wird mir viel besser gehen, wenn ich diese Stelle bekomme.«

»Zumindest hast du Arbeit«, sagte Louise. »Du solltest die Sache von der guten Seite sehen.«

»Ich versuch's.«

»Du wirkst so düster. Ich hoffe, du machst dir keine Sorgen wegen des Gesprächs oder wegen der Vorlesung. Das bringt überhaupt nichts. Sei einfach glücklich.«

»Vorlesung? Welche Vorlesung?«

»Die Vorlesung, die du morgen halten sollst, nach dem Gespräch. Habe ich dir das nicht gesagt? *Mea culpa,* Kleines, *mea maxima culpa.* Ich war in letzter Zeit so vergeßlich, das ist sonst nicht meine Art.«

»Aber worüber soll ich sprechen?«

»Bleib locker«, sagte Louise. »Du brauchst dir nur ein Thema einfallen lassen und extemporieren.«

»Extemporieren?«

»Na, du weißt schon, einfach den Mund aufmachen und schauen, was herauskommt. Improvisieren.«

»Aber ich bereite mich immer genau vor.«

Louise seufzte. »Na gut. Ich mach' dir einen Vorschlag. Letztes Jahr habe ich einen Artikel über den Marshall-Plan geschrieben, den ich schließlich langweilig fand und nie veröffentlicht habe. Den kannst du vorlesen.«

Nachzuplappern, was Louise geschrieben hatte, kam Mary zuerst nicht richtig vor; dann dachte sie aber, daß sie jahrelang nichts anderes getan hatte und daß nun nicht der richtige Augenblick war, Skrupel zu bekommen. »Danke«, sagte sie, »das ist nett von dir.«

»Da sind wir«, sagte Louise und bog in eine kreisförmige Einfahrt, um die herum mehrere Holzhäuser lagen. In zwei Häusern war Licht an; von den Schornsteinen stieg Rauch auf. »Das ist das Besucherzentrum. Das College liegt noch zwei Meilen weiter.« Louise zeigte die Straße hinunter. »Ich hätte dich eingeladen, in meinem Haus zu wohnen, aber ich schlafe heute Nacht bei Jonathan, und mit Ted zusammen ist es zur Zeit nicht sehr angenehm. Du würdest ihn kaum wiedererkennen.«

Sie nahm Marys Sachen aus dem Kofferraum und trug sie die Treppen zu einem dunklen Haus hinauf. »Kuck«, sagte sie, »sie haben ein Feuer für dich vorbereitet. Du brauchst es nur anzuzünden.« Sie stand mit gekreuzten Armen in der Mitte des Raumes und sah Mary zu, wie sie ein Streichholz unter das Anmachholz hielt. »Na siehst du«, sagte sie. »Gleich hast du's ganz gemütlich. Ich würde noch gerne bleiben und mit dir quatschen, aber ich kann nicht. Du schläfst dich gut aus, und wir sehen uns morgen früh.«

Mary stand in der Tür und winkte, als Louise wegfuhr. Unter den Reifen spritzte der Kies auf. Sie atmete tief ein: die Luft war scharf und klar. Sie konnte die Sternbilder erkennen und die verschwommenen Lichtströme zwischen den einzelnen Sternen sehen.

Sie fühlte sich noch immer nicht wohl bei dem Gedanken, Louises Arbeit als ihre eigene vorzulesen. Es würde ihr erstes wirkliches Plagiat sein. Es würde sie verändern. Es würde sie kleiner machen – wieviel kleiner, wußte sie nicht. Aber was konnte sie sonst tun: »Etwas extemporieren« – das ging sicher nicht gut. Vielleicht ließen sie die Worte im Stich, und was dann? Mary hatte Angst vor dem Schweigen. Wenn sie an Schweigen dachte, dachte sie an Ertrinken, als ob es eine Art Wasser wäre, in dem sie nicht schwimmen konnte.

»Ich möchte diese Stelle«, sagte sie und verkroch sich in ihren Mantel. Er war aus Kaschmir, und Mary hatte ihn seit ihrer Übersiedlung nach Oregon nicht getragen, weil die Leute einen dort für prätentiös hielten, wenn man etwas anderes anhatte als ein kariertes Hemd und, natürlich, Regenzeug. Sie rieb ihre Wange gegen den aufgestellten Kragen und dachte an einen Silbermond, der durch kahle, schwarze Äste scheint, an ein weißes Haus mit grünen Läden, und an rote Blätter, die durch einen klaren, blauen Himmel fallen.

Einige Stunden später weckte sie Louise. Sie saß an ihrem Bett, stieß Mary an der Schulter und schniefte laut. Als Mary sie fragte, was los sei, sagte sie: »Ich möchte, daß du mir etwas sagst. Es ist sehr wichtig. Findest du mich weiblich?«

Mary setzte sich auf. »Louise, muß das jetzt sein?«

»Ja.«

»Weiblich?«

Louise nickte.

»Du bist sehr schön«, sagte Mary, »und du weißt, wie man sich zurechtmacht.«

Louise stand auf und begann hin und her zu gehen. »Dieser Hurensohn«, sagte sie. Sie kam zum Bett zurück und sah auf Mary hinunter. »Nehmen wir einmal an, daß mir jemand gesagt hätte, ich hätte keinen Sinn für Humor. Stimmt das? Was meinst du?«

»Manchmal. Ich meine, ja, du hast Sinn für Humor.«

»Was heißt ›manchmal‹? Wann, manchmal?«

»Na sagen wir, wenn du hörst, daß jemand auf ungewöhnliche Art ums Leben gekommen ist, zum Beispiel durch eine explodierende Zigarre, dann findest du das komisch.«

Louise lachte.

»Das meine ich«, sagte Mary.

Louise lachte und lachte. »Das ist gut«, sagte sie dann. »Jetzt werde ich dir mal etwas über dich sagen.« Sie setzte sich zu Mary aufs Bett.

»Bitte«, sagte Mary.

»Nur eines«, sagte Louise.

Mary wartete.

»Du zitterst ja«, sagte Louise. »Ich wollte gerade sagen – ach, lassen wir das. Hör mal, hast du was dagegen, wenn ich auf der Couch schlafe? Ich bin erledigt.«

»Leg dich hin, sicher.«

»Macht dir das wirklich nichts aus? Du hast morgen einen schweren Tag.« Sie ließ sich auf das Sofa fallen und schleuderte die Schuhe von sich. »Ich wollte dir nur sagen, daß du deine Augenbrauen nachziehen solltest. Man sieht deine Brauen kaum, und das irritiert einen.«

Sie konnten beide nicht schlafen. Louise rauchte eine Zigarette nach der anderen, und Mary beobachtete, wie die Kohlen niederbrannten. Als es hell genug war, daß sie einander sehen konnten, stand Louise auf. »Ich werde einen Studenten schicken, der dich abholt«, sagte sie. »Viel Glück.«

Das College sah aus, wie ein College aussehen sollte. Roger, der Student, der die Aufgabe hatte, Mary herumzuführen, erklärte ihr, daß es die genaue Kopie eines College in England war, bis zu den Wasserspeiern und den bunten Glasfenstern. Es entsprach so sehr der Vorstellung von einem College, daß es Filmleute manchmal als Drehort benutzten. *Andy Hardy Goes to College* war hier gedreht worden, und alle Jahre im Herbst gab es einen *Andy Hardy Goes to College*-Tag, mit Waschbärmänteln und Wettbewerben im Goldfischschlucken.

Über dem Eingang ins Haus des Gründers stand ein lateinisches Motto, das, grob übersetzt, etwa »Hilf dir selbst, so hilft dir Gott« bedeutete. Als Roger die Namen berühmter Absolventen aufzählte, war Mary verblüfft, wie sehr sie sich dieses Prinzip zu Herzen genommen hatten. Sie hatten sich selbst zu etwas verholfen, zu Eisenbahnen, Bergwerken, Armeen, Staaten, zu Finanzimperien mit Niederlassungen auf der ganzen Welt.

Roger führte Mary zur Kapelle und zeigte ihr eine Tafel mit den Namen ehemaliger Schüler, die in verschiedenen Kriegen gefallen waren, bis zurück zum Amerikanischen Bürgerkrieg. Es waren nicht viele Namen. Auch hier hatten sich die Absolventen des College allem Anschein nach selbst geholfen. »Ach ja«, sagte Roger beim Hinausgehen, »das habe ich Ihnen zu sagen vergessen. Die Chorschranken stammen aus einer Kirche in Europa, die Karl der Große immer besucht hat.«

Sie sahen sich die Turnhalle an und die drei Eishockeyfelder und die Bibliothek, wo Mary den Katalog inspizierte, als ob sie den Posten ablehnen würde, wenn sie nicht die richtigen Bücher auf den Karten fand. »Wir haben noch ein wenig Zeit«, sagte Roger, als sie die Bibliothek verließen. »Möchten Sie das Kraftwerk sehen?«

Mary wollte bis zum letzten Augenblick etwas zu tun haben und sagte daher ja.

Roger führte sie in die Tiefen des Betriebsgebäudes und erzählte ihr von der Maschine, die die modernste im Land war. »Die Leute glauben, daß das College ganz altmodisch ist«, sagte er, »aber das stimmt nicht. Sie lassen jetzt auch Mädchen zu, und es gibt einige Frauen im Lehrkörper. Es ist sogar durch ein Statut festgelegt, daß sie mindestens eine Frau zu einem Vorstellungsgespräch laden müssen, wenn eine Stelle frei wird. Da ist sie.«

Sie standen auf einem eisernen Laufsteg über der größten Maschine, die Mary je gesehen hatte. Roger, der im Hauptfach Geowissenschaften studierte, sagte, daß sie nach einem Entwurf gebaut worden war, für den ein Professor seines Instituts Pionierarbeit geleistet hatte. Während Roger vorher geschwätzig gewesen war, wurde er nun ehrfürchtig. Es war klar, daß für ihn diese Maschine die Seele des College war und der Zweck des College darin lag, der Maschine Ventile zu verschaffen. Sie lehnten sich beide gegen das Geländer und lauschten ihrem Brummen.

Mary kam pünktlich auf die Minute zu ihrem Gespräch ins Ausschußzimmer, aber der Raum war leer. Ihre beiden Bücher lagen neben einem Krug mit Wasser und einigen Gläsern auf dem Tisch. Sie setzte sich und nahm eines der Bücher zur Hand. Die Bindung krachte, als sie es aufschlug. Die Seiten waren glatt, sauber, ungelesen. Mary blätterte zum ersten Kapitel, das mit den Worten »Man ist im allgemeinen der Auffassung, daß...« begann. Wie dumm, dachte sie.

Fast zwanzig Minuten später trat Louise mit mehreren Männern ein. »Tut mir leid, daß wir zu spät kommen«, sagte sie. »Wir haben nicht viel Zeit, fangen wir also am besten gleich an.« Sie stellte Mary die Männer vor, aber mit einer Ausnahme blieben die Namen und die Gesichter nicht verbunden. Die Ausnahme war Dr. Howells, der Leiter des Instituts, der eine großporige blaue Nase und schreckliche Zähne hatte.

Ein Mann mit einem glänzenden Gesicht rechts von Dr. Howells fing an. »Wie ich sehe«, sagte er, »haben Sie also früher am Brandon College unterrichtet.«

»Eine Schande, daß Brandon zumachen mußte«, sagte ein junger Mann mit einer Pfeife im Mund. »Man braucht Schulen wie Brandon.« Die Pfeife wippte beim Sprechen auf und ab.

»Sie sind jetzt in Oregon«, sagte Dr. Howells. »Ich war nie in Oregon. Wie gefällt es Ihnen?«

»Nicht besonders«, sagte Mary.

»Wirklich?« Dr. Howells beugte sich zu ihr hin. »Und ich dachte, daß Oregon jedem gefällt. Es soll sehr grün sein.«

»Das stimmt«, sagte Mary.

»Ich glaube, es regnet viel«, sagte er.

»Fast jeden Tag.«

»Das würde ich nicht mögen«, sagte er und schüttelte den Kopf. »Ich habe es gern trocken. Hier schneit es natürlich, und hin und wieder gibt es auch Regen, aber es ist ein *trockener* Regen. Waren Sie einmal in Utah? Das wäre was für Sie. Bryce Canyon. Der Mormon Tabernacle Choir.«

»Dr. Howells ist in Utah aufgewachsen«, sagte der junge Mann mit der Pfeife.

»Früher einmal war das ganz anders dort«, sagte Dr. Howells. »Mrs. Howells und ich haben immer darüber gesprochen, daß wir zurückgehen, wenn ich in Pension bin, aber jetzt bin ich mir nicht mehr so sicher.«

»Wir sind ein bißchen knapp mit der Zeit«, sagte Louise.

»Und ich rede und rede«, sagte Dr. Howells. »Bevor wir zu einem Ende kommen, gibt es irgend etwas, das Sie uns sagen wollen?«

»Ja. Ich meine, daß Sie mir die Stelle geben sollten.« Mary lachte, als sie das sagte, aber von den anderen lachte niemand oder sah sie auch nur an. Sie sahen alle weg. Mary begriff, daß man sie nicht wirklich für den Posten in Betracht zog. Sie war hierhergebracht worden, um einer Vorschrift zu genügen. Sie hatte keine Hoffnung.

Die Männer nahmen ihre Papiere und schüttelten Mary die Hand und sagten ihr, wie sehr sie sich auf ihre Vorlesung freuten. »Vom Marshall-Plan kann ich nicht genug bekommen«, sagte Dr. Howells.

»Das tut mir leid«, sagte Louise, als sie allein waren. »Ich hab' nicht gedacht, daß es so schlimm werden wird. Aber das war ja wirklich höchst unangenehm.«

»Ich möchte dich etwas fragen«, sagte Mary. »Ihr wißt schon, wer den Posten bekommt, oder?«

Louise nickte.

»Warum habt ihr mich dann herkommen lassen?«

Louise begann die Geschichte mit dem Statut zu erklären, und Mary unterbrach sie. »Das weiß ich alles. Aber warum mich? Warum habt ihr *mich* ausgesucht?«

Louise ging zum Fenster. Sie sprach mit dem Rücken zu Mary. »Der alten Louise ist es in letzter Zeit nicht besonders gutgegangen«, sagte sie. »Ich war unglücklich und dachte, daß du mich aufheitern könntest. Du warst immer so lustig, und ich war überzeugt, daß dir die Reise gefallen würde – sie kostet dich nichts, und es ist schön um diese Jahreszeit, mit den Blättern und allem. Mary, du kannst dir nicht vorstellen, was mir meine Eltern angetan haben. Und mit Ted ist es auch nicht gerade lustig. Oder mit Jonathan, diesem Hurensohn. Ich habe etwas Liebe und Freundschaft verdient und bekomme weder das eine noch das andere.« Sie drehte sich um und sah auf die Uhr. »Du bist gleich mit deiner Vorlesung dran. Wir sollten besser gehen.«

»Ich möchte sie lieber nicht halten. Schließlich hat das ja nicht viel Sinn, oder?«

»Aber du *mußt* sie halten. Das gehört dazu.« Louise gab Mary eine Mappe. »Du brauchst das nur vorzulesen. Das ist doch nicht zuviel verlangt, wenn man an das ganze Geld denkt, das wir ausgelegt haben, um dich herzubekommen.«

Mary folgte Louise durch den Flur zum Vorlesungssaal. Die Professoren saßen mit übergeschlagenen Beinen in der ersten Reihe. Sie lächelten und nickten Mary zu. Hinter ihnen war der Saal mit Studenten gefüllt, von denen manche nur noch auf den Gängen Platz gefunden hatten. Einer der Professoren stellte das Mikrophon auf Marys Größe ein und bückte sich auf dem Weg zum Podium und zurück, als ob er lieber nicht gesehen werden wollte.

Louise bat um Ruhe im Saal. Sie stellte Mary vor und gab das Thema der Vorlesung bekannt. Aber Mary hatte sich entschlossen, doch etwas extemporieren. Als sie ans Podium trat, wußte sie nicht, was sie sagen würde; sie wußte nur, daß sie eher sterben würde, als Louises Artikel vorzulesen. Die Sonne strömte durch das bunte Glas auf die Leute um sie und färbte ihre Gesichter. Dicke Rauchschwaden von der Pfeife des jungen Professors zogen durch einen Kreis roten Lichts zu Marys Füßen, wurden purpurn und zuckten wie Flammen.

»Ich weiß nicht, wie vielen von Ihnen bekannt ist«, begann sie, »daß wir uns hier in dem Langhaus befinden, wo einst die fünf Nationen der Irokesen ihre Ratsversammlungen abhielten.«

Zwei der Professoren sahen einander an.

»Die Irokesen kannten kein Mitleid«, sagte Mary. »Sie brachten Menschen mit Keulen und Pfeilen und Speeren und Netzen zur Strecke, und mit Blasrohren aus Holunderstielen. Sie quälten ihre Gefangenen, verschonten niemanden, nicht einmal die kleinen Kinder. Sie zogen ihren Gegnern die Kopfhaut ab und betrieben Kannibalismus und Sklaverei. Weil sie kein Mitleid kannten, wurden sie mächtig, so mächtig, daß kein anderer Stamm sich ihnen zu widersetzen wagte. Sie zwangen die anderen Stämme zu Tributzahlungen, und wenn diese nicht mehr zahlen konnten, überfielen sie die Irokesen.«

Mehrere Professoren begannen miteinander zu flüstern. Dr. Howells sagte etwas zu Louise, und Louise schüttelte den Kopf.

»Bei einem ihrer Überfälle«, sagte Mary, »nahmen sie zwei Jesuitenpriester gefangen. Jean de Brébeuf und Gabriel Lalement. Sie übergossen Lalement mit Pech und zündeten ihn vor Brébeuf an. Als Brébeuf ihnen ins Gewissen redete, schnitten sie ihm die Lippen ab und steckten ihm ein heißes Eisen in die Kehle. Sie hängten ihm einen Kragen von rotglühenden Tomahawks um den Hals und schütteten ihm kochendes Wasser über den Kopf. Als er mit seiner Predigt fortfuhr, schnitten sie ihm das Fleisch in Streifen vom Leib und aßen es vor seinen Augen. Er lebte noch, als sie ihn skalpierten und seinen Brustkorb aufschnitten und sein Blut tranken. Später riß ihr Häuptling Brébeufs Herz heraus und aß es, aber bevor er das tat, sprach Brébeuf noch ein letztes Mal zu ihnen. Er sagte –«

»Das ist genug!« schrie Dr. Howells und sprang auf.

Louise hörte auf, den Kopf zu schütteln. Ihre Augen waren ganz rund.

Mary hatte alles erzählt, was sie wußte. Sie hatte keine Ahnung, was Brébeuf gesagt hatte. Schweigen erhob sich um sie herum; gerade als sie darin unterzugehen und sich zu verlieren meinte, hörte sie draußen auf dem Flur jemanden pfeifen, die Noten trillern wie ein Vogel, wie viele Vögel.

»Ändert euer Leben«, sagte sie. »Der Stolz in euren Herzen und die Kraft in euren Armen hat euch getäuscht. Auch wenn ihr dem Adler gleich in den Lüften schwebt, auch wenn ihr zwischen den Sternen euer Nest baut, von dannen werde ich euch herunterholen, so spricht der Herr. Kehrt euch ab von der Macht und wendet euch der Liebe zu. Seid gut. Übt Gerechtigkeit. Geht in Bescheidenheit eures Wegs.«

Louise winkte mit den Armen. »Mary!« schrie sie.

Aber Mary hatte mehr zu sagen, viel mehr; sie winkte Louise zu und drehte dann ihr Hörgerät ab, um nicht wieder abgelenkt zu werden.

Wharton war ein Cartoonist, und er war nervös – »überempfindlich«, hätte er gesagt. Seiner Beschäftigung und seiner Nerven wegen brauchte er Ruhe, hatte aber in Vancouver nicht allzuviel davon. Seine Frau, Ellen, ließ in vieler Hinsicht zu wünschen übrig und ärgerte sich über seine konstruktive Kritik. Sie nahm sie persönlich. Sie stritten, und sie drohte, ihn zu verlassen. Wharton glaubte, daß sie ein Verhältnis hatte. George, ihr Sohn, schlich den ganzen Tag durchs Haus und hörte nicht zu, wenn Wharton ihm alle Sportarten und Hobbies beschrieb, für die sich ein elfjähriger Junge interessieren sollte.

Wharton träumte von einem Haus auf dem Land, wo George den ganzen Tag draußen sein konnte, Freunde hatte und wandern ging und es einen Garten für Ellen gab. In diesem Traum schaute sie zu ihm auf und lächelte, wenn er auf sie zuging.

Manchmal zog er ein paar Tage mit dem Zelt los, wenn es zu Hause schlimm wurde. Auf einem dieser Ausflüge sah er ein großes Stück Land, das von der Regierung zum Kauf angeboten wurde, und entschloß sich, es zu kaufen. Das Grundstück war dicht bewaldet, und es gab einen kleinen Teich, der von Birken umgeben war, und ein gutes, stabiles Haus. Man mußte etwas Arbeit in das Haus stecken, doch Wharton dachte, daß so ein Unternehmen sie alle einander näherbringen würde.

Als er Ellen davon erzählte, sagte sie: »Soll das ein Witz sein?«

»Ich hab' noch nie was so ernst gemeint«, sagte Wharton. »Und es würde dir nicht schaden, ein wenig Begeisterung zu zeigen.«

»Nichts zu machen«, sagte Ellen. »Rechne nicht mit mir.«

Wharton ließ sich nicht beirren und bereitete den Umzug vor. Er war überzeugt, daß Ellen mit ihnen gehen würde, wenn der Augenblick gekommen war. Er war sogar noch überzeugt, als Ellen sich Arbeit suchte und einen Rechtsanwalt beauftragte, die Scheidung einzureichen. Aber der Augenblick kam und ging vorüber, und schließlich zogen Wharton und George ohne sie um.

Sie hatten fast ein Jahr lang dort gelebt, als Wharton von jenseits der Wiese Schüsse zu hören begann. Die Schüsse weckten ihn im Morgengrauen und störten ihn bei seiner Arbeit, und er konnte sich nicht entscheiden, was er tun sollte. Er hoffte, daß es einfach wieder aufhören würde. Der Lärm weckte nun auch George, und in seiner hartnäckigen Art hörte er nicht auf, deshalb Fragen zu stellen. Und, obwohl er selten dort spielte, hatte George das Gefühl, daß ihm Unrecht geschah, weil er nicht in den Wald durfte. Ellen wollte – zum erstenmal – zu Besuch kommen und würde sicher einen Wirbel machen.

Die Schüsse hörten nicht auf. Nicht nach zwei Wochen, nicht nach drei Wochen, nicht, als Ostern schon lange vorbei war. Am Morgen des Tages, an dem Ellen ankommen sollte, hörte Wharton wieder zwei Schüsse, und da wußte er, daß er etwas unternehmen mußte. Er entschloß sich, seinen Nachbarn Vernon aufzusuchen und mit ihm zu sprechen. Vernon wußte in diesen Dingen Bescheid.

George fing Wharton ab, als er das Haus verließ, und fragte ihn, ob er zu seinem Freund Rory spielen gehen könnte.

»Kommt überhaupt nicht in Frage«, sagte Wharton, und ging den Weg zur Straße hinauf. Der Boden war vom Regen aufgequollen und schlammig. Die Zaunpfähle sahen schwarz und aufgeweicht aus, und das Wasser in den Gräben zu beiden Seiten der Straße schoß laut dahin. Mit einem leichten Schnauben wich Wharton den Schlammlöchern aus und dachte über Rory nach.

Wharton hatte George im vergangenen Sommer helfen wollen, Freunde zu finden, und war mit ihm zu einem Steinbruch gefahren, wo die Kinder aus der Umgebung baden gingen. George planschte allein in einer Ecke herum und gab vor, sich königlich zu amüsieren, während seine Augen jeder Bewegung der anderen Kinder folgten, die auf einer Schaukel von Ufer zu Ufer flogen und immer »Banzai!« schrien, wenn sie losließen und nach dem Wasser griffen.

Eines Nachmittags machte Wharton ein Feuer und holte Hot Dogs heraus, die er für die Kinder zum Braten mitgebracht hatte. Er fragte sie nach ihren Namen und stellte ihnen George vor. Er sagte ihnen, daß sie kommen und George besuchen könnten, wann sie wollten. Sie könnten im Teich schwimmen oder im Wald Verstecken spielen. Als sie gegessen hatten, bedankten sie sich und gingen in ihre Ecke des Steinbruchs zurück und George in seine. Wharton nahm sich vor, sie einmal zu einer Lehrwanderung zusammenzutrommeln, raffte sich aber dann nie dazu auf. Ein paar Tage, bevor es zum Schwimmen zu kalt wurde, fing George im Schilf am Ufer eine Ringelnatter, und einer von den anderen Jungen kam vorbei, um sich die Schlange anzusehen. An diesem Abend fragte George, ob er bei Rory schlafen könnte.

»Wer ist Rory?«

»Na, ein Typ eben.«

Schließlich kam Rory zu einem Gegenbesuch in ihr Haus. Für Wharton war Rory kein passender Freund für George. Er konnte Wharton nicht in die Augen schauen und grinste immer irgendwie in sich hinein. Rory und George flüsterten und kicherten die ganze Nacht, und einige Tage später fand Wharton im Zimmer von George ein paar abgebrannte Streichhölzer, von denen George nichts wissen wollte. Er hoffte, daß der Junge mit Schulbeginn seinen Freundeskreis vergrößern würde, aber dazu kam es nie. Wharton machte sich wegen Georges Schüchternheit Sorgen. Freunde waren ein Segen, und er wollte, daß George viele Freunde hatte. Whartons Meinung nach lag die Ursache für Georges Ängstlichkeit darin, daß er körperlich nicht entsprechend entwickelt war. Wharton riet ihm, mit Gewichtheben anzufangen.

Über den Bergen im Osten stand eine dünne Wolkenkette, die immer dichter wurde. Als Wharton das Grundstück seines Nachbarn betrat, spürte er eine zunehmende Feuchtigkeit in der Luft.

Es war ihm unangenehm, Vernon um einen Gefallen bitten oder um Rat fragen zu müssen, aber manchmal blieb ihm nichts anderes übrig. Im Winter war er zweimal mit dem Auto von der vereisten, unbefestigten Straße gerutscht, und Vernon hatte ihn beide Male herausgezogen. Er hatte Wharton gezeigt, wie er die Waschbären vom Abfall fernhalten konnte und wie man mit einer Motorsäge umging. Wharton war ihm dankbar, hatte aber das Gefühl, daß Vernon sich ihm überlegen zu fühlen begann.

Vernon war gerade im Hof und belud seinen Lastwagen mit 20-

Liter-Kanistern. Das war Wharton recht. So brauchte er das schmutzige, übelriechende Haus nicht zu betreten. Vernon hatte den größten Teil des Anwesens an eine Kommune aus Seattle vermietet, und Wharton war über die Faulheit und entschieden gute Laune dieser Leute entrüstet. Er war auch erleichtert, nicht ins Haus gehen zu müssen, weil er einer der Frauen nicht begegnen wollte. Sie waren im Winter eine kurze, unglückliche Zeit lang zusammengewesen; die Situation war kompliziert, und Wharton hatte auch so schon genug zu tun.

»Ah, hallo Nachbar«, sagte Vernon. »Wie läuft alles so bei euch auf Nummer 40 unten?«

Wharton fiel auf, daß Vernon immer einen ländlichen Ton anschlug, wenn er in der Nähe war. Er nahm an, Vernon wollte, daß er sich wie ein feiner Pinkel aus der Stadt vorkam. Wharton hatte ihn mit anderen Leuten reden gehört, und da klang er ganz normal.

»Nicht so gut«, sagte er und hob einen der Kanister auf.

Vernon nahm ihn ihm grob aus der Hand und schob ihn weit auf die Ladefläche. »So was muß man mit dem Rücken anheben«, sagte er. Er schlug die hintere Bordwand zu und riß die Kette durch die Halterungen. Die Glieder rasselten wie Bolzen in einer Dose. Dann zog er einen Fetzen aus seiner hinteren Hosentasche und putzte sich die Nase. »Was stimmt denn nicht?«

»Auf meinem Grundstück schießt jemand.«

»Was heißt ›schießt jemand‹? Auf was schießt er denn?«

»Ich weiß nicht. Auf Rotwild, nehm' ich an.«

Vernon schüttelte den Kopf. »Rotwild hat sich um diese Zeit längst ins Hochland zurückgezogen.«

»Na gut, dann was anderes. Eichhörnchen. Kaninchen. Auf jeden Fall jagt jemand ohne meine Erlaubnis im Wald.«

»Es ist niemand von uns«, sagte Vernon. »Das kann ich Ihnen sagen. Es gibt überhaupt nur ein Gewehr in diesem Haus, und außer mir kommt da niemand ran. Diesen Spinnern würde ich nicht mal eine leere Wasserpistole in die Hand geben.«

»Ich hab' nicht Sie gemeint. Ich dachte nur, daß Sie vielleicht eine Ahnung haben, wer es sein könnte. Sie kennen die Leute hier.«

Vernon zog die Stirn in Falten und kniff die Augen zusammen. Wharton nahm an, daß er damit zeigen wollte, daß er nachdachte. »Es gibt da jemand«, sagte er schließlich. »Kennen Sie Jeff Gill oben an der Straße?«

Wharton schüttelte den Kopf.

»Kann ich mir auch denken, daß Sie dem noch nicht begegnet sind. Ein Einzelgänger. Ziemlich verrückt, dieser Jeff Gill. Sie kennen das Lied ›Ich bin mein eigner Opa‹? Na, Jeff Gill ist sein eigner Onkel. Die Gills«, sagte er, »das ist eine Familie, die *wirklich* zusammenhält. Soll ich einmal unten anrufen und hören, was los ist?«

»Dafür wäre ich Ihnen sehr dankbar.«

Wharton wartete draußen, an einen leeren Wassertrog gelehnt. Das Wasser in den Pfützen kräuselte sich im Wind, Papierfetzen trieben über den Hof. Irgendwo schlug eine Tür auf und zu. Er versuchte, die Geweihe an der Vorderseite der Scheune zu zählen, gab es aber auf. Es waren über hundert, von der Sonne gebleicht und silbrig. Es war ein Wunder, daß es in dieser Gegend überhaupt noch Wild gab. Auch über der Vordertür hingen Geweihe, und auf der Veranda standen eine Garnitur Koffer und eine große Seemannskiste. Anscheinend verließ gerade jemand die Kommune. Es wäre nicht das erste Mal, daß jemand abtrünnig wurde.

Vernons Mieter hatten einen ziemlich schlimmen Winter hinter sich. Es war in Fragen der Kindererziehung und Disziplin zu Unstimmigkeiten gekommen, und sie hatten über die Verteilung der Betten, das Kochen, das Schneeschaufeln und den sorglosen Umgang mit den Deutsche-Grammophon-Platten von jemandem gestritten. Whartons Freundin zufolge hatte ihnen Vernon viel Ärger gemacht. Er zog über die Politik, Landwirtschaft, Religion und Ernährung betreffenden Ideale der Kommune her und ließ die Finger nicht von den Frauen. Es kam soweit, daß sie sich nicht allein zum Holzschuppen hinauswagten. Außerdem nannte er sie hartnäckig Hare Krishnas, obwohl sie keine waren.

Whartons Freundin wollte wissen, warum ihnen Vernon überhaupt das Haus vermietet hatte, wenn er nicht wirklich hinter der Kommune stehen konnte? Und wenn er sie so sehr haßte, warum blieb er dann weiter im großen Schlafzimmer?

Wharton kannte die Antwort auf die erste Frage und erriet die Antwort auf die zweite. Vernons Vater hatte ein wildes Leben geführt und seinem Sohn zwölf Jahre Steuerschulden hinterlassen. Vernon brauchte Geld. Wharton vermutete, daß er weiter im Haus blieb, weil er hier aufgewachsen war und sich nicht vorstellen konnte, sonst irgendwo zu leben.

Vernon kam mit einem Jagdgewehr in der Hand in den Hof zurück. Wharton konnte das Öl meterweit riechen. »Ich hab' niemanden erreicht bei den Gills unten«, sagte Vernon. »Das Telephon ist abgestellt. Ich hab' aber mit einem Bekannten gesprochen, der mit Jeff arbeitet, und der sagt, daß Jeff seit mehr als einem Monat nicht mehr in der Fabrik war. Er glaubt, daß er weggezogen ist.« Vernon hielt ihm das Gewehr hin. »Sie wissen, wie man damit umgeht?«

»Ja«, sagte Wharton.

»Nehmen Sie's und behalten Sie's für eine Zeit. Bis der Fall erledigt ist.«

Wharton wollte das Gewehr nicht. Er hielt Schußwaffen für ein Zeichen der Schwäche. Das hatte er auch George gesagt, als er ein Luftgewehr haben wollte. Er griff nach dem Ding und nahm es, aber nur, weil er Vernon nicht beleidigen wollte.

»O Mann«, sagte George, als er das Gewehr sah. »Wirst du jetzt den Wildjäger umlegen?«

»Ich werde niemanden umlegen«, sagte Wharton. »Und ich habe dir schon gesagt, daß es Wilderer heißt und nicht Wildjäger.«

»Ach ja, Wilderer. Wo hast du denn die Flinte her?«

Wharton schaute auf seinen Sohn hinunter. Der Junge hatte ein paar Hölzer zersägt und zusammengenagelt. Er schwitzte, und seine Haut war gerötet. Wie dünn er war! Man könnte glauben, daß er dem Jungen nie etwas zu essen gab, und dabei gab er sich besondere Mühe, ihm gesunde Mahlzeiten zuzubereiten. Wharton konnte sich nicht vorstellen, wohin das Essen verschwand, wenn George – und diesen Verdacht hatte er – nicht

Rory sein Mittagessen gab. Wharton begann George den Unterschied zwischen einem Gewehr und einer Flinte zu erklären, aber das interessierte George nicht. Ihm schien sein jetziger Wortschatz auch für die nächsten achtzig Jahre vollauf zu genügen.

»In deinem Alter«, sagte Wharton, »hat es mir großen Spaß gemacht, mir neue Wörter anzueignen und sie richtig verwenden zu lernen.«

»Ich weiß, ich weiß«, sagte George und murmelte etwas in sich hinein.

»Was war das jetzt?«

»Nichts.«

»Du hast etwas gesagt, und ich möchte jetzt wissen, was.«

George seufzte. »Jesus.«

Wharton war drauf und dran, George darauf hinzuweisen, daß er, wenn er fluchen wollte, das offen und wie ein Mann tun sollte, aber dann bremste er sich. George war kein Mann, er war ein Junge, und Jungs sollte man nicht dauernd in die Enge treiben. Man sollte sie ermutigen. Wharton betrachtete die wirr verschränkten Hölzer, nickte, und lobte George, daß er sich sowohl körperlich als auch kreativ betätigte. »Was ist das?« fragte er.

»Ein Bau«, sagte George. »Für einen Wolf.«

»Ich verstehe«, sagte Wharton. »Das ist eine gute Idee.« Er nickte wieder und ging ins Haus. Während er das Jagdgewehr wegschloß – er wußte eigentlich nicht, wie man damit umging –, dachte Wharton, daß er sich George öfter von seiner heiteren Seite zeigen sollte. Er war zu besseren Gesprächen fähig, nicht nur zu Hinweisen darauf, daß »okay« kein Wort war, daß es unklug war, sein ganzes Taschengeld am selben Tag auszugeben, und daß Sessel zum Sitzen da waren und der Fußboden zum Gehen. Erst vor ein paar Tagen war der Installateur gekommen, um die Verstopfung in der Küchenspüle zu beseitigen, und hatte über verschiedene Dinge gelacht, die Wharton gesagt hatte.

Den Rest des Vormittags entwarf Wharton Fortsetzungen für seine alte Comic-Serie, mit der er sich sein Brot verdiente. Es ging dabei um einen Trapper namens Pierre, der im Laufe seiner Abenteuer seine hausbackene Philosophie und praktische Lehren über das Leben in der Wildnis zum besten gab – wie man zum Beispiel Frostbeulen und Hühneraugen behandelt und wie man sich orientiert, um nicht immer im Kreis zu gehen. Seine Philosophie war antimaterialistisch, freigeistiges Zeug, das der Philosophie von Whartons Vater sehr ähnlich war und ihn in letzter Zeit immer mehr anwiderte. Er hatte den Trapper und seine ganze Trickkiste, seine Selbstgefälligkeit und seine Predigten und sein ewiges »Mon Dieu!« und »Sacrebleu!« und sein »Die Eiss, sie brieschť!« mehr als über. Wharton interessierte sich mehr für seine neue Serie, *Odysseus*, in der ein Hund der Held war, der in den Goldfeldern des Yukon seinen Herrn suchte. Pierre zahlte jedoch noch immer die Rechnungen, und Wharton konnte es sich nicht leisten, ihm den Garaus zu machen.

Es fielen keine Schüsse im Wald, und Wharton vertiefte sich in seine Arbeit. Er vergaß die Welt um sich herum, und als er auf die Uhr sah, stellte er fest, daß er seine Frau eigentlich schon vor zehn Minuten hätte abholen sollen. Zur Busstation brauchte man eine Stunde.

Ellen redete mit ihrer gleichförmigen, rauchigen Stimme den ganzen Weg nach Hause auf Wharton ein. Es waren alte Vorwürfe, die sie aufzählte, aber ohne Zorn, fast gelangweilt: sein Nörgeln, seine Schlampigkeit, seine Art, sie zu vernachlässigen. Sicher machte es ihr nichts aus, ab und zu eine Stunde lang an einer Bushaltestelle zu warten. Aber er ließ sie *immer* warten. Warum? Wollte er sie demütigen? War das der Grund?

»Nein«, sagte Wharton. »Ich habe nur nicht mehr gewußt, wie spät es ist.« Die anderen Vorwürfe trafen zu, und er wehrte sich nicht dagegen.

»Wenn ich etwas nicht aushalten kann«, sagte Ellen, »dann ist es dieses stille Leiden, dieses beschissene Haltung-Bewahren.«

»Tut mir leid«, sagte Wharton.

»Ich weiß, daß es dir leid tut. Das ändert nichts. Oh, sieh dir die kleinen Fohlen an!«

Wharton warf einen schnellen Blick aus dem Fenster. »Eigentlich«, sagte er, »sind das Ponys. Shetlandponys.«

Sie gab ihm keine Antwort.

Es regnete stark, wurde aber dann, kurz bevor das Haus auftauchte, heller. Ellen stieg aus und schaute sich skeptisch um. In der Ferne waren die Berge mit dichten Wolken verhangen, und in der Nähe, auf den Hügeln davor, lag der Nebel zwischen den Baumwipfeln. An den Stämmen floß Wasser zu Boden und blieb überall stehen. Wharton nahm Ellens Gepäck und ging, die wild entlang des Wegs wachsenden Blumen bezeichnend, auf das Haus zu.

»Ich weiß nicht, was du damit beweisen willst«, sagte Ellen, »daß du mitten in dieser gottverdammten Wildnis hier lebst.« Da sah sie George und schrie und winkte. Er ließ das Brett fallen, an dem er gerade herumhämmerte, und rannte ihr entgegen. Sie kniete sich ins nasse Gras und umarmte ihn und drückte ihm dabei die Arme an den Körper. Er versuchte ihre Umarmung zu erwidern, gab es jedoch schließlich auf und wartete, während er über Ellens Schulter Wharton ansah. Wharton nahm das Gepäck wieder auf. »Ich bin im Haus«, sagte er und ging den Weg hinauf, wobei seine Stiefel schmatzende Geräusche in dem Schlamm machten.

»Haus?« sagte Ellen, als sie eingetreten war. »Das soll ein Haus sein? Das ist ein Schuppen oder was weiß ich.«

»Eigentlich«, sagte Wharton, »ist es ein Stall, den man umgebaut hat. Früher waren hier Maultiere der Regierung untergebracht.«

»Ich bin auch für ein einfaches Leben, aber Allmächtiger –«

»So schlimm ist es nicht. Wir kommen ganz gut zurecht, oder nicht, George?«

»Ich glaub' schon.«

»Zeig doch deiner Mutter dein Zimmer.«

»Okay.« George ging zu seinem Zimmer hinüber. Er wartete auf dem Gang draußen und hielt wie ein Portier für Ellen die Tür auf. Sie schaute hinein und nickte. »Oh, du hast mir einen Platz zum Schlafen hergerichtet. Danke, George.«

»Das war Dad. Ich werde da schlafen, und du kannst mein Bett haben, wenn du willst.«

Wharton zeigte ihr den Rest des Hauses. Sie haßte es. »Nicht einmal Bilder hast du aufgehängt!« sagte sie. Er gab zu, daß dem Haus noch eine gewisse Wärme fehlte. Im Sommer wollte er die

Wände streichen, vielleicht ein paar Vorhänge kaufen. Als sie vom Dachboden, wo Wharton arbeitete, herunterkamen, nahm Ellen ein Paket aus ihrem Koffer und gab es George.

»Na, George, wie sagt man?« sagte Wharton.

»Danke«, sagte George, nicht zu Ellen, sondern zu Wharton.

»Los, mach es auf«, sagte Wharton.

»Du lieber Himmel!« sagte Ellen.

Es war ein Buch, *Die Welt der Wölfe*. »Jesus«, sagte George. Er setzte sich auf den Fußboden und begann die Bilder anzuschauen.

Wie konnte Ellen nur erraten haben, daß sich George für Wölfe interessierte? Sie hatte einen Sinn für Geschenke, wie andere Menschen einen Sinn für die richtigen Worte hatten. Für sie war die Welt der Dinge nicht fremd und widerwärtig wie für Wharton. Er verabscheute seine Sachen demonstrativ; wer ihm etwas schenkte, hatte nachher das Gefühl, Wharton zum Komplizen eines Verbrechens gemacht zu haben. Er wußte, daß er Ellen im Lauf der Jahre dazu gebracht hatte, vor ihrer eigenen Großzügigkeit zurückzuschrecken.

»Warum gehst du zum Lesen nicht in dein Zimmer, George? Das Licht hier ist katastrophal.«

»Er kann da bleiben«, sagte Ellen.

»Okay«, sagte George, und ging auf sein Zimmer, ohne die Augen von dem Buch zu heben.

»Es war nicht so teuer, wie es aussieht«, sagte Ellen.

»Es ist ein sehr schönes Geschenk«, sagte Wharton. »George ist im Moment ganz verrückt auf Wölfe.«

»Ich hab's praktisch geschenkt bekommen«, sagte Ellen. Sie steckte sich eine Zigarette in den Mund und begann in ihrer Handtasche zu kramen. Schließlich drehte sie sie um und leerte alles auf den Fußboden. Sie durchwühlte ihre Sachen, dann sah sie auf. »Hast du Streichhölzer?«

»Nein. Du mußt sie dir am Ofen anzünden.«

»Ich nehme an, du hast aufgehört.« Sie ließ es wie einen Vorwurf klingen.

»Ab und zu rauche ich noch ganz gern eine«, sagte Wharton.

»Hast du gelesen, was der Arzt gesagt hat, der bei Howard Hughes die Obduktion gemacht hat?« fragte Ellen, als sie aus der Küche zurückkam. »Er hat gesagt: ›Howard Hughes hatte eine Lunge wie ein Baby.‹ Ich habe fast geweint, wie ich das gelesen habe, ich habe plötzlich so eine Sehnsucht nach meiner Jugend bekommen. Ich möchte gar nicht daran denken, wie meine Lunge aussieht, von meiner Leber und was weiß ich noch ganz zu schweigen.« Sie atmete etwas Rauch aus und schaute bitter zu, wie er sich durch einen Lichtstrahl wand.

»Howard Hughes hat nie jemanden an sich herankommen und sich von niemandem berühren lassen«, sagte Wharton. »Das ist doch nicht dein Stil.«

»Was meinst du damit?«

»Nur, daß es immer mit einem gewissen Risiko verbunden ist, wenn man sich näherkommt –«

»Das hast du nicht gemeint. Du glaubst, ich führ' ein wildes Liebesleben. Daß ich nicht lache!«

»Nun, früher war es so.«

»Fang nicht damit an«, sagte Ellen. »Es stimmt, daß ich's mag, wenn man mich schätzt.«

»Ich habe dich geschätzt.«

»Das stimmt nicht. Du hast geglaubt, du wärst zu gut für mich.«

Wharton bestritt das ohne Nachdruck. Die meiste Zeit ihrer Ehe hatte er tatsächlich geglaubt, er wäre zu gut für Ellen. Er hatte sich geirrt, und jetzt sah man ja, was dabei herausgekommen war. Er stand abrupt auf, doch kaum auf den Beinen, wußte er nicht, was er tun sollte, und setzte sich wieder hin.

»Was soll das Ganze überhaupt?« fragte Ellen und machte eine ausholende Geste. »Hier in diesem Stall leben, um Gottes willen, mit diesen Stiefeln und diesem dummen Hut?«

»Ich trage diese Stiefel, weil der Boden schlammig ist, und den Hut, weil ich sonst einen kalten Kopf kriege.«

»Wen möchtest du eigentlich zum Narren halten? Du trägst diesen Hut, weil du dir einbildest, daß du damit aussiehst wie Pierre, der Trapper. Rischtieg, oder?«

»Ist schon gut, Ellen. Du hast mir jetzt gesagt, was los ist. Du magst das Haus nicht, und du magst mich nicht. Ich weiß überhaupt nicht, warum du gekommen bist.«

»Eigentlich«, sagte sie, »bin ich gekommen, um meinen Sohn zu sehen.«

»Ich verstehe nicht ganz, warum du nicht bis Juni warten konntest. Es sind nur noch zwei Monate, und dann hast du ihn den ganzen Sommer. Den Bedingungen zufolge –«

Ellen schnaubte. »Den Bedingungen zufolge«, sagte sie. »Hör mir damit auf.«

»Laß mich ausreden. Ich bin nicht dazu verpflichtet, dir ein Besuchsrecht einzuräumen. Das ist ein Höflichkeitsbesuch. Und wenn du nicht aufhörst, an allem etwas auszusetzen, kannst du ja fahren, und zwar je früher, desto besser.«

»Ich fahre morgen«, sagte Ellen.

»Wie du willst.«

Ellen beugte sich plötzlich in ihrem Sessel nach vorne. Stück für Stück hob sie die Sachen auf, die sie auf den Boden geleert hatte, und verstaute sie wieder in ihrer Tasche. Dann stand sie auf und ging durch den Gang zum Zimmer von George; sie bewegte sich mit einer gewissen Würde, wie jemand, der verbergen will, daß er betrunken ist oder hinkt.

Beim Abendessen verkündete George, daß er sich einen Wolf als Haustier anschaffen wollte. Wharton hatte, als er im Alter von George war, eine ähnliche Idee gehabt, und das Lächeln, das er seinem Sohn schenkte, galt der Torheit ihrer beider Phantasien. George faßte es jedoch als Ermutigung auf und ließ nicht locker. Er erzählte, daß es in Sinclair einen Züchter gab, der zwei Timberwolfpärchen hätte. George wußte genau, daß in den nächsten Tagen ein Wurf erwartet wurde.

Wharton wollte George nicht hart anfassen. »Es sind wahrscheinlich keine richtigen Wölfe«, sagte er. »Es werden Schäferhunde oder Huskies oder Wolfsmischlinge sein.«

»Es sind richtige Wölfe«, sagte George.

»Wieso bist du dir so sicher?« fragte Ellen. »Hast du sie gesehen?«

»Nein, ich nicht, aber Rory.«

»Wer ist Rory?«

»Rory ist ein Bekannter von George«, sagte Wharton, »und Rory hat nicht immer das letzte Wort, zumindest nicht in diesem Haus.«

»Rory ist mein Freund«, sagte George.

»Gut«, sagte Wharton, »ich bin bereit, Rorys Aussage zu akzeptieren, daß es sich um richtige Wölfe handelt. Die Idee, ein wildes Tier ins Haus zu bringen, akzeptiere ich aber nicht.«

»Sie sind nicht wild. Rory sagt –«

»Schon wieder Rory!«

»– Rory sagt, daß sie so zahm wie Hunde sind, nur viel schlauer.«

»George, sei doch vernünftig. Ein Wolf ist eine Tötungsmaschine. Er muß töten, um zu überleben. Das ist auch richtig so, aber ein Wolf gehört in die Wildnis, nicht an eine Kette oder in irgendeinen Käfig.«

»Ich würde ihn nicht einsperren. Er würde einen Bau bekommen.«

»Einen Bau? Das, womit du gerade beschäftigt bist?«

George nickte. »Hab' ich dir ja gesagt.«

»George«, sagte Ellen. »Warum möchtest du nicht lieber einen netten Hund? Wölfe sind wirklich sehr gefährliche Tiere.«

George wollte keinen netten Hund. Er war bereit zuzugeben, daß Wölfe gefährlich waren, aber nur für die Feinde ihrer Freunde. Das brachte ihn zu seinem letzten Argument, das er wie einen Trumpf ausspielte: ein Wolf war genau das, was sie brauchten, um den Wildjäger loszuwerden.

»Wildjäger?« sagte Ellen. »Was für einen Wildjäger?«

»Er meint Wilderer«, sagte Wharton. »George, ich bin nun mit meiner Geduld am Ende. Ein Wolf gehört unter Wölfe, nicht unter Menschen. Ich halte nichts davon, wilde Tiere zu Haustieren zu machen. Kannst du jetzt bitte das Thema sein lassen. Und hör auf, mit deinem Essen herumzuspielen.«

»Was für ein Wilderer?« fragte Ellen.

»Ich hab' keinen Hunger«, sagte George.

»Dann steh auf.«

George ging auf sein Zimmer und schlug die Tür zu.

»Was für ein Wilderer?«

»Jemand schießt manchmal auf unserem Gelände. Nichts Ernstes.«

»Da draußen läuft jemand mit einem Gewehr herum, und du sagst, das ist nichts Ernstes?«

»Früher war das hier freies Land. Ich möchte, daß die Leute das Gefühl haben, sich auch weiterhin frei bewegen zu können.«

»Aber das ist doch dein Zuhause!«

»Ellen –«

»Was hast du dagegen unternommen? Du hast gar nichts getan, oder doch?«

»Nein«, sagte Wharton, stand auf und verließ das Zimmer. Auf dem Weg nach draußen ging er zu George, um mit ihm zu sprechen. Der Junge saß auf dem Boden und stöberte in einem Haufen alter Sachen, die er in einer Zigarrenschachtel aufbewahrte. »Mein Sohn«, sagte Wharton, »es tut mir leid, wenn ich beim Abendessen so kurz angebunden war.«

»Schon okay«, sagte George.

»Ich will nicht gemein zu dir sein«, sagte Wharton. »Ein ausgewachsener Wolf kann über 70 Kilo schwer werden. Stell dir vor, was geschieht, wenn er auf dich losgeht.«

»Er würde nicht auf mich losgehen. Er würde mich beschützen.« George schüttelte seine Zigarrenschachtel. »Er würde mich liebhaben.«

Wharton hatte eigentlich noch einen Spaziergang machen wollen, doch nun war es ihm doch zu glatt draußen. Er setzte sich statt dessen auf die Stufen vor dem Haus und verkroch sich in seinen Mantel. Der Mond glitt rasch durch zarte Wolken, die sich an den Rändern auflösten. Der Wind war erheblich stärker geworden, und Wharton konnte im Wald drüben Bäume knarren hören. Allmählich senkte sich der Himmel, und es begann zu regnen. Ellen kam heraus und sagte Wharton, daß er am Telephon verlangt werde.

Es war die Frau aus der Kommune. Sie wollte am nächsten Tag abreisen und vorbeikommen, um sich zu verabschieden. Wharton sagte ihr, daß das im Augenblick nicht möglich wäre. Die Frau war offensichtlich gekränkt. Sie hatte Wharton einmal beschuldigt, daß er sie als Person nicht schätzte, und er wollte ihr zeigen, daß das nicht stimmte. »Hör zu«, sagte er, »ich bringe dich morgen zum Bus.«

»Vergiß es.«

Doch Wharton bestand darauf, und schließlich stimmte sie zu. Erst als er aufgelegt hatte, fiel Wharton ein, daß er da vielleicht auch Ellen dabeihaben würde. Am Sonntag fuhr nur ein Bus.

Ellen und George lagen auf dem Fußboden und lasen zusammen in dem Buch. Ellen klopfte neben sich auf den Boden. »Kommst du auch?« Wharton schüttelte den Kopf. Sie kamen sehr gut ohne ihn aus; er wollte die Idylle nicht stören. Außerdem schien es ihm kaum angebracht, sich nun auf dem Fußboden zu wälzen, nachdem er George deswegen ausgeschimpft hatte. Immer noch unruhig, ging er auf den Dachboden, um zu arbeiten. Es war sehr spät, als er aufhörte. Er zog seine Stiefel am Fuß der Leiter aus und ging so leise wie möglich an Georges Zimmer vorbei. Als er in seinem Schlafzimmer das Licht anmachte, sah er, daß Ellen in seinem Bett lag. Sie hielt sich die Hand vor die Augen. Das weiche Fleisch an ihrem Halsansatz flatterte leicht, wenn sie atmete.

»Wolltest du wirklich, daß ich bei George schlafe?«

»Nein«, sagte Wharton. Er legte seine Sachen auf die Truhe, die ihm auch als Kleiderständer und Sessel diente. Ellen schlug die Decke für ihn zurück, und er kroch neben sie ins Bett.

»Wer war das am Telephon?« fragte sie. »Hast du da was laufen?«

»Wir haben uns ein paarmal gesehen. Sie reist morgen ab.«

»Das tut mir leid. Ich mag nicht, daß du hier draußen ganz allein bist.«

Wharton hätte fast gesagt: »Dann bleib doch da!« aber er hielt sich zurück.

»Ich muß dir was sagen«, sagte Ellen und stützte sich auf einen Ellbogen. »Um Himmels willen, wie du mich anschaust.«

»Was mußt du mir sagen?«

»Nicht, was du denkst.«

»Du weißt nicht, was ich denke.«

»Scheiße. Sicher weiß ich, was du denkst.« Sie legte sich wieder hin. »Ich geh' weg aus Vancouver«, sagte sie. »Ich werde

George diesen Sommer nicht nehmen können. Deshalb wollte ich ihn jetzt sehen.«

Ellen erzählte ihm, daß sie sich in der Stadt allein nicht wohlfühlte. Sie haßte ihren Job, und ihre Wohnung war zu klein. Sie wollte nach Victoria zurückgehen und dort etwas Besseres finden. Es fiel ihr nicht leicht, George im Stich zu lassen, aber sie machte jetzt eine schwere Zeit durch.

»Victoria? Warum Victoria?« Ellen hatte über diese Stadt nie etwas Gutes erzählt. Ihr zufolge waren die Menschen dort alle stockkonservativ, und es gab überhaupt nichts zu tun. Wharton verstand sie nicht und sagte ihr das auch.

»Im Augenblick brauche ich einen Platz, wo ich mich zu Hause fühle.« Damit war Ellen bei einem anderen Punkt angelangt. Sie brauchte Geld für den Umzug und für ihren Lebensunterhalt, bis sie wieder Arbeit gefunden hatte.

»Was ich dir geben kann, kannst du haben«, sagte Wharton.

»Ich wußte, daß du mir helfen wirst.«

»Das heißt wohl, daß du morgen nicht zurück mußt.«

»Nein, nicht unbedingt.«

»Warum bleibst du nicht eine Woche? Für George wäre das ganz wichtig.«

»Wir werden sehen.«

Wharton drehte das Licht ab, konnte aber die längste Zeit nicht einschlafen. Auch Ellen konnte nicht einschlafen; sie drehte sich immer wieder von einer Seite auf die andere und versuchte die richtige Stellung zu finden. Wharton hätte sie gerne berührt, hätte sich aber dabei nicht wohlgefühlt, so bald nachdem er ihr Geld geliehen hatte.

Am Morgen wurden sie von George geweckt. Er saß am Rand des Betts, blaß und zitternd.

»Was ist denn los, mein Schatz?« fragte Ellen, und da hörten sie einen Schuß aus dem Wald. Sie sah Wharton an. Wharton stand auf, zog sich rasch an und ging hinaus.

Er wußte, daß es Jeff Gill war, hatte es in dem Augenblick gewußt, als er den Namen des Mannes hörte. Der Name war ihm vertraut, wie es Dinge, die bevorstanden, oft waren. Er wußte sogar, wie Jeff Gill aussehen würde: klein und drahtig, mit gelben Zähnen und eng beieinanderliegenden kleinen Augen. Er wußte nicht, warum Jeff Gill ihn haßte, war aber sicher, daß es so war, und hatte das Gefühl, daß dieser Haß irgendwie berechtigt war.

Es regnete, nicht stark, aber gleichmäßig. Die Luft war frostig, und auf dem Weg um das Haus herum lief Wharton in den Nebel seines eigenen Atems. Zwei Schwalben streiften über die Wiese hinter dem Haus, tauchten und flogen ihre Figuren durch das hohe Gras. Sie ließen sich nicht stören, als Wharton mit seinen gelben, glänzenden Gummistiefeln vorbeiging und dann in den Schatten der hohen Bäume trat.

Es wurde ihm bewußt, daß er seit fast einem Monat nicht mehr in diesem Wald gewesen war. Er hatte Angst gehabt, auf seinem eigenen Gelände. Er hatte auch jetzt noch Angst. »Verschwinden Sie!« rief er und ging zwischen den geraden, nassen Baumstämmen dahin: »Verschwinden Sie!«

Überall lagen noch Schneereste, grau und gefroren und mit braunen Nadeln übersät. Die Zweige der Kiefern, Tannen und Fichten hatten an den Spitzen zarte, frische Triebe. Der durch den Regen aufgeweichte Boden strömte einen scharfen Geruch aus, wie ein Komposthaufen. Wharton blieb unter einer Lambertskiefer stehen, um zu Atem zu kommen und etwas Schmutz von seinen Stiefeln zu kratzen. Sie waren so schwer, daß er sie kaum heben konnte.

Er hörte noch einen Schuß; er kam aus der Richtung des Teichs und schien neben ihm einzuschlagen. »Hören Sie!« schrie Wharton. »Ich habe auch ein Gewehr, und ich werde es benutzen! Verschwinden Sie!« Wharton wäre dazu imstande gewesen, wenn er die Waffe mitgenommen und gewußt hätte, wie man damit umging. Er hatte sich so lange dumm und ängstlich gefühlt, daß er nun gefährlich wurde.

Er ging auf den Teich zu. Weißbirken säumten das Ufer, und er lehnte sich gegen eine von ihnen. Das braune Wasser wirkte durch die klatschenden Regentropfen wie mit Borsten besetzt. Er bemerkte eine Bewegung an der Oberfläche des Teichs, ein Dreieck, das Wellen aufwarf und einer Pfeilspitze glich, mit einem dunklen Fleck vorne. Wharton dachte, daß es eine Ente wäre, und trat auf einen kleinen Steg hinaus, um besser sehen zu können.

Plötzlich hob das Tier seinen Kopf und starrte Wharton an. Es war ein Biber, der auf dem Rücken schwamm. Sein Blick war ruhig und unverwandt. Mit seinen kurzen, über seinem sanft gerundeten Bauch gefalteten Vorderbeinen, erinnerte er Wharton an einen Hogarth-Stich, der ein Mitglied eines englischen Klubs nach dem Essen zeigte. Der Biber tauchte den Kopf in den Teich, und dann verschwand der Bauch, und sein paddelartiger Schwanz zog einen weiten Bogen durch die Luft und knallte flach gegen die Wasseroberfläche. Die Birken um den Teich fingen das Geräusch und machten es scharf und laut. Es klang wie ein Gewehrschuß.

Wharton drehte sich um, ging zum Haus zurück und erklärte Ellen und George alles. Während sie sich anzogen, machte Wharton das Frühstück, und nachher gingen sie alle zum Teich hinunter, um sich den Biber anzusehen. Unterwegs rutschte Wharton aus und fiel hin, und als er aufstehen wollte, fiel er wieder hin. Er hatte Schlamm im Gesicht und sogar in den Haaren. Ellen empfahl ihm, sich doch täglich einmal im Schlamm zu wälzen, wenn er wirklich etwas aus sich machen wollte.

George war als erster am Teich und rief: »Ich seh' ihn! Ich seh' ihn!«

Der Biber war alt und gehörte nicht hierher. Ein jüngeres Tier hatte ihn aus seinem Bau vertrieben, und er war während des Tauwetters einem manchmal wasserführenden, jetzt aber ausgetrockneten Bach bis zum Teich herauf gefolgt.

Als Vernon von dem Biber hörte, holte er sich sein Gewehr wieder und ging zum Teich und erschoß ihn. Wharton war empört, aber Vernon bestand darauf, daß das Tier die Birken zerstört und den Grund des Teichs verschmutzt hätte, was die Pflanzen hätte eingehen und den Teich hätte umkippen lassen. Georges Biologielehrer war auch dieser Meinung.

Ellen reiste am Ende der Woche ab. Sie und Wharton schrieben einander Briefe, und manchmal, mitten in der Nacht, rief sie ihn an. Sie führten gute Gespräche, lebten aber nie wieder zusammen. Einige Tage nach ihrer Abreise ging Rory auf George los und warf, gemeinsam mit einem anderen Jungen, der ihm besser gefiel, die Bücher und einen Schuh von George aus dem Fenster des Schulbusses.

Als Wharton aber an jenem Morgen mit seiner Familie im warmen Regen stand, wußte er nicht, daß das alles passieren würde. Er wußte auch nicht, daß der Hund Odysseus ihn eines Tages von dem verhaßten Trapper Pierre befreien und daß George bald – zu bald – Muskeln bekommen und auf sich selbst aufpassen würde. Der Wind machte kleine Wellen und warf sie klatschend gegen den Steg, der dadurch vorwärtszugleiten schien wie der Rumpf eines Boots. Draußen auf dem Teich tauchte der Biber und kam wieder an die Oberfläche. Als Wharton ihm zusah, wie er seine weiten Kreise auf dem Wasser zog, schien ihm, daß ihnen das Tier geschickt worden war, daß sie ein Zeichen des Friedens erhalten hatten und bald nach Hause finden würden.

Der Lügner

Meine Mutter las alles außer Büchern. Reklame auf Bussen, ganze Speisekarten beim Essen, Plakatwände; wenn etwas keinen Umschlag hatte, interessierte es sie. Als sie daher in meiner Schublade einen Brief fand, der nicht an sie gerichtet war, las sie ihn. »Was macht das schon? James hat ja nichts zu verbergen –« so dachte sie. Nachdem sie den Brief gelesen hatte, stopfte sie ihn in die Schublade und ging durch das große leere Haus, von einem Zimmer zum anderen, und führte Selbstgespräche. Sie nahm den Brief wieder heraus und las ihn noch einmal, um auch alles richtig mitzukriegen. Ohne den Mantel anzuziehen oder die Tür abzuschließen, ging sie dann die Treppe vor dem Haus hinunter und nahm Kurs auf die Kirche am Ende der Straße. So zornig und durcheinander sie auch sein mochte, sie ging immer in die Vieruhrmesse, und jetzt war es vier Uhr.

Es war ein schöner Tag, blau, kalt und windstill, aber Mutter ging wie in einem Sturm, in den Hüften nach vorne gebeugt, die Füße in kurzen, geschäftigen Schritten schnell hinterher. Auf meinen Bruder und meine Schwestern und mich wirkte ihr Gang komisch, und wir grinsten einander zu, wenn sie an uns vorbeiging, um nach dem Feuer zu sehen oder eine Pflanze zu gießen. Wir ließen uns aber dabei von ihr nicht erwischen. Der Gedanke, etwas Lustiges an sich zu haben, hätte sie verblüfft. Ihr einziges Zugeständnis in Sachen Humor war ein unechtes Lachen, das einen auffahren ließ. Fremde starrten sie oft an.

Während Mutter auf den Pfarrer wartete, der spät dran war, betete sie. Sie betete in der üblichen, ordentlichen, bestimmten Art: zuerst für ihren verstorbenen Mann, meinen Vater, und dann für ihre – ebenfalls toten – Eltern. Anschließend sprach sie ein kurzes Gebet für die Eltern meines Vaters (nur das Notwendigste; sie hatte sie nicht gemocht) und schließlich für ihre Kinder, dem Alter nach, zuletzt für mich. Originalität war für Mutter keine Tugend, und bis mein Name an die Reihe kam, waren ihre Gebete dieselben wie immer.

Aber als sie auf mich zu sprechen kam, wurde ihre Stimme

fordernd: »Ich habe gedacht, daß er das nicht mehr tut. Murphy hat gesagt, er wäre geheilt. Was soll ich jetzt machen?« Ihr Ton hatte etwas Vorwurfsvolles. Mutter hatte große Hoffnungen in die Vorstellung gesetzt, daß ich geheilt wäre. Sie hatte meine Heilung für eine Antwort auf ihre Gebete gehalten und als Dank dafür der John-Thomas-Indianermission einen Haufen Geld geschickt, Geld, das sie für eine Romreise gespart hatte. Nun fühlte sie sich betrogen und brachte ihre Gefühle zum Ausdruck. Als der Pfarrer eintrat, rutschte sie auf die Bank zurück und folgte konzentriert der Messe. Nach der Kommunion begann sie, sich wieder Sorgen zu machen und ging direkt nach Hause, ohne sich noch mit Frances aufzuhalten, die Mutter immer nach der Messe stellte, um ihr von den Greueln zu erzählen, die Kommunisten, Teufelsanbeter und Rosenkreuzer ihr antaten. Frances sah ihr mit zusammengekniffenen Augen nach, als sie wegging.

Zu Hause angekommen, holte Mutter den Brief aus meiner Schublade und nahm ihn in die Küche mit. Sie hielt den Brief mit den Fingernägeln über den Ofen, sah weg, um nicht wieder in ihn hineingezogen zu werden, und ließ ihn Feuer fangen. Als er ihre Finger zu verbrennen begann, ließ sie ihn in das Waschbekken fallen und sah zu, wie er schwarz wurde und aufzuflattern begann und sich schloß wie eine Faust. Dann spülte sie ihn den Ausguß hinunter und rief Dr. Murphy an.

Der Brief war für meinen Freund Ralphy in Arizona. Er hatte früher gegenüber gewohnt, war aber weggezogen. In dem Brief ging es hauptsächlich um einen Ausflug, den wir, die erste Klasse, nach Alcatraz gemacht hatten. Das war in Ordnung. Mutter regte der letzte Absatz auf, in dem ich erzählte, daß sie Blut gehustet hatte und die Ärzte nicht wußten, was mit ihr los war, wir aber das Beste hofften.

Das war nicht wahr. Mutter war auf ihre körperliche Konstitution stolz und hielt sich für ein Pferd. Wenn sie jemand fragte, wie es ihr gehe, sagte sie immer: »Ich bin ein regelrechtes Pferd.« Jetzt waren es schon mehrere Jahre, daß ich unangenehme Dinge erzählte, die nicht wahr waren, und diese Angewohnheit störte meine Mutter sehr, und zwar so sehr, daß sie sich dazu entschlossen hatte, mich zu Dr. Murphy zu schicken, in dessen Büro ich gerade saß, als sie den Brief verbrannte. Dr. Murphy war unser Hausarzt und hatte keine psychoanalytische Ausbildung, interessierte sich aber für »Fragen des Geistes«, wie er das nannte. Er hatte mich wegen einer Blinddarm- und wegen einer Mandelentzündung behandelt, und Mutter dachte, daß er die Wahrheit ebenso leicht in mich hineinstecken könnte, wie er Sachen aus mir herausgenommen hatte – eine Hoffnung, die Dr. Murphy nicht teilte. Ihm lag im wesentlichen daran, daß ich verstand, was ich tat, und in letzter Zeit war er mehr und mehr zu dem Schluß gekommen, daß ich allerdings ziemlich gut verstand, was ich tat.

Dr. Murphy hörte Mutters Zusammenfassung dessen, was in dem Brief stand und was sie damit gemacht hatte, zu. Er war neugierig, was die Formulierungen anging, die ich verwendet hatte, und ärgerte sich, als Mutter ihm erzählte, daß sie den Brief verbrannt hatte. »Worauf es ankommt«, sagte sie, »ist, daß er geheilt sein sollte und es nicht ist.«

»Margaret, ich habe nie behauptet, daß er geheilt ist.«

»Aber sicher. Warum hätte ich sonst wohl der John-Thomas-Indianermission über tausend Dollar geschickt?«

»Ich habe gesagt, daß er verantwortlich ist. Das heißt, daß James weiß, was er tut, und nicht, daß er es nicht mehr tut.«

»Ich bin mir sicher, daß du gesagt hast, daß er geheilt ist.«

»Nie. Um jemanden für geheilt zu erklären, muß man wissen, was Gesundheit ist. In diesem Fall ist das unmöglich. Was verstehst du überhaupt unter James' Heilung?«

»Das weißt du ganz genau.«

»Sag's mir trotzdem.«

»Ihn auf den Boden der Wirklichkeit zurückzubringen, was sonst?«

»Wessen Wirklichkeit? Meine oder deine?«

»Murphy, was soll das? James ist nicht verrückt, er ist ein Lügner.«

»Gut, so kann man es sehen.«

»Was soll ich mit ihm machen?«

»Ich glaube nicht, daß du viel machen kannst. Du mußt Geduld haben.«

»Ich hab' Geduld gehabt.«

»An deiner Stelle, Margaret, würde ich keine große Sache daraus machen. James stiehlt ja nicht, oder?«

»Natürlich nicht.«

»Er schlägt auch keine Leute zusammen und muß auch nicht immer das letzte Wort haben?«

»Nein.«

»Dann gibt es ja eine ganze Reihe von Dingen, für die du dankbar sein solltest.«

»Ich glaube nicht, daß ich das noch länger aushalte. Diese Geschichte mit der Leukämie letzten Sommer. Und jetzt das.«

»Einmal wird er aus dem Alter herauskommen, glaube ich.«

»Murphy, er ist sechzehn. Und wenn er nicht aus dem Alter herauskommt? Wenn er immer besser wird darin?«

Schließlich sah Mutter ein, daß sie von Dr. Murphy, der fortfuhr, sie an ihre Segnungen zu erinnern, keine befriedigende Lösung erwarten konnte. Sie sagte etwas Verletzendes zu ihm, und er erwiderte etwas Hochtrabendes, und sie hängte auf. Dr. Murphy starrte den Hörer an. »Hallo«, sagte er, dann legte er auf. Er fuhr sich mit der Hand über den Kopf, eine Gewohnheit aus der Zeit, als er noch Haare hatte. Um zu zeigen, daß er kein Spielverderber war, machte er oft Witze über seine Glatze, aber ich hatte das Gefühl, daß es ihm sehr leid tat. Als er mich so über den Schreibtisch hinweg ansah, muß er sich wohl gewünscht haben, daß er sich nie auf meine Behandlung eingelassen hätte. Kinder von Freunden zu behandeln war dasselbe, wie Geld von Freunden anzulegen.

»Ich brauche dir wohl nicht zu erzählen, wer das war.«

Ich nickte.

Dr. Murphy schob den Sessel zurück und drehte ihn so herum, daß er aus dem Fenster hinter dem Schreibtisch sehen konnte, das fast die ganze Wand einnahm. Es waren noch ein paar Segelboote draußen in der Bucht, sie steuerten aber alle dem Ufer zu. Ein dichter grauer Nebel hatte sich über die Brücke gelegt und kam rasch näher. Von so weit oben sah das Wasser ruhig aus, aber als ich genauer hinsah, konnte ich überall weiße Flecken erkennen, das Meer muß also ziemlich rauh gewesen sein.

»Ich muß mich schon wundern über dich«, sagte er. »So was herumliegen zu lassen, daß sie es finden muß. Wenn du schon solche Sachen machen mußt, könntest du freundlicherweise zumindest etwas Diskretion an den Tag legen. Deine Mutter hat es nicht leicht, wo dein Vater tot ist und die anderen alle irgendwo fort.«

»Ich weiß. Ich wollte ja nicht, daß sie ihn findet.«

»Aha.« Er klopfte mit dem Bleistift gegen seine Zähne. Beruflich war er nicht überzeugt, persönlich vielleicht. »Ich denke, du solltest jetzt nach Hause gehen und die Geschichte in Ordnung bringen.«

»Das denke ich auch.«

»Sag deiner Mutter, daß ich vielleicht vorbeikomme, entweder heute abend oder morgen. Und James – unterschätz sie nicht.«

Als mein Vater noch lebte, fuhren wir im Sommer meist drei oder vier Tage nach Yosemite. Meine Mutter saß am Steuer, und mein Vater wies uns auf verschiedene Sehenswürdigkeiten hin, auf Wiesen, auf denen einmal Städte aus dem Boden geschossen waren, auf hängende Bäume, auf Flüsse, die angeblich zu bestimmten Zeiten stromaufwärts flossen. Oder er las uns etwas vor; wie andere Erwachsene war er fest davon überzeugt, daß Kinder Dickens und Sir Walter Scott mögen. Wir vier saßen hinten, mit gelassenen, aufmerksamen Gesichtern, während unsere Hände und Füße schoben, zwickten, stampften, traten, stießen, bohrten und ausschlugen.

Eines Abends kam gleich nach dem Essen ein Bär in unser Lager. Mutter hatte einen Thunfischeintopf gekocht, und das muß für ihn wie etwas gerochen haben, für das es sich zu sterben lohnt. Wir saßen ums Feuer, als er ins Lager kam, und da stand er und schwankte hin und her. Mein Bruder Michael sah ihn als erster. Er stieß mich mit dem Ellbogen an, dann sahen ihn meine Schwestern und begannen zu schreien. Mutter und Vater saßen mit dem Rücken zu ihm, aber Mutter muß geahnt haben, was los war, weil sie sofort sagte: »Schreit nicht so. Wenn ihr ihn erschreckt, kann man für nichts mehr garantieren. Wir singen jetzt einfach was, dann wird er gehen.«

Wir sangen »Row Row Row Your Boat«, aber der Bär blieb da. Er ging ein paarmal um uns herum und stellte sich hin und wieder auf die Hinterbeine, um seine Nase in die Luft zu halten. Im Schein des Feuers konnte ich sein hundeähnliches Gesicht erkennen und beobachten, wie seine Muskeln unter dem weiten Fell hin- und herrollten wie Steine in einem Sack. Wir sangen lauter, als er uns zu umkreisen begann und dabei immer näher kam. »Gut«, sagte Mutter. »Genug ist genug.« Sie stand plötzlich auf. Der Bär blieb stehen und sah sie an. »Hau ab«, sagte Mutter. Der Bär setzte sich und sah sich um. »Hau ab«, sagte sie wieder, bückte sich und hob einen Stein auf.

»Nicht, Margaret«, sagte mein Vater.

Sie holte kräftig aus und traf den Bären in den Bauch. Trotz der Dämmerung konnte ich sehen, wie der Staub aus seinem Fell aufwirbelte. Er grunzte und erhob sich zu seiner vollen Höhe. »Habt ihr das gesehen?« schrie Mutter. »Er ist dreckig. Drekkig!« Eine meiner Schwestern kicherte. Mutter hob noch einen Stein auf. »Bitte, Margaret«, sagte mein Vater. In diesem Augenblick drehte sich der Bär um und trottete davon. Mutter warf ihm den Stein nach. In der Nacht trieb er sich noch so lange um das Lager herum, bis er den Baum fand, wo wir unser Essen hingehängt hatten. Er fraß alles auf. Am nächsten Tag fuhren wir in die Stadt zurück. Wir hätten im Tal wieder Vorräte einkaufen können, aber Vater wollte weg und ließ sich durch nichts davon abbringen. Auf dem Rückweg versuchte er uns alle mit Witzen aufzuheitern, aber Michael und meine Schwestern reagierten nicht und schauten eisig zum Fenster hinaus.

Meine Mutter und ich hatten es nicht leicht miteinander, unterschätzt habe ich sie aber nie. Sie hat mich unterschätzt. Als ich klein war, hielt sie mich für empfindlich, weil ich nicht in die Luft geworfen werden wollte und mich davonmachte, wenn sie und die anderen zu streiten begannen. Wenn sie mich da hineinzogen, wurde ich immer verletzt, ein Knie in die Lippen, ein krummer Finger, eine blutige Nase. Und auch das schien sie mir übelzunehmen, als ob ich es darauf angelegt hätte, verletzt zu werden, um mich von dem Spiel verabschieden zu können.

Selbst Dinge, die mir gelangen, gingen ihr auf die Nerven. Wir alle mochten Wortspiele, außer Mutter, die sie nicht mitbekam, und neben meinem Vater war ich der beste in der Familie. Meine Spezialität war der Doppelschlag – »›Ihr könnt den Gefangenen herunterbringen‹, sagte Tom herablassend.« Vater ermutigte mich, beim Essen zu zeigen, was ich konnte. Für Außenstehende muß das nicht leicht gewesen sein. Mutter wußte nicht genau, was los war, aber es gefiel ihr nicht.

Sie verdächtigte mich auch in anderer Hinsicht. Ich konnte nicht ins Kino gehen, ohne daß sie meine Taschen durchsuchte, um sicherzugehen, daß ich auch genug Geld für die Karte hatte. Wenn ich ins Zeltlager fuhr, zerlegte sie meinen ganzen Rucksack, und das vor allen anderen Jungen, die im Bus vor dem Haus warteten. Ich wäre lieber ohne Schlafsack und Ersatzunterwäsche gefahren, die ich vergessen hatte, als mich so blamieren zu lassen. Es war ihr Mißtrauen, das mich vergeßlich machte.

Und wegen der Dinge, die am Todestag meines Vaters und später bei seinem Begräbnis geschahen, hielt sie mich für kalt. Ich habe beim Begräbnis meines Vaters nicht geweint und bei der Ansprache Zeichen von Langeweile erkennen lassen, indem ich mit den Liederbüchern herumspielte. Mutter legte mir die Hände in den Schoß, und ich ließ sie dort reglos liegen, als ob sie etwas wären, was nicht zu mir gehörte. Sie empfand das als Hohn und nahm es mir übel. Einige Tage später fand dann eine Art Versöhnung statt, nachdem ich in der Schule die Augen geschlossen und mich geweigert hatte, sie wieder zu öffnen. Als mehrere Lehrer und der Direktor mich nicht überzeugen konnten, sie beziehungsweise irgendeine Belohnung anzusehen, die sie angeblich in der Hand hatten, übergab man mich der Schulkrankenschwester, die meine Lider mit Gewalt aufzukriegen versuchte und mir dabei einen schweren Kratzer zufügte. Meine Augen schwollen an, und ich wurde steif. Der Direktor geriet in Panik und rief Mutter an, die mich nach Hause brachte. Ich wollte weder mit ihr sprechen noch die Augen öffnen, noch auch nur die Knie beugen, so daß sie mich auf den Rücksitz legen mußten, und als wir zu Hause ankamen, mußte Mutter mich Stufe für Stufe hochziehen. Sie legte mich auf die Couch und spielte mir den ganzen Nachmittag auf dem Klavier vor. Schließlich machte ich die Augen auf. Wir umarmten uns, und ich weinte. Mutter hielt meine Tränen zwar nicht für echt, war aber bereit, sie zu akzeptieren, weil ich sie zu ihrem Wohl inszenierte.

Daß ich log und mir meine Versprechungen, damit aufzuhören, nichts zu bedeuten schienen, trennte uns aber auch. Oft kamen ihr meine Lügen dann in beschämender Weise zu Ohren, Leute sprachen sie auf der Straße an und sagten ihr, wie leid es ihnen tue, daß... Niemandem in der Nachbarschaft gefiel es, Mutter in Verlegenheit zu bringen, und damit war auch Schluß, sobald einmal alle mitbekommen hatten, was mit mir los war. Vor Fremden freilich konnte man sie nicht schützen. Im Sommer nach Vaters Tod, besuchte ich meinen Onkel in Redding, und als ich zurückkam, holte mich zu meiner Überraschung Mutter vom Bus ab. Ich versuchte den Herrn abzuschütteln, der neben mir gesessen war, konnte ihn aber nicht loswerden. Als er sah, wie Mutter mich umarmte, kam er zu uns her und gab ihr eine Karte und sagte ihr, daß sie sich an ihn wenden sollte, wenn es schlimmer würde. Sie gab ihm die Karte zurück und sagte ihm, er solle sich um seine eigenen Angelegenheiten kümmern. Später dann, auf dem Weg nach Hause, mußte ich wiederholen, was ich dem Mann erzählt hatte. Sie schüttelte den Kopf. »Es ist unfair, solche Sachen zu erzählen«, sagte sie. »Du bringst die Leute durcheinander.« In meinen Augen hatte Mutter den Mann durcheinandergebracht und nicht ich, ich habe aber nichts gesagt. Ich habe ihr recht gegeben, daß ich solche Sachen nicht sagen sollte, und ihr versprochen, es nicht mehr zu tun, und drei Stunden später das Versprechen gebrochen, als ich mit einer Frau im Park ins Gespräch kam.

Es waren nicht nur die Lügen, die Mutter störten; es war deren Morbidität. Wie früher zwischen meinem Vater und ihr war das unser eigentlicher Standpunkt. Mutter arbeitete freiwillig im Kinderkrankenhaus und in der St. Anthony's Dining Hall und sammelte Sachen für die St. Vincent de Paul Gesellschaft. Sie war jemand, der Kerzen anzündete. Insofern gerieten ihr mein Bruder und meine Schwestern nach. Mein Vater war jemand, der das Dunkel verfluchte. Und er liebte es, das Dunkel zu verfluchen. Nie war er lebendiger, als wenn er sich über etwas ärgerte. Deshalb war die wichtigste Handlung des Tages für ihn die Lektüre der Abendzeitung.

Die Zeitung, die wir hatten, war schrecklich, gleichgültig der Stadt gegenüber, deren Bewohner sie kauften, gleichgültig medizinischen Entdeckungen gegenüber – neue Gase ausgenommen, bei denen einem die Hände abfielen, wenn man nieste – und gleichgültig gegenüber der Politik und der Kunst. Greuel, Entsetzen und schreckliche Zufälle, das war ihr Metier. Wenn sich mein Vater mit der Zeitung im Wohnzimmer hinsetzte, blieb Mutter in der Küche und beschäftigte die Kinder – mich nicht, weil ich ruhig war und man mir zutraute, mich selbst zu unterhalten. Ich unterhielt mich, indem ich meinen Vater beobachtete.

Er saß da, die Knie auseinander, nach vorne gebeugt, seine Augen nur wenige Zentimeter von den Buchstaben entfernt. Beim Lesen nickte er sich zu. Manchmal fluchte er, warf die Zeitung zu Boden und ging im Zimmer auf und ab, dann hob er sie wieder auf und begann wieder zu lesen. Eine Zeitlang entwikkelte er die Gewohnheit, mir laut vorzulesen. Er fing immer mit dem Gesellschaftsteil an, den er als Parasitenseite bezeichnete. Die Spalten bekamen allmählich etwas von Comics oder Fortsetzungsgeschichten, Tag für Tag tauchten dieselben Leute auf, mit glitzerndem Schmuck, verlegen ihre Drinks in der Hand zum Wohl der Peninsula-Waisen, auf dem Balkon einer Skihütte in den Sierras, mit einem Grinsen unter der Sonnenbrille. Die Skifahrer kamen bei ihm am schlechtesten weg, wahrscheinlich weil er sie nicht verstehen konnte. Die Tätigkeit an und für sich war ihm unbegreiflich. Als meine Schwestern einmal im Winter mit ein paar Freunden für ein Wochenende nach Lake Tahoe fuhren und bei ihrer Rückkehr von der Schönheit des Ortes begeistert waren, setzte ihnen Vater sofort einen Dämpfer auf. »Schnee«, sagte er, »wird weitgehend überschätzt.«

Und dann die Nachrichten oder das, was die Zeitung unter Nachrichten verstand: in Schottland exhumierte Leichen; ehemalige Nazis, die Wahlen gewannen; seltene Tiere, die abgeschlachtet wurden; Geizhälse, die in eiskalten Häusern splitternackt auf mit Tausenden, ja Millionen vollgestopften Matratzen ihr Leben aushauchten; Priester, die heirateten, Schauspielerinnen, die sich scheiden, und Ölmagnaten, die es sich gutgehen ließen und zu Ehren ihres Lieblingspferds phantastische Mausoleen in Auftrag gaben; Kannibalismus. Durch all das arbeitete sich mein Vater mit einem starren und müden Lächeln durch.

Mutter ermutigte ihn, etwas zu unternehmen, einem Verein beizutreten, aber er wollte nicht. Mit Leuten, die nicht zur Familie gehörten, fühlte er sich nicht wohl. Er und meine Mutter gingen selten aus und luden selten jemanden ein, nur an Fest- und Nationalfeiertagen. Die Gäste waren immer dieselben, Dr. Murphy und seine Frau und noch ein paar Leute, die sie von Kindheit an kannten. Die meisten von ihnen sahen sich nur bei uns und hatten nicht viel Freude miteinander. Vater kam seinen Verpflichtungen als Gastgeber nach, indem er alle wegen irgendwelcher blöder Sachen aufzog, die sie einmal gesagt oder getan hatten, und sie dazu brachte, über sich selbst zu lachen.

Obwohl Vater nicht trank, bestand er darauf, den Gästen Cocktails zu mixen. Einfache Sachen wie Cola mit Rum oder auch nur Scotch auf Eis machte er nicht, nur Drinks nach eigenem Rezept. Er gab seinen Cocktails Namen, die nach einer Rechtsanwaltskanzlei klangen – »Advokat«, »Scharfrichter«, »Schadenersatz«, »Strafverteidiger« –, und beschrieb die Zusammensetzung bis ins Detail. Fast im Flüsterton erzählte er lange, komplizierte Geschichten, damit sich jeder zu ihm hinbeugte; entscheidende Stellen wurden wiederholt. Er wiederholte auch die entscheidenden Stellen der Geschichten, die meine Mutter erzählte, und korrigierte sie, wenn sie sich irrte. Wenn ein Gast seine Geschichte zu Ende erzählt hatte, strich er deren Moral heraus.

Dr. Murphy hatte über Vater mehrere Theorien, die er im Laufe unserer Zusammenkünfte an mir erprobte. Damals hatte Dr. Murphy bereits seine Brille gegen Kontaktlinsen eingetauscht und war infolge der Fastenkuren, denen er sich regelmäßig unterzog, dünner geworden. Sogar mit seiner Glatze sah er um Jahre jünger aus als in den Tagen der Parties bei uns zu Hause. Auf jeden Fall sah er nicht wie ein Altersgenosse meines Vaters aus, der er war.

Eine von Dr. Murphys Theorien war die, daß Vater in klassischer Weise einen für begabte Menschen charakteristischen Zug an den Tag gelegt hatte, als er in einer uninteressanten Firma einen Job annahm, der für ihn keine Herausforderung darstellte. »Er hatte Angst, seine Grenzen zu entdecken«, sagte Dr. Murphy zu mir. »Solange er Papiere abstempelte und Testamente vollstreckte, konnte er weiter daran glauben, daß er keine Grenzen *hatte*.« Daß Dr. Murphy von Vater so fasziniert war, war mir unangenehm, und ich fühlte mich wie ein Verräter, wenn ich ihm zuhörte. Als mein Vater noch lebte, hätte er sich nie einer Analyse unterzogen; mir kam es wie ein Betrug vor, ihn jetzt, da er tot war, auf die Couch zu legen.

Dr. Murphys Erinnerungen an Vater als Kind gefielen mir. Er erzählte mir eine Geschichte aus ihrer gemeinsamen Zeit bei den Pfadfindern. Ihre Gruppe war einmal lange unterwegs gewesen, und Vater war zurückgeblieben. Dr. Murphy und die anderen entschlossen sich, ihm einen Hinterhalt zu legen. Sie versteckten sich links und rechts im Wald und warteten. Als Vater aber in die Falle ging, rührte sich keiner von der Stelle oder gab auch nur einen Laut von sich, und er ging weiter, ohne überhaupt zu merken, daß da jemand im Wald war. »Er sah so lieb aus«, sagte Dr. Murphy, »hörte den Vögeln zu, roch an den Blumen, genau wie Ferdinand der Stier.« Er erzählte mir auch, daß die Drinks meines Vaters wie Medizin schmeckten.

Ich fuhr von Dr. Murphys Ordination mit dem Fahrrad nach Hause. Mutter hatte sich schon Sorgen gemacht. Sie fühlte sich sehr allein, rief aber niemanden an, weil sie sich wie eine Versagerin vorkam. Meine Lügen hatten diese Wirkung auf sie. Sie nahm sie persönlich. Dann dachte sie nicht an meine Schwestern, von denen eine glücklich verheiratet war und die andere in Fordham sehr gut vorankam. Sie dachte dann auch nicht an meinen Bruder Michael, der das College aufgegeben hatte, um in Los Angeles mit Kindern zu arbeiten, die von zu Hause weggelaufen waren.

Sie dachte an mich. Sie dachte, daß sie versagt hatte, was ihre Familie betraf.

In Wirklichkeit hatte sie die Familie gut im Griff. Während mein Vater oben starb, hielt sie uns zusammen. Sie legte eine Liste der Dinge an, die es im Haushalt zu tun gab, und jeder bekam ein entsprechendes Taschengeld. Die Schlafenszeiten wurden geregelt, und sie hielt sich daran. Sie setzte feste Stunden für die Hausarbeit fest. Jedes Kind war für das nächstjüngere verantwortlich, und ich bekam einen Hund. Sie sagte uns oft, daß sie uns – wie sollte es auch anders sein – gern hatte. Zum Mittagessen mußte jeder von uns etwas beitragen, und nachher spielte sie uns auf dem Klavier etwas vor und wollte uns mehrstimmig zu singen beibringen, was mir aber nicht gelang. Mutter, die die Trappfamilie verehrte, hielt das für eine Charakterschwäche.

Während Vater starb, war unser Zusammenleben geordneter, gesünder als früher. Auch bei ihm hatte es Vorschriften gegeben, die sich eigentlich gar nicht so sehr von denen unterschieden, die Mutter uns machte, nachdem er krank geworden war; er war aber sehr launenhaft, was die Durchsetzung betraf. Obwohl wir ein Taschengeld bekommen sollten, mußten wir ihn immer darum bitten und bekamen dann mehr, weil er gern den Großzügigen spielte. Manchmal bestrafte er uns grundlos, weil er schlechtgelaunt war. Wenn eine meiner Schwestern gerade tanzen gehen wollte, war er imstande, ihr das zu verbieten – sie sollte besser zu Hause bleiben und etwas für ihre Bildung tun. Oder er packte uns an einem Mittwochabend alle zusammen und ging mit uns eislaufen.

Er änderte sich, als er erfuhr, daß er Krebs hatte, und wurde ruhiger, als die Krankheit um sich griff. Er neckte uns nicht mehr so, und hin und wieder war es möglich, mit ihm ein Gespräch zu führen, in dem es nicht darum ging, was ihn zuletzt wütend gemacht hatte. Er hörte auf, die Zeitung zu lesen, und saß am Fenster.

Er und ich kamen uns nahe. Er zeigte mir, wie man Poker spielt und half mir manchmal bei den Schulaufgaben. Es war aber nicht seine Krankheit, die uns zueinander hinzog. Unsere Zurückhaltung hatte auf dem Weg nach Hause nach dem Zwischenfall mit dem Bären abzubröckeln begonnen. Michael und meine Schwestern waren böse auf ihn, weil wir früher zurückfuhren, und wollten weder mit ihm sprechen noch ihn anschauen. Er machte Witze: daß wir uns in der grizzligen Situation unsere Lorbären verdient hätten, usw. Die anderen fanden seine Scherze pervers, ich aber nicht. Ich hatte gesehen, wie erschrokken er war, als der Bär in das Lager kam. Er hatte sich dermaßen gezwungen, ruhig zu bleiben, daß er zu zittern begonnen hatte. Als Mutter mit den Steinen zu werfen anfing, dachte ich, daß er sich aus dem Staub machen würde, wirklich. Ich verstand ihn – ich war auch erschrocken. Die anderen fanden das lustig, nachdem sie sich daran gewöhnt hatten, daß da ein Bär herumging, für Vater und mich wurde es im Lauf der Nacht aber immer schlimmer. Ich war froh, von dort wegzukommen, war Vater dankbar, daß er mich von dort wegbrachte. Ich hatte begriffen, daß seine Witze ein Zeichen dafür waren, wie er sich zusammennahm. Da machte ich ihm zuliebe auch einen Witz: »›Da ist ein Bär draußen vor dem Zelt‹, sagte Tom eindringlich.« Die anderen sahen mich an, ohne das Gesicht zu verziehen. Sie hielten mich für einen Schleimer. Vater aber lächelte.

Wenn ich an andere Jungen dachte, die zu ihren Vätern ein gutes Verhältnis hatten, stellte ich mir immer vor, wie sie zusammen jagten, einander einen Ball zuwarfen, im Keller ein Vogelhaus bastelten und lange Gespräche über Mädchen, den Krieg und Karrieren führten. Vielleicht war das der Grund, daß wir so lange brauchten, um einander näherzukommen. Diese Vorstellungen standen dem im Weg, was uns wirklich verband: daß wir beide Angst hatten.

Als es dem Ende zuging, schlief Vater meistens, und ich sah ihm zu. Unten hörte ich manchmal Mutter Klavier spielen, leise. Hin und wieder nickte er in seinem Sessel ein, wenn ich ihm vorlas; dann ging sein Bademantel auf, und ich sah die neue lange Narbe auf seinem Bauch, blutrot auf der weißen Haut. Seine Rippen waren alle zu sehen, und seine Beine waren so dünn wie Seile.

Ich habe einmal in der Biographie eines berühmten Mannes

gelesen, daß er »friedlich starb«. Ich nehme an, daß der Autor damit sagen wollte, daß er seinen Schmerz für sich behielt, nie falschen Alarm gab und denen keine allzu großen Unannehmlichkeiten bereitete, die er zurückließ. Mein Vater starb friedlich. Etwas trat an die Stelle seiner Gereiztheit, eine Art Heiterkeit. In den letzten Tagen wurde er zärtlich. Es war, als ob er die Szene geprobt hätte, als ob der Zorn seines Lebens eine Art Lampenfieber gewesen wäre. Er hatte sein Publikum – uns – wie ein alter Hase in der Hand, der genau wußte, wann er blödeln und wann er auf seiner Würde bestehen mußte. Wir waren alle gerührt und bewunderten seinen Mut, wie er das auch erwartete. Er starb unten, in einem Strahl der Spätnachmittagssonne des Neujahrstages, während ich ihm vorlas. Ich war allein zu Hause und wußte nicht, was ich tun sollte. Seine Leiche machte mir keine angst, aber ich vermißte meinen Vater sofort sehr. Es erschien mir nicht richtig, ihn sitzen zu lassen, und ich versuchte ihn nach oben ins Schlafzimmer zu tragen, was ich aber nicht zustande brachte, allein. Daher rief ich meinen Freund Ralphy von gegenüber an. Als er kam und verstand, was ich von ihm wollte, begann er zu weinen, aber ich brachte ihn trotzdem dazu, mir zu helfen. Nach ein paar Stunden kam Mutter nach Hause, und als ich ihr erzählte, daß Vater tot war, lief sie nach oben und rief seinen Namen. Nach ein paar Minuten kam sie wieder herunter. »Gott sei Dank«, sagte sie, »er ist wenigstens im Bett gestorben.« Das schien wichtig für sie, und ich habe ihr nicht erzählt, wie es wirklich war. In der Nacht riefen jedoch Ralphys Eltern an. Was ich getan hatte, habe sie bestürzt, sagten sie, und auch meine Mutter war bestürzt, als sie die Geschichte hörte, bestürzt und wütend. Warum? Weil ich ihr nicht die Wahrheit gesagt hatte? Oder weil sie die Wahrheit erfahren hatte und sich nicht weiter einbilden konnte, daß Vater im Bett gestorben war? Ich weiß es wirklich nicht.

»Mutter«, sagte ich, als ich ins Wohnzimmer kam, »das mit dem Brief tut mir leid, wirklich.«

Sie legte gerade Holz im Kamin zurecht, und einen Augenblick lang sah sie mich weder an, noch sprach sie mit mir.

Schließlich war sie fertig, stand auf und wischte sich die Hände ab. Sie trat zurück und betrachtete ihr Werk. »Gut«, sagte sie. »Nicht schlecht für eine Schwindsüchtige.«

»Mutter, es tut mir leid.«

»Leid? Leid, daß du den Brief geschrieben hast, oder leid, daß ich ihn gefunden habe?«

»Ich wollte ihn ja gar nicht abschicken. Es war ein Spaß, irgendwie.«

»Haha.« Sie nahm den Besen und kehrte ein paar Rindenstücke in den Kamin, zog dann die Gardinen zu und ließ sich auf der Couch nieder. »Setz dich«, sagte sie. Sie schlug die Beine übereinander. »Hör mal zu. Bin ich jemand, der dir die ganze Zeit sagt, was du tun sollst?«

»Ja.«

»Wirklich?«

Ich nickte.

»Gut. Das ändert aber überhaupt nichts. Das ist meine Aufgabe. Ich bin deine Mutter. Ich werde dir jetzt noch etwas sagen, zu deinem Vorteil. Du brauchst dir die ganzen Sachen gar nicht auszudenken, James. Die passieren auch so.« Sie zupfte am Saum ihres Rocks. »Verstehst du mich?«

»Ich glaube schon.«

»Du betrügst dich selber, das will ich dir damit sagen. Wenn du einmal so alt bist wie ich, wirst du nicht die geringste Vorstellung davon haben, was Leben heißt. Du wirst nur wissen, was du dir ausgedacht hast.«

Ich dachte darüber nach. Es kam mir logisch vor.

Sie fuhr fort. »Ich meine, daß du vielleicht mehr aus dir herausgehen solltest. Denk mehr an die anderen.«

Es läutete an der Tür.

»Sieh nach, wer da ist«, sagte Mutter, »wir reden später darüber.«

Es war Dr. Murphy. Er und Mutter entschuldigten sich, und sie bestand darauf, daß er zum Essen bleiben sollte. Ich ging in die Küche, um ihnen Eis für ihre Drinks zu holen, und als ich zurückkam, sprachen sie gerade über mich. Ich setzte mich auf das Sofa und hörte ihnen zu. Dr. Murphy erklärte Mutter, daß sie sich keine Sorgen zu machen brauchte. »James ist ein guter Junge«, sagte er. »Ich habe über meinen Ältesten nachgedacht, über Terry. Er ist nicht wirklich unehrlich, weißt du, aber wirklich ehrlich ist er auch nicht. Ich komme irgendwie nicht an ihn heran. James ist wenigstens kein Heimlichtuer.«

»Nein«, sagte Mutter, »ein Heimlichtuer war er nie.«

Dr. Murphy faltete seine Hände zwischen den Knien und starrte sie an. »Nun, Terry schon. Ein Heimlichtuer.«

Bevor wir uns zu Tisch setzten, sprach Mutter ein Gebet; Dr. Murphy senkte den Kopf und schloß die Augen und bekreuzigte sich am Ende, obwohl er im College seinen Glauben verloren hatte. Als er mir das einmal bei einer Sitzung erzählte, in genau diesen Worten, hatte ich das Bild eines Regenmantels vor mir, der allein vor einem Speisesaal hängt. Er trank ziemlich viel Wein und brachte das Gespräch immer wieder auf seine Beziehung zu Terry. Wie er zugab, war es jetzt so weit, daß er den Jungen nicht mehr leiden konnte. Dann erwähnte er mehrere seiner Patienten namentlich, die Mutter und mir zum Teil bekannt waren, und sagte, daß er sie auch nicht leiden konnte. Wenn er »nicht leiden« sagte, genoß er das, wie jemand, der eine Diät macht und sich einmal einen Kartoffelchip gönnt. »Ich weiß nicht, was ich falsch gemacht habe«, sagte er plötzlich und ohne sich auf etwas Bestimmtes zu beziehen. »Vielleicht habe ich auch gar nichts falsch gemacht. Ich weiß nicht mehr, was ich glauben soll. Niemand weiß das mehr.«

»Ich schon«, sagte Mutter.

»Solipsisten auch. Wie kann man einem Solipsisten beweisen, daß nicht er es ist, der den Rest von uns erschafft?«

Das war eines von Dr. Murphys Lieblingsrätseln und es gab kaum einen Anlaß, der ihm nicht genügte, es hervorzuzaubern. Er war wie ein Kind mit einem Kartentrick.

»Schick ihn ohne Essen zu Bett«, sagte Mutter. »Laß ihn das einmal erschaffen.«

Plötzlich wandte sich Dr. Murphy zu mir. »Warum tust du das?« fragte er. Es war eine bloße Frage, die keinen anderen Zweck hatte, als seine Neugier zu befriedigen. Mutter sah mich an, und es stand ihr die gleiche Neugier ins Gesicht geschrieben.

»Ich weiß es nicht«, sagte ich, und das war die Wahrheit.

Dr. Murphy nickte, nicht weil er meine Antwort erwartet hätte, sondern weil er sie akzeptierte. »Macht es dir Spaß?«

»Nein, Spaß nicht. Ich kann es nicht erklären.«

»Warum immer traurige Sachen?« fragte Mutter. »Warum fallen dir nur Krankheiten ein?«

»Vielleicht«, sagte Dr. Murphy, »sind traurige Dinge interessanter.«

»Für mich nicht«, sagte Mutter.

»Für mich auch nicht«, sagte ich. »Sie rutschen mir einfach so heraus.«

Nach dem Essen bat Dr. Murphy meine Mutter, sich ans Klavier zu setzen. Er wollte unbedingt »Come Home Abbie, the Light's on the Stair« singen.

»Das alte Lied«, sagte Mutter. Sie stand auf und faltete bedächtig ihre Serviette zusammen, und wir folgten ihr ins Wohnzimmer. Dr. Murphy stand hinter ihr, als sie sich einspielte. Dann sangen sie »Come Home Abbie, the Light's on the Stair«, und ich beobachtete ihn, wie er durchdringend auf Mutter hinunterstarrte, als ob er sich an etwas zu erinnern versuchte. Sie hatte die Augen geschlossen. Nachher sangen sie »O Magnum Mysterium«. Sie sangen mit verteilten Stimmen, und es tat mir leid, daß ich nicht singen konnte, so gut klang es.

»Na komm, James«, sagte Dr. Murphy, als Mutter die letzten Akkorde spielte. »Sind dir diese alten Lieder nicht gut genug?«

»Er kann einfach nicht singen«, sagte Mutter.

Als Dr. Murphy weg war, zündete Mutter das Feuer an und machte noch Kaffee. Sie sank in den großen Sessel, streckte die Beine aus und bewegte ihre Füße hin und her. »Das war schön«, sagte sie.

»Haben Vater und du jemals so etwas gemacht?«

»Ein paarmal, als wir uns kennengelernt haben. Ich glaube nicht, daß es ihm wirklich Spaß gemacht hat. Er war wie du.«

Ich fragte mich, ob Mutter und Vater wohl eine glückliche Ehe geführt hatten. Er hatte sie bewundert und sie gerne angeschaut;

am Abend ließ er uns beim Essen immer die Kerzen etwas nach links oder rechts rücken, um sie am anderen Ende des Tisches gut sehen zu können. Und jeden Abend stellte sie beim Tischdecken die Kerzen wieder in die Mitte. Sie schien ihn jetzt nicht sehr zu vermissen. Ich hätte es aber auch nicht gemerkt, wenn sie ihn vermißt hätte; ich selber vermißte ihn eigentlich auch nicht mehr so sehr, nicht so wie früher. Meistens hatte ich andere Sachen im Kopf.

»James?«

Ich schwieg.

»Mir ist eingefallen, daß du Michael vielleicht gerne für ein paar Wochen besuchen möchtest.«

»Und die Schule?«

»Ich werde mit Father McSorley sprechen. Er hat sicher nichts dagegen. Vielleicht erledigt sich dieses Problem von selber, wenn du an andere Leute zu denken beginnst.«

»Das tu' ich ja.«

»Ich meine, wenn du anderen hilfst. Michael tut das. Du mußt nicht, wenn du nicht willst.«

»Ich will ja. Wirklich. Ich besuche Michael gern.«

»Mir geht es nicht darum, dich loszuwerden.«

»Ich weiß.«

Mutter streckte sich, zog die Füße ein und setzte sich drauf. Sie schlürfte ihren Kaffee. »Was bedeutet das Wort, das Murphy verwendet hat? Du weißt, welches ich meine?«

»Paranoid? Das heißt, daß jemand meint, daß alle hinter ihm her sind. Wie diese Frau, die sich immer nach der Messe auf dich stürzt – Frances.«

»Nicht paranoid. Jeder weiß, was das heißt. Irgendwas mit Sol –«

»Ah, Solipsist. Ein Solipsist ist einer, der glaubt, daß er alles erschafft, was es um ihn herum gibt.«

Mutter nickte und blies in ihren Kaffee, stellte ihn dann aber hin, ohne zu trinken. »Ich würde lieber paranoid sein. Glaubst du, Frances ist wirklich paranoid?«

»Klar. Keine Frage.«

»Ich meine, wirklich *krank*?«

»Das bedeutet paranoid ja gerade, krank sein. Was hast du dir denn vorgestellt, Mutter?«

»Warum regst du dich so auf?«

»Ich rege mich nicht auf.« Ich senkte meine Stimme. »Ich rege mich nicht auf. Aber du glaubst doch diese Geschichten nicht, die sie dir erzählt, oder?«

»Eigentlich nicht, nein, nicht wirklich. Ich glaube nicht, daß sie weiß, was sie sagt, sie braucht nur jemanden, der ihr zuhört. Wahrscheinlich lebt sie irgendwo ganz allein in einem kleinen Zimmer. Sie ist also paranoid. Denk mal an. Und ich hatte keine Ahnung, James, wir sollten für sie beten. Wirst du daran denken?«

Ich nickte. Ich dachte an Mutter, wie sie »O Magnum Mysterium« sang, das Tischgebet sprach, voller Vertrauen betete, und da begriff ich, daß ihre Vorstellungskraft meiner bei weitem überlegen war. Sie konnte sich vorstellen, wie Dinge zusammenkamen, nicht wie sie auseinanderfielen. Sie sah mich an, und ich zuckte zusammen, ich wußte genau, was sie jetzt sagen würde. »Mein Kind«, sagte sie, »weißt du, wie lieb ich dich habe?«

Am nächsten Tag nahm ich den Nachmittagsbus nach Los Angeles. Ich freute mich auf die Reise, auf die Eintönigkeit der Straße und die leeren Felder. Mutter ging mit mir durch die lange Halle. Der Busbahnhof war überfüllt und bedrückend. »Bist du sicher, daß das der richtige Bus ist?« fragte sie mich, als wir zur Plattform kamen, von der der Bus abfuhr.

»Ja.«

»Er sieht so alt aus.«

»Mutter –«

»Schon gut.« Sie zog mich an sich und küßte mich, hielt mich noch einen Augenblick länger, um mir zu zeigen, daß ihre Umarmung ernst gemeint und etwas ganz Besonderes war, weil sie nie bemerkt hatte, daß das jeder tut. Ich stieg ein, und wir winkten, bis es peinlich wurde. Dann begann Mutter in ihrer Handtasche zu suchen. Als sie damit fertig war, stand ich auf und rückte das Gepäck über meinen Sitz zurecht. Ich setzte mich, und wir lächelten einander an, winkten, als der Fahrer aufs Gas stieg, zuckten mit den Schultern, als er plötzlich aufstand, um die Leute im Bus zu zählen, winkten wieder, als er sich wieder setzte. Als der Bus abfuhr, sahen meine Mutter und ich uns ganz erleichtert an.

Ich war in den falschen Bus gestiegen. Der Bus fuhr zwar nach Los Angeles, aber nicht direkt. Wir hielten in San Mateo, Palo Alto, San Jose, Castroville. Als wir Castroville verließen, begann es zu regnen, heftig; mein Fenster ging nicht ganz zu, und ein kleiner Bach rann die Wand entlang auf meinen Sitz. Um nicht naß zu werden, mußte ich von der Wand wegrücken und mich nach vorne lehnen. Der Regen wurde stärker. Der Motor klang, als ob er auseinanderfallen würde.

In Salinas sprang der Mann, der neben mir geschlafen hatte, auf, aber bevor ich den Platz wechseln konnte, setzte sich eine riesige Frau in einem bedruckten Kleid mit einer Einkaufstasche neben mich. Sie nahm ihren Platz in Besitz und ergoß sich noch halb auf meinen und drückte mich gegen die Wand. »Das ist ein Wetter«, sagte sie laut, drehte sich zu mir und sah mich an. »Hungrig?« Ohne auf eine Antwort zu warten, tauchte sie in ihre Tasche, zog ein Stück Huhn heraus und hielt es mir hin. »Herr im Himmel«, johlte sie, »schaut ihn euch an, wie er auf dem Hühnerbein gegen die Stadt zieht.« Ein paar Leute drehten sich um und lächelten. Ich lächelte hinter dem Knochen hervor und nagte weiter. Als ich mit dem Stück fertig war, gab sie mir noch eins, und dann noch eins. Dann begann sie die Leute um uns herum zu versorgen.

Außerhalb von San Luis Obispo wurde der Krach des Motors plötzlich lauter, und dann gab es ebenso plötzlich überhaupt kein Geräusch mehr. Der Fahrer lenkte den Bus an den Straßenrand, stieg aus und stieg ganz naß wieder ein. Einige Augenblicke später verkündete er, daß der Motor den Geist aufgegeben habe und ein anderer Bus unterwegs sei, um uns abzuholen. Jemand erkundigte sich, wie lange das dauern würde, und der Fahrer sagte, daß er keine Ahnung hätte. »Regt euch ab«, schrie die Frau neben mir. »Wer es eilig hat, nach Los Angeles zu kommen, sollte seinen Kopf untersuchen lassen.«

Der Wind blies mit voller Kraft um den Bus und trieb auf

beiden Seiten Regenschauer gegen die Fenster. Der Bus schwankte leicht. Draußen war das Licht braun und dick. Die Frau neben mir versuchte aus allen Leuten in unserer Nähe herauszubekommen, woher sie kamen und wohin sie fuhren, und erzählte ihnen, ob sie schon einmal dort gewesen war, wo sie herkamen oder hinfuhren. »Und du?« Sie schlug mir aufs Knie. »Du kommst von einer Hühnerfarm, was!« Sie lachte. Ich erzählte ihr, daß ich aus San Francisco war. »San Francisco, da war mein Mann stationiert.« Sie fragte mich, was ich dort tat, und ich erzählte ihr, daß ich Flüchtlinge aus Tibet betreute.

»Na so was! Was machst du denn mit einem Haufen Tibeter?«

»Haben die ausgerechnet hierher kommen müssen?« sagte ein Mann vor uns. »Einfach so über die Grenze. Wir fahren ja auch nicht dorthin.«

»Was machst du denn mit einem Haufen Tibeter?« wiederholte die Frau.

»Arbeit für sie zu finden versuchen, eine Unterkunft auftreiben, ein Ohr für ihre Probleme haben.«

»Du verstehst die Sprache?«

»Ja.«

»Sprechen kannst du sie auch?«

»Ziemlich gut. Ich bin in Tibet geboren und aufgewachsen. Meine Eltern haben dort drüben als Missionare gearbeitet.«

Alle warteten.

»Man hat sie umgebracht, als die Kommunisten an die Macht kamen.«

Die dicke Frau tätschelte meinen Arm.

»Ist schon gut«, sagte ich.

»Warum sagst du nicht etwas auf Tibetisch?«

»Was wollen Sie denn gerne hören?«

»Sag ›Die Kuh sprang über den Mond‹.« Sie beobachtete mich lächelnd, und als ich fertig war, sah sie die anderen an und schüttelte den Kopf. »Das war schön. Wie Musik. Sag noch etwas.«

»Was?«

»Irgendwas.«

Sie beugten sich zu mir. Plötzlich wurden die Fenster blind vom Regen. Der Fahrer war eingeschlafen und schnarchte leise zum Schwanken des Busses. Das trübe Licht draußen flackerte blaßgelb, und es donnerte in der Ferne. Die Frau neben mir lehnte sich zurück und schloß die Augen, und die anderen taten es ihr nach, als ich ihnen etwas in einer zweifellos alten und heiligen Sprache vorsang.

Tobias Wolff

Das Herz ist ein dunkler Wald

Roman. Aus dem Amerikanischen von Frank Heibert.
286 Seiten. Leinen

Als Rosemary eines Tages ihren alten Nash Rambler startklar macht, um einem gewalttätigen Liebhaber zu entfliehen und im Westen reich zu werden, ist ihr Sohn Toby gerade zehn Jahre alt und zu jeder Schandtat bereit. Rosemary träumt von einem Leben in Freiheit und Würde; Toby träumt davon, ein anderer zu werden. Die monatelange, ergebnislose Reise der beiden findet schließlich in einem gottverlassenen Nest, Chinook, Wash., ein vorübergehendes Ende im Haus eines sadistischen Trinkers, der Toby schlägt, kaum hat die Mutter den Rücken gekehrt, der sein Geld stiehlt, seinen Hund erschießt und sogar versucht Rosemary zu erwürgen. In diesem häuslichen Alptraum entfernt sich Toby mehr und mehr von dem, was er sein will: Er lügt, stiehlt, prügelt, betrügt und bleibt doch der sensible, von seiner Mutter rückhaltlos geliebte Junge. Schließlich gelingt ihm mit Hilfe gefälschter Gutachten die Aufnahme in eine Elite-Schule und damit die Flucht vor seinem Peiniger, den nun auch die Mutter verläßt, bevor sie in Washington erneut Fuß faßt.
Wovon Tobias Wolff auch erzählt, sein Blick und sein Stil sind von bestechender Schärfe und Genauigkeit. Es ist der wissende, ironische und immer humorvolle Blick eines außerordentlichen Schriftstellers, der seine Personen so genau kennt wie das Land – Amerika – und die Zeit – die fünfziger Jahre – in der sie leben. Was ihn aber vor allem auszeichnet, ist seine Kenntnis des menschlichen Herzens.

Raymond Carver

Kathedrale

Erzählungen.
Aus dem Amerikanischen von Klaus Hoffer.
253 Seiten. Geb.

»Was Carver zu erzählen weiß, läuft neben, unter, hinter der vordergründigen, zunächst alle Aufmerksamkeit beanspruchenden Geschichte. Nicht der Unfall, der Tod des Kindes und die vergessene Torte sind wichtig: das gemeinsame Brotessen hebt die Katastrophen auf und ermöglicht, wie nebenbei, ein neues Gleichgewicht des Überlebens.« Frankfurter Allgemeine Zeitung

Wovon wir reden, wenn wir von Liebe reden

14 Erzählungen.
Aus dem Amerikanischen von Klaus Hoffer.
192 Seiten. Geb.

Carvers Erzählungen sind Geschichten ohne Hoffnung und ohne Verzweiflung, die die beschnittene Wirklichkeit sichtbar machen wollen, wenn sie sie schon nicht heilen können. Ihre Magie gewinnen sie aus dem, was sie aussparen. Indem Carver hinter der Banalität die fundamentale Einsamkeit dieser Menschen aufscheinen läßt, gibt er ihnen die Würde zurück, die sie sich selbst versagen – und darin liegt im besonderen das Eindrucksvolle seiner Erzählkunst.

»Carvers außerordentliche Begabung besteht darin, mit einem Minimum an Sätzen eine Situation zu umreißen, Atmosphäre zu schaffen, Menschen sichtbar zu machen und ihre mehr oder weniger verkümmerten Empfindungen, vor allem ihre Sprachlosigkeit, deren Defizite durch gesellschaftliche Rituale kompensiert werden.«
Frankfurter Rundschau

»Es ist Raymond Carver unvergleichlich gelungen, Einsamkeit, Beschädigung und Glücksmomente seiner Figuren darzustellen, das Rätselhafte und Unheimliche ihres – und nicht nur ihres – Lebens hinter der Lakonie und dem Schweigen in diesen Texten sichtbar zu machen. Carver ist bei uns immer noch zu entdecken. Und wer sich den besprochenen Erzählungsband vornehmen will, sollte sich den Band »Kathedrale« von 1985 gleich dazu besorgen. Er ist genauso gut.« Radio Bremen

Cynthia Ozick

Puttermesser und ihr Golem

Erzählungen
Aus dem Amerikanischen
von Melanie Walz. 260 Seiten. Geb.

»Cynthia Ozick ist eine Stilistin im besten und vollständigen Sinn des Wortes: in der Sprache, im Witz, in ihrer Wahrnehmung der Wirklichkeit und in ihren merkwürdig gewundenen Phantasieflügen. Sie besitzt das Gehör eines Dichters, dessen Präzision und die Gabe, beunruhigende Bilder zu erzeugen, zugleich den Sinn des Geschichtenerzählers für die zeitliche Koordination und den Fluß der Geschichte.« New York Review of Books

»Cynthia Ozick beschreibt die Einsamkeit der Menschen und die Verkommenheit der Städte, die Alten-Silos in Florida, Orte absoluter Trostlosigkeit, in denen die einzige Überlebensmöglichkeit darin besteht, verrückt zu sein, sich um die Normalität nicht zu kümmern. Es sind Geschichten voller Skurrilität und Witz, Intelligenz und Wehmut, in denen in einer Mischung aus Phantastischem und Realistischem stets die Menschen im Mittelpunkt stehen. Und deren einzige Chance – betont die stilsichere Autorin immer wieder – liegt im Träumen.« Der Tagesspiegel

»Ob in der Alltagshölle eines New Yorker Intellektuellenpaars oder in der Welt des Golemgirls: Cynthia Ozick schafft mit Geschick und Witz Situationen, in denen es wüst und wunderlich zugeht (oder zugehen müßte), in denen sich Isaac Singer und Woody Allen zu begegnen scheinen und der Rabbi mit dem Stadtneurotiker das Tanzen anfängt.« Süddeutsche Zeitung

Übersetzungen im Verlag Droschl

Paul Bowles, *Zeitstellen.*
Prosa aus dem Englischen von Wolfgang Astelbauer,
98 Seiten, Broschur ÖS 120,- DM 18,-

Basil Bunting, *Briggflatts und andere Gedichte.*
Aus dem Englischen von Elmar Schenkel,
140 Seiten, Broschur ÖS 150,- DM 22,-

László Garaczi, *Plastik.*
Prosa, aus dem Ungarischen von Andrea Seidler,
100 Seiten, Broschur, ÖS 120,- DM 18,-

Julien Gracq, *Die Form einer Stadt.*
Prosa, aus dem Französischen von Dieter Hornig,
130 Seiten, Broschur, ÖS 120,- DM 18,-

Michael Hamburger, *The Glade and other poems.*
Gedichte englisch/deutsch übersetzt von Wolfgang Astelbauer,
Michael Donhauser, Elmar Schenkel, und Peter Waterhouse,
56 Seiten, Broschur, ÖS 80,- DM 12,-

Mohammed Mrabet / Paul Bowles, *El Limón.*
Roman, aus dem Englischen von Lilian Faschinger und Thomas Priebsch,
168 Seiten, Broschur, ÖS 150,- DM 22,-

Giulia Niccolai, *Frisbees – poesie da lanciare.*
Gedichte italienisch/deutsch, übertragen von Barbara Kleiner,
112 Seiten, Broschur, ÖS 150,- DM 22,-

Tomaž Šalamun, *Wal.* Ausgewählte Gedichte,
aus dem Slowenischen von Fabjan Hafner,
140 Seiten, Broschur, ÖS 180,- DM 28,-

Andrea Zanzotto, *Lichtbrechung.* Ausgewählte Gedichte
italienisch/deutsch, übersetzt von Donatella Capaldi, Ludwig Paulmichl
und Peter Waterhouse,
278 Seiten, Broschur, ÖS 200,- DM 30,-

Verlag Droschl A-8010 Graz, Bischofplatz 1